향가기행

신라 화랑의 노래

향가와 화랑의 발자취를 찾아서

| 박진환 지음 |

학연문화사

'온고이지신(溫故而知新)' 이란 말이 있다.

이 말은 항상 새로움만이 최고의 선은 아니란 말이다.

과거가 없는 현재는 없다. 곧 역사를 알지 못하면 더 이상 희망찬 미래가 없다고 할 수 있다. 그동안 역사 속의 수많은 파편들이 현재를 살아가는 우리들의 이정표가 되어 삶을 풍부하게 살찌우고 있다고 하겠다.

향가는 신라 국민노래이다. 다섯 살 먹은 희명의 아이에서부터 임금에 이르기까지 짓고 불렀던 노래이며 신라인의 삶이었다고 할 수 있다. 지금까지 향가는 국어교과서에서 얼핏 본 기억만 있는 사람들이 많을 것이다. 이후 향가는 우리들의 머릿속에서 화석화된 채 생명력을 잃어버리고, 더 이상 우리 앞에 나타나지 못하고 있다.

이제 향찰로 기록된 향가의 난해함을 벗어나 향가의 현장 속으로 가보는 것이 어떨까?

서라벌 옛길로 향가를 찾아 숲 속으로 가면 분명 우리에게 손짓하는 무엇이 존재할 것이다. 그것은 바로 서라벌로 단숨에 이동하는 타임머신이다. 또한 그곳에는 훌륭한 장수와 용맹스러운 용사를 배출한 화랑들도 만날 것이다. 혹 그들이 향가 가락으로 흥이 나 있을지도 모를 일이 아닌가.

중세 동아시아의 공동어문인 한자를 주변의 나라들은 자신들의 실정에 맞게 변형하였다. 우리의 향찰(鄕札), 월남의 '쯔놈(字喃)' 이 그렇고, 일본의 만요가나(萬葉假名)도 마찬가지다. 그러나 우리는 향가와 일부 비문에서 향찰을 확인할 수 있지만, 월남은 19세기까지 쯔놈을 사용하였고, 일본은 만요가나의 획수를 더 줄여서 히라가나(平仮名)와 가타카나(片仮名)를 만들어 현재에도 사용하고 있다. 이런 역사적 배경이 다른 나라보다 우리를 향가와 더욱 멀어지게 하였다고 여겨진다.

향가의 발자취를 찾는 일은 아직도 현재진행형으로 머물러 있다. 향가와 화랑길을 개발하는 것도 아직 갈 길이 멀다. 그러나 한 걸음 한 걸음 걷다보면, 그 어디쯤에서 선화공주와 서동을 만날 수 있게 하는 파랑새가 우리를 기다리고 있으리라 기대해 본다.

성글게 엮은 곳을 다시 꿰매어 누더기가 되었다. 그러나 하루아침에 꽉 찬 행간을 기대하기는 것보다는 다가서면서 기다리기를 하려고 한다. 그 어느 날이 되면 단정한 누비옷으로 다시 태어나 새로운 지평을 향해 달리지 않을까?

오늘이 있기까지 수많은 분들의 가피를 입었다. 일일이 찾아 새겨서 영원히 잊지 말아야 마땅할 것이다. 그러나 번거로움보다는 마음으로 고마움을 표하고 싶다. 또한 간장 뚜껑에 걸맞을 졸고에 그 분들의 이름을 새겨 행여 조금이라도 그 분들의 고매한 정신을 훼손할까 두렵다는 것이 솔직한 심정이다.

마지막으로 출판여건이 갈수록 어려워지고 있는 지금, 흔쾌히 출판을 허락해준 권혁재 사장님을 비롯, 선시현 편집부장 등 학연문화사 관계자 여러분들께 고맙다는 말씀을 전하고 싶다.

단기 4344년

박주재 골방에서 박거 박진환

| 차 례 |

Part 1 서라벌에서 만난 향가

Part 2 화랑의 흔적을 찾아서

Part 3 부록–향가에 대한 담론

잊혀진 향가의 아픔을 대신하며

어떤 수사를 동원하여도 말복 더위에 지친 가로수의 축 늘어진 심정을 표현하지는 못할 것 같다. 덥다 못해 찐다는 팔순 노모의 탄식에서 예년과 다른 예사 더위가 아님을 실감하게 된다. 우리네 선조님들은 낮엔 탁족(濯足)으로 시원함을 부르고, 밤엔 죽부인(竹夫人)을 보듬고 열대야를 날려버렸듯이 삼복더위가 이쯤은 되어야 참 여름이라는 가벼운 마음으로 향가나 한 수 읊어보는 것도 좋을 듯하다.

향가란 무엇인가? 대다수 서라벌인들은 그냥 신라시대의 노래 정도로만 알고 있는 것이 현실이다. 조금 관심이 있는 사람들에게도 이십 여수의 향가가 남아 있다는 정도 이외의 얘기는 기대하기 어려운 것 또한 현재의 사실이다. 왜 이렇게 향가가 홀대를 당하고 있는 것일까? 진정 잊힌 존재 그 이상의 의미는 없는 것일까?

오늘도 가만히 노서동 고분군 사이로 난 오솔길을 걸으면서 온갖 상

경주 문인들의 올곧은 마음씨가 '도솔마을' 솟대에 새겨져 있다.

넘이 탐방자를 괴롭힌다. 한때 천지귀신을 능히 감동시킨 신묘한 노래로서 추앙을 받던 향가가, 이젠 한낱 뒷방 늙은이보다도 못한 천덕꾸러기 신세로 잊혀가고 있는 현실을 볼 때, 향가의 발자취를 찾아서 고동을 울린 지가 벌써 수년이 지나가고 있는 이즈음, 다시 한 번 향가가 서라벌에 울려 퍼져야 할 당위성을 찾지 않을 수 없는 심정이 무척 애잔하게 발걸음을 할퀴고 지나간다.

　　그 어느 날 서라벌 골골마다 향가의 발자취가 예였음을 알리는 표지가 우뚝우뚝 하늘을 향해 두 팔을 벌릴 영광을 향해, 오늘도 묵묵히 향가의 향내를 맡으러 무거운 발걸음을 내딛는다.

고려 초 대승 균여대사(均如大師, 923~973)는 '세상 모든 사람들이 즐기는 도구'라는 표현으로 향가를 이용하여 불교를 널리 전하는 데 이바지하였다. 보현행원품(普賢行願品)을 노래한 그가 남긴 향가 『보현십원가(普賢十願歌)』는 가장 이른 시기의 향가의 원형을 우리가 볼 수 있는 고마움을 주었다고 하겠다. 그가 아니었다면 하마터면 영원히 사라져 버렸을 향가였다. 또

경북대종(삼사해상공원에 있는 종으로 여기에서 매년 새해맞이 행사가 열린다. 높이 4.2미터, 지름 2.5미터, 무게 29톤의 규모를 자랑하는 경북대종의 울림소리가 마치 향가가 울려 퍼지는 것 같다)

경북 군위 인각사에 있는 보각국사탑. 『삼국유사』의 저자 일연 스님 부도이다.

한 약 삼백 년 후 일연 스님은 『삼국유사(三國遺事)』를 집필하면서 열네 수나 수록하여 부족하나마 천 년 신라의 노래 향가를 현재 우리가 만나볼 수 있게 되었던 것이다.

그럼 향가란 무엇인가? 역사기록으로 보면 신라 3대 유리왕(儒理王, 재위 24~57)대에 〈도솔가(兜率歌)〉가 향가의 서막을 열었다고 한다. 그러나 노랫말이 현재 전하지 않아서 그 모습은 알 수 없지만, 신라는 나라를 개국한 초기부터 향가라는 신묘한 노래로 백성을 다스리고, 또한 천지만물을 조화롭게 하여, 태평성대를 구가하는 원동력으로 삼았다는 것을 알 수 있다. 또 하나 우리의 문자가 없었던 시절에 한자로 노랫말을 적을 수밖에 없는 어려운 상황에서도 서라벌인들은 뛰어난 창작력으로 향찰이라는 새로운 문자 체계를 만들어서 그들의 사상을 온전히 표현할 수 있었다. 향찰이란 한자의 음(소리)과 훈(뜻)을 빌려서 우리 국어의 문장 순서대로 적은 것이다. 예를 들면 화랑 득오곡(得烏谷)이 화랑 죽지랑(竹旨郞)을 사모하여 지은 향가 〈모죽지랑가(慕竹旨郞歌)〉 첫 머리에 '去隱春皆理未(거은춘개리미)'가 있다. 이것을 대부분의 향가 해독자들은 '간 봄 그리매'로 해석한다. '가'는 '去(갈:거)'로 적고, 'ㄴ'에 해당하는 토씨는 '隱(은)'으로 표기하여 '去隱'은 '가+ㄴ=간'을 나타내었다.

봄은 중심 의미를 나타내는 것이므로 '春(봄:춘)'을 한자 훈을 따서 표기하였다. 그리고 '皆理未(개리미)'는 그 음을 따서 '그리매'로 표기하였다. 이와 같이 향찰은 한자라는 다른 나라 문자를 빌려 와서 그 음과 훈을 적절히 조합하여 우리식 문장체계를 만드는 데 사용된 것이다.

이것은 신라인들의 종속되기 싫어하는 심성을 정확히 밝혀주는 사례가 아닐 수 없다. 다른 나라 문화를 받아들이되 그대로 따라서 하는 것이 아니라, 우리식으로 바꾸어서 새로운 독창적인 문화를 창출한 것으로 오늘날 마치 앵무새가 따라하듯이 맹목적으로 다른 나라 문화를 받아들이는 우리에게 하나의 귀감이 되고 있다.

향가는 신라인들의 노래이기 이전에 이 땅에 살고 있는 수많은 민초들의 삶의 영욕이 녹아 들어가서 형성된 고도로 발달된 우수한 정신문화라 아니할 수가 없다. 세계적 문호 셰익스피어(William Shakespeare)를 배출한

천 년 신라의 노래 향가가 연꽃으로 다시 태어나 웃고 있다.

영국은 자손만대로 그를 이용하여 관광수입을 올림은 물론 스스로 문화민족임을 전 세계에 과시하고 있다. 오랜 유럽문명의 본향인 그리스 역시 『그리스인 조르바』의 작가 카잔차키스(Nikos Kazantzaks)가 태어난 크레타(Creta)를 세계적 관광휴양지로 만들어 오늘도 관광객을 향하여 손짓을 하고 있다.

　　이젠 우리도 유물로만 천 년 신라의 문화를 외칠 것이 아니라, 고도로 성숙된 정신문화가 존재하였음을 전 세계에 활짝 열어 놓아, 문화민족임을 과시할 때가 도래하였음을 느껴야 하겠다.

향가는 천 년 신라의 높은 정신문화를 온전히 간직하고 있다. 이제는 향가라는 원뜻의 말 풀이에만 몰두할 것이 아니라, 이를 모두에게 알려야 한다. 아니 알리려고 모든 힘을 쏟아 부어야 한다. 서라벌 곳곳에 남아 있는 향가와 관련된 유적지를 찾아내어, 정확한 학계의 고증을 받아 조그만 노래비라도 세워 찾아오는 관광객들에게 새로운 느낄 거리를 만들어 주어야 한다.

노서동 고분군을 나와 자주 찾는 아래시장 좌판에서, 돼지머리국밥 한 그릇을 단숨에 해치웠다. 향가로 인한 안타까움을 한여름 복더위 뜨거운 돼지국밥으로 날려버리고 있다. 좌판을 가득 메운 서라벌인들의 노랫소리가 흥겹게 울려 퍼진다. 이 노래가 향가였음 하는 어리석은 생각에 입가가 삐죽 올라갔다.

Part

1

서라벌에서 만난 향가

01
·········

낭승 월명사의 〈도솔가〉, 〈제망매가〉

비 온 뒤의 맑음이란 가로수의 푸른 춤사위가 아니더라도 한껏 상쾌함을 불러온다. 울산으로 내달리는 산업도로와 삼국통일위인전 갈림길 배반동에 이르렀다. 눈앞에 펼쳐지는 진산(眞山) 금오산(金鰲山 : 南山)이 우거진 녹음으로 모내기 준비가 막 시작된 논 구덩이 맑은 물에서 너울춤에 신명이 나 있다.

낭산(狼山)을 바라보며 길을 건너니 여기가 신유림(神遊林)에 세워진 사천왕사(四天王寺)였음을 짐작하게 해 주는 당간지주가 문두루비법(文豆婁秘法:밀교의 비법)으로 당군을 물리친 위용을 말없이 자랑하고 있다.

때는 삼국통일을 완수하고도 당의 침략 야욕으로 이 땅에 병화(兵禍)가 그칠 날이 없던 문무왕(文武王)시대. 당나라에 있던 김인문(金仁問)으로부터 당군의 침략계획을 들은 의상대사(義湘大師)가 670년에 급히 귀국하여 문무왕에게 보고하였다. 이에 왕은 명랑법사(明朗法師)에게 계책을 물으니, 명

● 사천왕사
경북 경주시 배반동에 위치한 신라시대의 절터. 1963년에 사적 제8호로 지정

18

랑은 낭산 남쪽 신유림에 사천왕사를 세우고 도량(道場)을 열 것을 권유하였다. 그러나 문무왕 15년(675)에 당군의 침략이 목전에 다가오니, 명랑은 우선 채백(彩帛)으로 절을 짓고 풀로 오방(五方)의 신상(神像)을 만들어 유가명승(瑜伽明僧) 12인과 함께 문두루비법으로 당군의 배를 모조리 격파하였다. 그 후 문무왕 19년(679) 절을 낙성하여 사천왕사라 하였다.

사천왕사 당간지주

사천왕사와 관련된 또 하나의 설화로 일찍이 선덕여왕은 자신을 도리천에 장사지내라고 유언하였으나, 신하들은 도리천은 하늘 위에 있는 것이라며, 재차 물으니 여왕은 낭산 산정(山頂)이라고 답하였다고 한다. 후에 낭산 남쪽 신유림에 사천왕사를 세우니 비로소 여왕의 예견이 맞았다고 한다. 부처님의 나라 도리천은 사천왕이 있는 사왕천 위라고 하였으니, 옥문곡(玉門谷)의 백제군 매복을 알았고, 모란에 향기가 없음을 또한 알아맞힌 여왕의 혜안에

선덕여왕의 '지기삼사(知幾三事)'의 하나인 여근곡

감탄을 넘어 가벼운 전율이 천 년 시공을 넘어 옷깃을 파고든다.

무너진 흙을 밟으며 사천왕사지에 올라 통일전을 바라보니 월명리가 아스라이 다가오는 것 같다. 그날 밤 달빛이 교교하게 흐르던 사천왕사 앞길엔 어디선가 홀연히 들려오는 피리소리가 있었다. 위대한 화랑승 월명사(月明師)가 길을 걸으며 달빛 아래서 피리를 들려주었던 것이다. 너무나 고요하게 퍼져나가는 젓대소리에 달빛도 가던 길을 멈추고, 계수나무 소리도 잠재운 채 두 귀를 쫑긋 하였다. 밝은 달은 아마도 화랑국선의 숭고한 기상에 경의를 표했을지도 모를 일이다. 그 후 서라벌 불국토인들은 이 마을을 월명리라 불렀다고 《삼국유사》에 기록되어 전한다.

따뜻한 가슴의 소유자 또는 강력한 정복군주라고 상반되게 알려진 진흥왕이 청소년 교육의 일환으로 만든 화랑도가 삼국통일을 완성한 직후 신문왕 원년 화랑 김흠돌(金欽突)의 난(681)으로 폐지되기에 이른다. 그러나 신라인들의 정신적 표상이었던 화랑이 갑자기 자취를 감추었다고 하기엔 무리가 따른다고 하겠다. 특히 경덕왕 19년(760) 4월 초하룻날 기록을 보면 더욱 그러하다고 할 수 있다.

《삼국유사》〈감통(感通)〉〈월명사(月明師) 도솔가조(兜率歌條)〉를 보면 이 날 하늘에 해가 둘이 나타났다고 한다. 천문관리의 말에 인연 있는 중을 청하여 산화공덕을 베풀면 변고를 퇴치할 수 있다고 한다. 왕은 조원전(朝元殿)에 불단(佛壇)을 만들고 청양루(靑陽樓)로 가서 인연이 닿는 중을 기다렸다. 사천왕사 남쪽 길로 가던 월명사를 왕이 불러 오게 하여 기도를 시작하라고 하였으나, 월명은 "저는 화랑국선으로 향가만 알 뿐 불교 노래는 잘 알지 못합니다"라고 말한다. 그러자 경덕왕은 이왕 인연 있는 중을 만났으니 향가를 불러도 좋다고 한다. 이에 월명은 〈도솔가〉를 지어 부르니 얼마 후에 해의 변괴가 없어졌다. 왕이 가상히 여겨 차 한 봉과 수정 염주 108개를 주었다. 향가 〈도솔가〉는 한자의 소리와 뜻을 빌려 우리말로 표기한 문자, 향찰로 기록되어 전한다. 현대어로 풀어 보면,

오늘 이에 산화가 부를 제	今日此矣散花唱良
뿌린 꽃아 너는	巴寶白乎隱花良汝隱
곧은 마음의 명을 따라	直等隱心音矣命叱使以惡只

미륵좌주 모셔라.　　　　　　　彌勒座主陪立羅良

《삼국유사》에는 월명사의 신분이 낭승으로 묘사되어 있다. 신문왕 때 폐지된 화랑이 신라문화의 최고 난숙기인 경덕왕 시절에 오면 삼국통일의 선봉장으로서의 호국무사 기능은 약화되고, 명산대천(名山大川)을 유람하면서 그들의 호연지기(浩然之氣)를 키우며 향가도 지어 불렀던 것으로 보인다. 최근에 필사본이 발견되어 진위논쟁이 한창인 김대문(金大問)이 지은 《화랑세기(花郎世紀)》를 보면, 진흥왕 때 처음 조직된 화랑의 무리들은 시조묘와 오악삼산에 제사를 지내는 것이 주임무였다고 한다. 이때 자연스럽게

사천왕사지 발굴 현장. 월명사의 흔적이 한 아름 발견되었으면 하고 바래본다.

심신을 단련하는 무예를 익히게 되었을 것이고, 삼국통일의 와중에서 호국무사로서의 기능은 확대되고, 통일 후 김흠돌의 난을 계기로 무예보다는 정신적 지주 역할로 옮겨졌다고 볼 수 있다. 특히 월명사의 애끓는 형제애의 심정을 읊은 향가 〈제망매가(祭亡妹歌)〉에는 현실 삶을 초탈한 스님의 모습보다는 나약한 인간으로서 현세 삶과의 이별의 안타까움이 노래에 담겨 있으니 말이다.

사천왕사지 발굴 현장(심초석 드잡이 행사)

　　《삼국유사》에 의하면, 죽은 누이를 위해 향가 〈제망매가〉를 지어 제(祭)를 올리니 지전(紙錢)이 서쪽방향으로 사라졌다 한다. 〈월명사 도솔가조〉 마지막 부분을 보면 향가의 주술성을 표현하는 일연 스님의 생각이 기록되어 있다. 곧 "신라 사람들은 향가를 숭상한 지가 오래되었으며, 천지귀신을 감동시킨 적이 한두 번이 아니었다."라고 하여 당시 서라벌인들의 향가관을 알 수 있다고 하겠다. 향가를 숭상한 지가 오래되었고, 천지귀신까지도 감동시켰다는 일연 스님의 말에서 향가란 단순히 노래가 아니라 신라인들의 염원에서 생성되고 불린 것으로 보인다. 또한 당시 서라벌 사람이라면 누구나 향가를 알았고, 필요시 향가를 이용했다고 할 수 있다고 하겠다. 경덕왕의 향가 부르기 요청에 즉석에서 향가를 불렀다고 하는 데서 판단되듯이, 조선시대 시조처럼 기존의 음률은 정해져 있고, 노랫말만 즉석에서 지었다고 생각된다.

현전하는 향가 중 최고의 서정시로 인정받고 있는 월명사의 〈제망매가〉를 불러보면,

삶과 죽음의 길이란	生死路隱
여기 있으려나 있을 수 없어	此矣有阿米次肹伊遣
나는 간다는 말도	吾隱去內如辭叱都
못다 이르고 가버리는가	毛如云遣去內尼叱古
어느 가을 이른 바람에	於內秋察早隱風未
이리저리 떨어질 나뭇잎처럼	此矣彼矣浮良落尸葉如
한 가지에서 나고	一等隱枝良出古
가는 곳 모르는구나	去奴隱處毛冬乎丁
아아, 미타찰*에서 만날 것이니	阿也彌陀刹良逢乎吾
도 닦아 기다리겠노라.	道修良待是古如

● 미타찰
아미타불이 있는 서방 정토

죽음이라는 것이 한 가지에 난 형제를 아픈 이별로 이끈다는 월명사의 표현에서 낭승에서 한 사람의 자연인으로 돌아와 누이의 극락왕생을 비는 순수한 정감이 오래도록 우리들의 가슴을 적시게 한다.

사천왕사지 남쪽 황토 논밭 중간에 우뚝 솟은 망덕사지(望德寺址) 당간지주가 보이고, 그 앞 남천엔 신라 충신 박제상(朴堤上)의 부인이 고구려

에서 복호(卜好)를 구하고, 바로 미사흔(未斯欣)을 구출하러 왜국으로 떠난 남편을 부르며, 친지들의 부축에도 다리를 뻗고 일어서지 않았다는 남천 모래밭 '벌지지(伐知旨)'의 슬픈 전설이 전하여져 온다. 월명사는 사천왕사에서

망덕사지 원경

피리를 불며, 망덕사를 지나 이곳 '벌지지'에서 치술신모(鵄述神母)가 된 충신 박제상부인의 넋을 위로했을 것이리라.

현재 낭산이 일제 강점기에 철길이 놓이면서 잘리고, 사천왕사 앞은 굉음을 내며 개발된 신작로가 놓여 있어 옛날 월명사가 피리를 불면서 거닐었던 길은 짐작하기 어렵지만, 아마도 월명사는 절을 나와서 서출지(書出池)* 쪽으로 피리를 불며 걸어갔던 것으로 여겨진다. 월명리란 사천왕사에서 서출지로 가는 길 옆 어디엔가 있었을 것이다. 지금 월명사가 걸었던 길을 걷고 있노라니 어디선가 한줄기 바람이 예가 월명리라고 속삭인다. 바람소린가? 피리소린가?

● 서출지
경주시 남산동에 있는 연못으로 신라 소지왕 때 흉계를 꾸미던 왕비의 비행을 알리는 글이 이곳에서 나왔다는 전설이 내려온다. 사적 138호

▲ 벌지지의 갈대가 제상의 아픔을 되새기고 있다.

▲ 장사 벌지지 표지석

서출지 전경

02

사다함의 〈청조가〉와 미실의 〈송출정가〉

계림을 돌아 반월성[●]으로 발걸음을 옮긴다. 반월성 옆 꽃밭엔 매년 국적 모를 꽃들로 가득하니 가히 국제도시(?)라 할 만하다.

받쳐 든 우산으로 비가 제법 세차게 부딪히며, 이른 장마가 올해도 예사가 아님을 깨닫게 한다. 토성(土城) 사이로 난 마사토(磨砂土) 환한 길을 걸어가면서 화려했던 천 년 신라의 반월성이 함초롬히 피어있는 들꽃의 소박함에 묻혀 저만치 멀어져감을 느낀다.

일찍이 탈해(脫解)가 금관가야 김수로(金首露)와의 변신 대결에서 패한 후 배를 타고 양남(陽南) 하서 해안으로 상륙하여, 토함산(吐含山) 토굴에서 이레를 지내고서 살만한 터를 살펴보게 되었다. 이때 탈해의 눈을 사로잡은 곳이 반월성이었다. 탈해는 꾀를 내어, 조상이 대장장이라고 하고 몰래 파묻은 숯으로 호공(瓠公)의 집을 빼앗아 살게 되었다고 한다.

혹자는 탈해 집단의 고향을 페르시아로 보고, 조상을 대장장이라고

● 반월성
월성이라고도 하며 파사왕 22년(101)에 축조한 성이다. 경주시 인왕동에 있으며 사적 제16호로 지정되었다.

한 것이나, 또한 쇠의 바다(金海)에서 김수로와 대결을 한 것을 두고, 탈해를 페르시아 무기 상인으로 설정하기도 한다. 탈해가 토함산에서 살 터를 정한 곳은 곧 반월성, 페르시아인의 표식(標式)으로 보이는(지금도 페르시아 이슬람 사원 꼭대기나 국기에 반월이 그려져 있다) 문양을 찾아 먼저 정착한 페르시아인들의 집단 주거지를 찾은 것은 아닐까? 공교롭게도 호공이 원래 바다 건너에서 살다가 서라벌에 정착하였다니, 설화의 이면에 숨어 있는 원뜻의 퍼즐 맞추기라는 서라벌 기행의 즐거운 상상이 항상 탐방자를 들뜨게 하면서 발걸음이 순풍에 돛단 듯하게 한다.

안압지 전경. 열린 대문이 따뜻하게 손님을 맞고 있는 듯하다.

반월성을 가로 걸으며 가끔씩 만나는 약간은 무뚝뚝해 보이는 서라 벌인들의 어깨에 이젠 천 년 망국의 한이 사라지고, 새로운 희망이 조금씩 조금씩 피어오르는 것 같다. 조악한 활쏘기 체험장을 나와서 안압지로 향하다 반월성 입구 오른쪽을 보면 깨끗하게 단장한 조그만 연못 같은 물웅덩이를 만나게 된다. 대다수 탐방객의 눈길조차 받지 못하고, 떨어지는 빗방울을 온몸으로 맞으면서, 그날의 이야기가 물안개 향연처럼 나지막한 낮은 목소리로 기행자의 귓전을 간지른다.

때는 반도(半島)를 집어삼킬 듯한 기상(氣像)이 온 서라벌을 감싸 안았

반월성을 에워싸고 있는 구지(해자). 1985년 이전에는 그 존재가 알려지지 않았다.

던 진흥왕 시절에 열다섯 나이로 대가야 전단문(栴檀門)으로 질풍같이 달려가 대가야 도설지왕(道設智王)의 항복을 받고 개선장군으로 위풍당당하게 서라벌 궁궐로 돌아온 귀당비장(貴幢裨將) 사다함(斯多含)이 있었다. 그러나 개선 후 맹약(盟約)의 벗 무관랑(武官郎)이 궁궐 담을 넘다가, 구지[溝池 : 해자 (垓字)]에 빠져 죽자, 칠일 동안 슬퍼하다가 친구를 따라 저승세계에 갔다고 한다. 그러나 어린 나이에 대가야를 호령하여 단번에 격파한 화랑정신의 표상 사다함이 친구 무관랑의 죽음 때문에 슬퍼하다가 그를 따라갔다니 참으로 삼류소설의 한 장면 같아서 입가에 쓴웃음이 묻어 나온다. 과연 그럴까? 액면 그대로 받아들이기에는 미심쩍은 구석이 하나둘이 아니다. 삼국 통일 정신의 출발점에 사다함이 존재한다는 것은 누구나 의심 없이 받아들이는 사실이다. 그렇다면《삼국사기》〈열전(列傳)〉에 기록되어 전하는 〈사다함전(斯多含傳)〉에는 무언가 말 못할 사연이 있는 것은 아닐까?

　여기서 우리는 사다함과 미실(美室)의 이룰 수 없는 사랑이야기를 찾아보아야《삼국사기》〈열전〉에 누락된 부분을 보충할 수 있지 않을까 한다. 신라 최고의 미색 미실은 남편 세종전군을 맞이하기 전 화랑 사다함과의 핑크빛 연정에 정신을 차릴 수가 없었다. 그러나 화랑 중 최고의 자리인 풍월주(風月主)에 오른 사다함으로서는 나라의 부름을 피할 수는 없었을 것이다. 사다함과의 이별에 미실은 서라벌 밖으로까지 배웅하며 헤어지기 싫은 자신의 마음을 향가 〈송출정가(送出征歌)〉에 오롯이 담아 놓고 있다.

바람이 분다고 하되 님 앞에 불지 말고

물결이 친다고 하되 님 앞에 치지 말고

빨리빨리 돌아오라 다시 만나 안고 보고

아흐, 님이여 잡은 손을 차마 물리라뇨.

風只吹留如久爲都 郎前希吹莫遣

浪只打□如久爲都 郎前□打莫遣

早早歸良來良 更逢叱那抱遣見遣

此好 郎耶 執音乎手乙 忍麼等尸理良奴

사다함과 미실은 두 손을 맞잡고, 다시 만날 날을 기약하며, 냇가 버들가지를 꺾어 증표로 삼고자 하였다. 자꾸만 멀어지는 사랑을 보며, 발길을 눈물로 눈물로 밟아 가고 있었다.

몇 달 후 사다함은 대가야의 왕 도설지를 비롯한 오천여 명의 포로를 이끌고 서라벌로 개선하면서, 오직 다시 만날 미실의 생각에 다른 모든 개선행사에는 마음이 떠나 있었다. 왕이 상으로 준 포로는 양민으로 풀어주고, 여러 번의 사양 끝에 알천(北川)의 황무지 조금만 받았을 뿐이다. 그러나 그토록 연모했던 미실은 이미 다른 사람(세종전군)의 부인이 되어 왕궁에 들어가고 난 뒤였다. 사다함은 땅을 치며, 떠나간 사랑을 위해 노래를 불렀다.

파랑새야 파랑새야 저 구름 위의 파랑새야

어찌하여 나의 콩밭에 머무는가

파랑새야 파랑새야 너 나의 콩밭의 파랑새야

어찌하여 다시 날아들어 구름 위로 가는가

이미 왔으면 가지 말지 또 갈 것을 어찌하여 왔는가

부질없이 눈물짓게 하며 마음 아프고 여위어 죽게 하는가

나는 죽어 무슨 귀신 될까, 나는 죽어 신병되리

(전주)에게 날아들어 보호하여 호신(護神)되어

매일 아침 매일 저녁 전군 부처 보호하여

만 년 천 년 오래 죽지 않게 하리

靑鳥靑鳥 彼雲上之靑鳥

胡爲乎 止我豆之田

靑鳥靑鳥 乃我豆田靑鳥

胡爲乎 更飛入雲上去

旣來不須去 又去爲何來

空令人淚雨 腸爛瘦死盡

吾死爲何鬼 吾死爲神兵

飛入〈殿主護〉護神

朝朝暮暮 保護殿君夫妻

萬年千年 不長滅

사다함은 이 노래를 부르고 나서 죽음을 결심했는지도 모를 일이다. 출정식 때 향가 〈송출정가〉를 불러 주면서 기다리겠다는 미실이 떠나버린 서라벌은 더 이상 사다함에게는 삶의 희망이 없어진 곳이었을 것이다. 여기에 뒤이어 맹약 친구 무관랑까지 죽는 사건이 일어나자 사다함은 아마도 식음을 전폐하고 그 뒤를 따르고자 했을 것이다. 이때 미실이도 사다함을 잊지 못하고 있었던 것 같다.

《화랑세기(花郎世紀)》를 보면, 미실은 사다함이 죽은 후 천주사(天柱寺)에서 사다함의 명복을 빌었는데, 그날 밤 미실의 꿈에 사다함이 나타나 품에 들어오며 "나와 네가 부부가 되기를 원하였으니, 너의 배를 빌려 태어날 것이다" 하였다고 한다. 미실은 바로 임신이 되어 하종공(夏宗公)을 낳았는데, 하종공의 모습이 사다함과 심히 비슷하였다. 그러므로 세상에서는 사다함과 정을 통할 때 이미 임신을 하고서 입궁하여 낳은 아들이라 한다.

사다함의 친구 무관랑을 집어삼킨 구지(해자)에는 그날의 일을 잊은 듯 빗방울 소리만 가득하고, 연인과 친구를 연이어 잃고 비탄에 빠진 사다함의 슬픈 사랑노래 〈청조가(靑鳥歌)〉만이 반월성 고갯마루 위에서 들리는 듯하다.

안압지 주변에 조성된 연꽃 밭. 연꽃의 아름다움이 미실을 보는 것 같다.

03

임금님께 향가로 훈수한 충담사의 〈안민가〉와

향가의 백미 〈찬기파랑가〉

겨울비가 내리고 있다. 자꾸 비님을 내려 보내시는 걸 보면 봄도 멀지 않았나 보다. 한겨울에 느끼는 봄에 대한 그리움은 또 하나의 문학을 낳는 도구인 것 같다. '정서의 자연스러운 넘쳐남'이 시라고 워즈워스(William Wordsworth)는 말했다. 또한 '문학 당의정설(糖衣錠說)' 역시 달콤한 포장을 한 쓰디쓴 인생의 고뇌가 문학이라는 말인 셈이다. 물론 몸에 좋은 약은 입에 쓰니까 먹게 하기 위해서 달콤한 꿀을 발라 놓았다고 당의정이라고 하지만, 너무 과도한 포장만을 고집하다 보면 문학은 곧 뭇사람들의 곁에서 멀어져 버릴 것이다. 오늘은 왠지 오래된 첫사랑의 소식이라도 들을 것 같은데, 마음이 밑바닥부터 쓰라려 오는 것은 동지섣달 기나긴 밤을 독수공방하는 것에 대한 솔직한 표출이라는 생각이 든다.

휘이휘이 하이얀 두루마기가 금오산 정상 부근에서 자유로운 비상을 한다. 이 시대에 새로 태어난 화랑으로 한평생을 살다가 가신 고청(古靑)

34 |

윤경렬(尹京烈: 1916~1999) 선생님이라도 뵙고 오는 게 마음이 어지러울 땐 훨씬 효과적일 것 같다. 삼국통일위인전(三國統一偉人殿) 앞에 차를 버리고 서출지(書出池)에 앉아 본다. 지난 여름 연꽃 향연에 동참하여 아무 말 없이 족히 서너 시간을 서출지 주위를 배회하였다고 생각된다. 그때 연꽃의 자태가 어찌나 고운지 가슴으로 눈물을 삼켰던 기억이 생생하다. 아마 충담사도 이 길을 걸으면서 수많은 향

평생을 다시 태어난 화랑으로 살다 가신 고청 선생님 기념비

가의 시상을 떠올렸을 것이다. 지금 겨울 한가운데 꽁꽁 언 연못 사이로 향가가 밝게 어리는 모습을 본다. 역시 아름답다. 그 어떤 노래가 이처럼 사람뿐만 아니고 귀신까지도 감동을 시킬 수 있을까?

　　서출지를 뒤로하고 남산 쌍탑에 닿았다. 잔디가 노랗게 변해 양탄자라도 되는 양 꼬마 몇이 나뒹굴고 있다. 하하 호호 웃음이 싱그럽다. 또 한 무리의 서라벌 화랑을 보는 것 같아 무척 반갑다. 어서어서 자라서 하늘 향해 두 팔을 마음껏 벌리고, 세계를 호령할 날이 분명 다가올 것이다. 호주머니에 때 절은 사탕 몇 개를 앙증맞은 손에 쥐어 준다. 멈칫 하다가 제법 어

른스럽게 고맙다는 인사도 한다. 역시 서라벌 태생은 무엇이 달라도 다르단 말이야.

울퉁불퉁한 시멘트 포장길이 생긴 모양대로 길을 만들었는지, 걷는 것이 천직인 나그네에겐 더 없이 정겹게 다가온다. 온 서라벌에 염불소리가 가득하게 하였다는 염불사지가 발굴조사를 끝내고 나신을 드러내고 추위에 떨고 있다. 어디서 왔는지 까치 한 마리가 쓰러진 탑 옥개석 위에 앉아서 머리를 좌우로 두리번거리고 있다.

금오산을 오르면 항상 떠오르는 것이 하나가 있다. 골골마다 숨어 있는 수많은 절터하며, 바위마다 새겨져 있는 불상을 보고 있노라면, 말 그대로 불국토의 심장부에 들어 온 것 같은 기분이 옷깃을 숙연하게 한다.

그때 서라벌인들에겐 금오산 자체가 숭모의 대상이 되고도 남았을 것을 생각하면, 지금도 역시 금오산은 산 그 이상의 무엇으로 우리들에게 다가오는 것이 아닌가 한다.

등산로를 따라 바로 삼화령으로 향했다. 주변의 볼거리를 오늘은 그냥 지나치고 싶었을 뿐만 아니라 연화좌대를 빨리 만나고 싶은 마음에 발걸음을 최대한 크게 하고 걷는다. 겨울바람이 시원하게 다가오는 것은 왜일까? 잠깐 올라왔다고 느꼈는데 벌써 사방이 훤하게 펼쳐진다. 삼화령이다.

여기를 삼화령으로 추정하는 고청 선생님의 말씀을 들어보자.

"지금 안춤 자리가 있는 곳에서 보면, 산줄기 셋이 뻗어 있으니 꽃

무너진 석탑의 옥개석이 화려했던 천 년 신라의 역사를 말해주고 있다.

이파리 셋(三花)에 비유한 것이고, 그 등성이는 영(嶺) 또는 수리(述)인 삼화령 (三花嶺)인데, 가장 중요한 것은 《삼국유사》에 기록된 미륵부처를 파낸 곳이 남산 남쪽 골짜기란 거다. 남산의 남쪽 골짜기가 바로 이 마루의 남쪽 골짜 기가 아니고 어디란 말인가?"

그러나 동국대 총장을 지낸 황수영(黃壽永 : 1918~2011) 선생은 남산의 북쪽, 남산신성의 북쪽을 삼화령이라고 주장한다. 무엇보다도 지금 경주박 물관에 모셔져 있는 삼존불이 이곳에서 발견되었기 때문이라고 말한다. 그 의 주장을 들어보자.

"이 부처님을 새긴 솜씨가 오래된 양식, 즉 '세 나라 시절(三國時代)' 신라 솜씨고, 생의(生義) 스님이 미륵부처를 파내 모신 때(선덕여왕 13년, 644년)

국립경주박물관에 있는 삼화령 삼존불[국립경주박물관]

와 맞아떨어지므로, 이 불상을 생의사(生義寺)의 미륵불로 보고, 이곳이 삼화령이라는 것이다."

앞으로 이 부분은 더욱 많은 연구가 필요할 것으로 판단된다. 어쨌든 탐방자는 고청 선생님의 주장에 한 발짝 더 다가서서 오늘 삼화령을 찾았다. 연화좌대는 오늘도 침묵으로 일관하고 있다. 오랜 과거를 주저리주저리 풀 것이란 기대가 한순간 멀리서 메아리친다.

때는 신라 35대 경덕왕 시절, 왕권의 안정과 함께 문화가 정점에 도달해 있었다. 그러나 달도 차면 기우는 법, 자꾸만 이상한 일들이 벌어지고

반월성 서쪽 움푹 들어간 자리를 귀정문으로 추정하고 있다.

있었다. 하늘에 해가 둘이나 나타나 화랑승 월명사의 도움으로 겨우 변괴를 막았고, 표훈대사(表訓大師)의 도움으로 어렵게 아들을 얻긴 했지만, 경덕왕의 마음은 늘 불안으로 지쳐있었던 것이다.

경덕왕 24년(765) 삼월 삼짇날 왕이 귀정문(歸正門) 문루 위에 나와 앉아 측근들에게 말하기를, "누가 길에 나가 훌륭하게 차린 중 한 명을 데려올 수 없을까?" 하였다. 이때 마침 풍채가 깨끗하게 생긴 대덕고승 한 명이 걸어오고 있었다. 그를 데려와 왕에게 알현시키니 경덕왕은 "내가 말한 훌륭하게 차린 중이란 저런 중이 아니다." 하고는 물리쳤다.

또 다시 중 한 명이 누비옷에 벚나무로 만든 통을 지고 남쪽으로부터 오고 있었다. 왕이 그를 보고 기뻐하며 맞이하였다. 통 속에는 차 달이는 도구가 들어 있을 뿐이었다. 왕이 누구냐고 물으니 "충담(忠談)이라 합니다." 하였다. 왕이 어디서 오는 길이냐고 재차 물으니, 충담은 "소승은 3월 삼짇날(중삼(重三)]과 9월 9일(중구(重九)]이면 남산 삼화령에 있는 미륵세존님께 차를 달여 올립니다. 지금도 차를 올리고 오는 길입니다." 하였다. 충담에게 차를 한 잔 얻어 마신 왕은 다시 물었다. "내가 일찍이 듣기는 대사의 기파랑을 찬미하는 사뇌가(향가)가 그 뜻이 매우 고상하다고 하는데 과연 그러한가?" 하니 충담은 "그렇소이다." 하였다. 이에 경덕왕은 "그러면 나를 위하여 백성들이 편히 살도록 다스리는 노래를 지으라." 하니 충담은 당장에 임금의 명령을 받들어 노래를 지어 바쳤다. 이 노래가 〈안민가(安民歌)〉이다. 노래를 들은 왕이 칭찬을 하며 충담을 왕사에 봉하였으나, 굳이 사양하고 받지 않았다. 안민가를 현대어로 불러보면,

임금은 아비요
신하는 자애로운 어미요
백성은 어린 아이라 한다면
백성이 사랑받음을 알 것입니다
구물거리며 살아가는 백성들
이들을 먹여 다스리어
이 땅을 버리고서 어디로 갈 것인가 한다면

나라 안이 다스려짐을 알 것입니다

아, 임금답게 신하답게 백성답게 한다면

나라 안이 태평할 것입니다.

君隱父也

臣隱愛賜尸母史也

民焉狂尸根阿孩古爲賜尸知

民是愛尸知古如

窟理叱六肹生以支所音物生

此肹喰惡支治良羅

此地肹捨遣只於冬是去於丁 爲尸知

國惡支持以支知古如

後句 君如臣多支民隱如爲內尸等焉

國惡大平恨音叱如

오늘날 불러보아도 참으로 맞는 말이다. 대통령이 대통령답고, 국민이 국민다우면 무엇이 걱정일까. 뉴스만 틀면 위정자의 말이 화젯거리가 되고, 그늘진 이웃들의 추운 겨울나기가 예사가 아니라고 연일 떠들어 댄다. 지금 이럴 때 충담 스님께서 돌아와 안민가라도 불러주면 얼마나 행복할까?

햇살이 겨울답지 않게 사뿐히 내려선다. 온 누리에 생물들이 봄이라도 온 양 봄볕 재촉하기에 여념이 없다. 겨울은 겨울다워야 겨울이라고 할 수 있는 것이다. 그러나 그동안의 자연훼손에 대한 응보를 받고 있는 것이라고 생각하면 오금이 당긴다.

　　어느 일간지에 매화가 꽃망울을 터뜨리기 시작하였다고 한다. 예년보다 빠른 매화의 꽃망울을 보는 순간 그래도 가까이 오는 봄을 맞을 희망에 부푸는 것이 우리네 인간의 삶이 아닌가.

　　한자에 '인(仁)' 자가 있다. 우리는 어질 인으로 익힌다. 그러면 인한 것은 어떤 것일까? 결국 어질어야 인하다는 말이다. 누구나 어진 사람을 표현할 땐 그 사람이 지금 처해있는 역할에 충실한 사람을 어질다고 하는 것을 보게 된다. 결국 한 사람의 남자는 집안에서는 가장다워야 하고, 또한 아내에게는 남편다워야 하며, 자식들에겐 아버지다워야 하고, 회사에서는 사장님, 부장님, 과장님다워야 어질다는 것이 된다.

　　충담사가 이 같은 얘기를 한 것이 〈안민가〉이다. 물론 《논어》에도 나오는 말이지만 참으로 적절한 표현을 하였다고 생각된다. 누구나 어질다는 평가를 받고 싶으면 지금 자신의 위치에 걸맞은 행동거지를 해야 한다는 명언인 셈이다.

　　일찍이 충담사는 화랑 기파랑을 찬미하는 향가를 불렀다. 〈찬기파랑가(讚耆婆郞歌)〉라고도 하고 〈찬기파랑사뇌가〉라고도 하는 문학성이 높은 작품으로 향가 최고의 자리에 올라 있다. 오늘날도 쉽게 발견하기 어려운 고도의 상징적 수법으로 화랑 기파랑의 고고한 인격을 수채화를 그리듯 아름답게 풀어내고 있다. 달, 흰 구름, 모래, 물가 등 자연물을 기파랑의 화랑도로

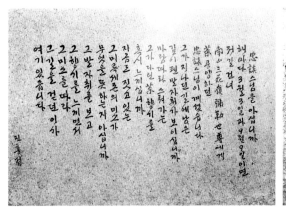

고청 윤경렬 선생님의 10주기 기념비 뒷면에 있는 충담사 헌시   윤경렬 선생님의 발자취가 10주기 기념비에 새겨져 있다.

서의 인품으로 그려내는 솜씨가 향가를 천 년 신라 최고의 문학성을 가진 갈
래로 인정하기에 충분하게 하고 있다. 〈찬기파랑가〉를 현대어로 불러보면,

흐느끼며 바라보매	咽鳴爾處米
이슬 밝힌 달이	露曉邪隱月羅理
흰 구름 따라 떠간 언저리	白雲音逐于浮去隱安支下
모래 가르며 흐르는 물가에	沙是八陵隱汀理也中
기랑의 모습이로다 수풀이여	耆郎矣皃史是史藪邪
일오의 냇가 자갈벌에서	逸烏川理叱磧惡希
기파랑이 지니시던	郎也持以支如賜烏隱
마음의 끝을 좇고 있노라	心末際叱肹逐內良齊

아아, 잣나무 가지 높아	阿耶 栢史叱枝次高支好
눈이라도 덮지 못할 고깔이여	雪是毛冬乃乎尸花判也

　　이토록 충담사가 사모한 기파랑(耆婆郞)은 누구인가? 득오가 사모한 〈모죽지랑가〉의 죽지랑은 역사의 전면에 자주 모습을 보여 화랑 중의 화랑이었다는 단서를 얻을 수 있었지만 기파랑은 단 한 줄의 역사서에도 등장하지 않는다.

　　신라 35대 경덕왕대의 시중(侍中) 김기(金耆)라는 설이 있고, 또한 표훈대사라는 설이 등장하였지만 우리의 궁금증을 풀어 줄 정도의 확실한 것은 '아니다'라고 할 수 있다.

　　화랑들이 맹활약하던 삼국통일기를 지나자 전제왕권에 늘 위협의 대상인 화랑들은 그만 나라의 근심거리로 내몰리게 된다. 통일 완성 직후 31대 신문왕대에 결국 화랑제도 자체가 폐지되고 만다. 신궁에 봉사하는 것으로 시작된 화랑들이 역사의 뒤안길로 사라지게 되는 안타까운 순간이었다. 그러나 신문왕의 모후인 자의태후가 오래된 풍속을 갑자기 바꾸면 안 된다고 화랑제도를 다시 부활하여 겨우 명맥만 이어나가게 된다. 이후 약 100년의 세월이 흘러 충담사가 〈찬기파랑사뇌가〉를 부르면서 사모한 기파랑은 어떤 사람이었을지 의문의 연속이다. 사실 경덕왕대에 오면 화랑들이 주요한 창작자인 향가가 가장 많이 불렸다고 《삼국유사》는 말한다. 그리고 현전하는 향가 중 신라 26대 진평왕대의 〈서동요〉가 가장 이른 시

계림에 있는 충담사의 찬기파랑사뇌가 향가비. 향가비 뒷면에 충담사에 대한 자세한 설명이 기록되어 있다.

기의 향가라고 학계에 알려져 왔다. 그러나 최근 발견된 필사본《화랑세기》에 진평왕의 할아버지 24대 진흥왕대에 사다함과 미실이 불렀다는 〈청조가〉와 〈송출정가(送出征歌)〉가 들어 있어, 향가 최고 자리의 주인이 바뀌고 말았던 것이다.

화랑들은 아마도 경덕왕대에 오면 무사의 모습에서 완전히 탈바꿈하여 그들의 전통인 향가나 부르면서 유오산수(遊娛山水)하였던 것이 아닐까 한다. 충담사가 차 달이는 도구를 벗나무 통에 지고 다녔던 것을 두고, 그를 치병(治病)을 하는 의원의 모습으로 보는 연구자도 있는 등 충담사에 대한 여러 가지 설이 난무하는 것도 따지고 보면, 쇠약한 화랑들이 원인을 제공하였다고 판단된다.

충담사가 기파랑이라는 화랑의 고고한 인격을 매우 사랑하였다는 것에는 모두가 동의를 한다. 그러나 위에서도 말하였듯이 이때는 화랑이라고 해봐야 향가나 부르면서 왕궁에서는 더욱 멀어져 가는 저녁나절의 신세였던 것이다.

혹시 충담사가 역사의 전면에는 나타나지 않지만, 고매한 인품을 가진 화랑 기파랑을 찬미함으로써 잊혀가는 화랑들을 되살리려는 의도에서 향가를 부르고 다닌 것은 아닐까. 또한 이 노래가 입에서 입으로 온 서라벌 거리에 불리게 되자, 통일기의 안정에서 벗어나 하대의 혼란을 감지한 경덕왕이 간접적으로 향가를 이용하여 민심을 수습한 것인지도 모를 일이다.

경덕왕대의 왕권의 흔들림은《삼국유사》에만 여러 차례 기록되어 있다. 해가 둘이 나타났다는 것도 그렇고, 왕의 생식기가 몇 촌(寸)이라든지, 아들이 없어 표훈대사의 도움으로 딸로 태어날 운명인 아기를 아들로 태어나게 하였다는 것 등 혼란을 예고한 많은 이야기가 《삼국유사》에 전하고 있다.

그러나 《삼국사기》에는 이와는 사뭇 다르게 경덕왕대의 혼란을 기록하고 있다. 천재지변은 여러 차례 기록되어 있으나, 이것은 어느 왕 때나 흔히 나타나는 것이고 보면 이상하다고 할 것이 못 된다. 특이한 것은 시중이나 상대등 등 신하들이 자주 자신의 자리를 내놓았다는 것이다. 최고위직 신하들이 자주 바뀌는 것은 어느 모로 보나 안정기를 지난 모습이었다고 할 수 있다. 아울러 일본 사신이 두 번 내방하는데 두 번 모두 만나주지 않고 돌려보냈다는 기사와 전국의 주군현의 이름을 중국식 한자로 개명하면서 본격적으로 당나라식 통치방식으로 탈바꿈하였다는 것은 서라벌 사회에 많은 진통을 유발하였을 것이다. 이것은 유연하지 못하고 고집스러운 경덕왕의 성품을 나타낸다고 여겨진다.

어느 시기나 고집스럽고 외골수인 위정자를 만나면 민초들의 생활은 더욱 고달파지는 게 보통이다. 앞서가는 것도 중요하지만 함께 아우르면서 발맞추어 가는 것이 더욱더 중요하다고 할 수 있는 것이다.

오늘도 역사에서 교훈을 얻어야 한다는 평범한 진리가 우리 곁에 와 있다. 다시금 옷매무새를 고치고, 천지귀신도 감동케 하였던 향가를 한 수 불러보는 것이 어떠한지 묻고 싶다.

관음불의 자비로 눈을 뜬 희명의 아이와 〈도천수대비가〉

경주시 황오동에 자리하고 있는 70년 성상(星霜)의 경주고등학교 앞을 지나자, 푹푹 찐 붉은 용광로 운동장에서 더운 여름도 아랑곳하지 않고 야구에 열중인 젊은 화랑들의 설익은 땀 내음이 코끝을 스친다. 시원한 바람을 맞이하던 수양버들도 이미 자취를 감추어 버리고, 빽빽하게 꽉 들어차 있던 그 많던 자전거는 어디에 출타 중인지 텅 비어서 추억의 상념을 붙잡으려는 탐방자를 이내 허전한 가슴 언저리로 쏜살같이 내려앉게 한다.

장마철이라고 며칠 제법 더위를 식힐 비가 오더니만, 이내 하늘은 저만치 폭염을 던져 놓는다. 한기리(漢岐里)에 사는 희명(希明)도 가쁜 숨을 몰아쉬며 다섯 살 난 아이를 가슴에 품고서 이 길을 가로 질러 분황사(芬皇寺) 천수관음전(千手觀音殿)으로 뛰어 갔을 것이다. 이마에 흐르는 땀은 지극한 모성(母性)으로 말라버리고, 오직 한마음으로 아이의 개명(開明)만을 외쳤을 희명의 모습에서 화랑들의 숭고한 기상을 이룩해낸 서라벌 어머니들의 아름다움이 오버랩 되고 있다.

때는 신라문화가 최고 정점에 다다른 35대 경덕왕 시절이었다. 유네스코 등재 세계문화유산인 불국사(佛國寺) · 석굴암(石窟庵)이 조성되던 시점이기도 하였다. 효성왕이 후사가 없이 훙(薨)하니 친동생인 경덕왕이 왕위에 올랐다고 《삼국사기》는 기록하고 있다. 이즈음 신라는 30대 문무왕 676년에 당나라를 대동강 이북으로 완전히 축출하여 진정한 의미의 민족대통합을 이룩하였고, 이후 삼국이 독자적으로 발전해온 문화가 한자리에 뭉쳐져서 통일신라 문화라는 새로운 패러다임의 최정점에 도달해 있었다.

서라벌 한기리에 사는 희명이라는 여인의 아이가 다섯 살 때 갑자기 눈이 멀게 되었다. 몇 해만 더 있으면 화랑 무리에 보내어, 나라의 동량(棟樑)으로 키우려던 희명의 꿈은 일순간 산산조각이 났던 것이다. 앞뒤 잴 겨를도 없이 희명은 아이를 안고 천수관음전으로 내달렸을 것이다. 발길에 부딪히는 돌멩이에 맨발은 피멍이 들었건만 한순간도 지체할 수 없는 지경이었다.

〈무애가(无碍歌)〉를 지은 원효대사(元曉大師)가 머물렀던 분황사˙ 왼쪽 전각 뒤편에 있는 천수관음불은 영험하기로 이미 서라벌에 파다하였다. 관음불 벽화 앞에 선 희명은 아이에게 향가를 짓게 하고 이어서 그 향가를 부르게 하였다. 후일 일연 스님도 《삼국유사》에 '천지귀신을 감동시킨 것이 한두 번이 아니다' 라고 하여 향가의 뛰어난 주술성을 말하였지만, 이때 희명도 벌써 향가의 영험을 확신하고 있었던 것으로 보인다. 다섯 살

● 분황사
634년(선덕여왕 3)에 창건된 신라시대 절로 경북 경주시 구황동에 있다. 국보 제30호로 지정된 분황사 모전석탑이 특히 유명하다.

분황사 모전석탑(원래는 9층이었다고 하지만 지금은 3층만 남아 있다.)

먹은 희명의 아이가 천수관음전에 기도하면서 불렀던 향가를 적어보면 다음과 같다.

무릎을 세우고	膝肹古召旀
두 손 모아	二尸掌音毛乎攴內良
천수관음 앞에 비옵나이다.	千手觀音叱前良中 祈以攴白屋尸置內乎多
일천 손(手)에 일천 눈(目)을	千隱手叱千隱目肹
하나를 놓고 하나를 덜겠사옵기에	一等下叱方一等肹除惡攴

둘 다 없는 이 몸이니	二于萬隱吾羅
하나만이라도 주시옵소서	一等沙隱賜以古只內乎叱等邪
아아, 나에게 주시오면	阿邪也 吾良遺知支賜尸等焉
두루두루 쓸 자비가 얼마나 클 것인가.	放冬矣用屋尸慈悲也根古

　노래를 마치자 희명의 아이는 심봉사가 심청이를 외치면서 눈을 떴
듯이 거짓말처럼 해맑은 눈으로 천수관음전을 바라보고 있는 것이었다. 너
무나 기쁜 희명은 오랫동안 천수관음의 고마움에 자리를 떠날 줄 몰랐다.
한참 후 희명은 아이의 손을 잡고 '삼룡변어정(三龍變魚井)' 약수 한사발로
정신을 차리면서 부처님의 자비를 축복했을 것이리라.
　향가란 이처럼 서라벌 사람들에겐 노래 그 이상의 것이었다. 향가가
《삼국유사》〈기이편(奇異篇)〉에 가
장 많은 여섯 수나 분류 수록된 것
을 보면 향가로 인한 기이한 일들
이 수없이 많았다는 방증이기도
하다.

분황사 뜰에 있는 '삼룡변어정'

　분황사 보광전(普光殿) 앞에
는 그날을 얘기하는 삼룡변어정이
아직도 매끈한 맵시로 탐방자를
반갑게 맞이하고 있다. 삼룡변어

정 옆 굵은 나무 밑에 원효의 화쟁국사비(和諍國師碑)가 있다. 비문은 없어지고 비석 받침만 남아 있는데, 자세히 찾아보면 조선 최고 금석학의 대가 완당(阮堂, 秋史, 勝雪道人, 老果 , 病居士, 老阮 등 100여 개의 號를 사용함 : 1786~1856) 김정희(金正喜)가 써놓은 글씨(차화쟁국사지비적 : 此和爭國師之碑蹟)를 발견할 수 있다. 가로 세로 한 뼘도 되지 않을 작은 크기의 선각(線刻)이지만 완당의 체취를 느끼게 해주는 또 하나의 분황사 보배가 아닐 수 없다. 괴테는 말했다, '아는 만큼 보인다' 고.

완당의 서라벌 사랑이 매우 남달랐음을 알려주는 많은 기록이 그의 전집에 남아 있다. 혹자는 그가 경주김씨 월성위 봉사손으로서 자신의 뿌리에 대한 깊은 애정에서 서라벌 기행을 하면서 유적도 발굴하였다고 하나 그것만으로는 설득력이 부족하다고 하겠다.

우선 완당의 서라벌 탐방에서 찾아낸 업적을 보면, 첫째 무장사지 비문을 수습한 것이다. 현재도 암곡동 왕산마을에 있는 무장사지는 쉽게 기행자의 발길을 허락하지 않는다. 그런데 완당은 조선 후기에 이미 이곳을 여러 차례 탐방하여 무장사지 비문의 깨어져 잃어버렸던 부분을 찾아낸 것이었다. 그리고 자신의 스승인 청나라 담계(覃溪) 옹방강(翁方綱 : 1733~1818)에게 보내 왕희지체(王羲之體)를 집자하여 비문을 새겼다는 고증을 받았다고 한다.

둘째로 진흥왕순수비 중 황초령비(黃草嶺碑)와 북한산비(北漢山碑) 두 개를 찾아낸 것이다. 직접 발로 현장을 찾아 진흥왕순수비란 것을 확인한

완당 김정희가 고증한 무열왕릉 뒤편의 고분들 ▲

경주 서악에 있는 신라 29대 무열왕릉의 귀부 ▶

완당 김정희가 써 놓은 '차화쟁국사지비적' 명문 ▼

분황사 보광전의 약사불

완당은 너무나 기뻐하였다고 한다. 이 비는 진흥왕대의 신라 영토확장 사실(史實)과 그 영역을 확인케 하는 중요한 자료가 아닐 수 없다.

마지막으로 세 번째는 24대 진흥왕릉, 25대 진지왕릉, 46대 문성왕릉(文聖王陵), 47대 헌안왕릉(憲安王陵)을 고증하는 논문을 발표하였다는 것이다. 경주시 서악동 고분군 중 무열왕릉 뒤편 네 개의 조산(造山)을 왕릉으로 보고 고증을 하였다. 물론 아직도 이 부분은 학계의 논란에 머물고 있지만, 조선 후기 고증학의 대가답게 치밀하게 논증을 했던 것이다.

분황사 보광전 뒷벽에 그려진 불화. 그날 희명이 찾은 관음보살을 보는 듯하다.

경북 경산시 자인면에 있는 원효성사 탄생지(제석사)와 경주시 보문동 소재 전(傳) 설총묘

원효와 요석공주의 사랑으로 유명한 월정교 교각

　　조선 선비의 최고봉은 '문사철(文史哲)'에 '시서화(詩書畵)'까지 통달
해야 오를 수 있다고 하는데, 완당이야말로 진정한 조선 선비의 최고봉에
올랐다고 하는 데 이설이 있을 수 없다고 하겠다.

　　분황사 경내는 보광전 뒤편 불사(佛事)로 인해 고요하던 예전의 적막
은 조금 사라졌지만 아직도 고졸한 멋을 그대로 풍기면서 천 년 황도 서라
벌에 우뚝 서 있다.

　　보광전 약사여래불 앞에서 흐르는 땀을 한 손으로 훔치면서 지극정
성으로 백팔 배를 하는 초로의 어머니가 있다. 옆에는 예닐곱은 되어 보이

반월성. 앞쪽 석재는 원효와 요석공주의 사랑다리인 월정교 흔적이다.

는 앳된 소녀가 멈칫 멈칫하며 어머니를 따라 절을 하면서, 연신 바알간 연지 볼을 하고 커다란 두 눈을 껌뻑거린다. 그날 희명의 어미로서의 정성이 이런 모습이었을 것이다.

　어디선가 원효의《화엄경소(華嚴經疏)》독경 소리가 목탁소리와 함께 홀연히 전탑(塼塔)을 휘감고 있다. 한 점 혈육 설총(薛聰 : 31대 신문왕에게 〈화왕계〉를 지어 바침)도 탐방자와 함께 그 소리를 듣고 있다.

〈원앙생가〉 부르며 두 손 모아 원왕생 염원하리

천 년 유물을 품은 박물관을 나와서 곧장 분황사로 향한다. 논 옆 좁은 길바닥에 발길이 부딪힐 때마다 어린 방아깨비 같은 것이 폴짝 발등을 넘어 저만치 달아난다. 조금씩 묻어오는 넓은 들판엔 벌써 가을소리의 하모니가 울려퍼지고 있다.

가을이다.

예년과 다른 더위에 한동안 마음은 축 늘어져 괜한 트집 잡기에 열중하였는데, 계절은 어김없이 귀뚜라미를 한가득 풀어놓는다. 주인 없는 차단기의 빨간 종이 날카롭게 울리니, 천 년 고도 서라벌의 애처롭게 아름다운 경관이 경기(驚氣)하듯 놀라는 순간, 굉음을 내며 왜색 기차가 대동맥을 자르듯이 시커멓게 달려온다. 이젠 그 아픔을 치유하여야 할, 아니 다시 이어 붙여야 할 필요성이 한 발 한 발 가까이서 다가오는 것 같다.

오른편 황룡사 넓은 밭엔 또 다시 외세의 주황색 물결이 집어삼킬

안압지에서 분황사로 가는 길에 있는 철도 건널목 차단기

듯 성난 기세로, 어렵게 외로이 한두 송이를 피운 무궁화 꽃을 향해 시위를 하고 있다.

　그날 삼국통일의 주역 대군주 문무왕이 이 길을 걸어 황룡사, 분황사에서 열리는 통일전쟁의 고혼을 위한 법회에 참석하며, 온갖 상념에 사로잡혔던 호국사찰 주변이 이젠 만신창이를 넘어 부끄러움마저 느끼게 하니, 항상 그렇듯 보이지 않는 육중한 힘을 향해 고함이라도 내지르고 싶다.

　때는 해중(海中)에 묻혀 바다 건너에서 예나 지금이나 작은 머리를 자갈 굴러가듯 굴리는 민족의 외침을 막겠노라고 우렁차게 맹세를 하고 서방

겨울채비를 앞둔 분황사의 가을

정토로 떠난 신라 30대 문무왕 시절이었다. 불가에서 도를 닦던 광덕(廣德)과 엄장(嚴莊)은 좋은 벗으로 "누구든지 먼저 극락세계로 가는 사람이 꼭 알리기로 하자."고 항상 약속하였다.

　　광덕은 이때 분황사 서쪽에 살면서[혹은 황룡사의 서거방(西去方)에 있었다고 한대 짚신 삼는 것을 업으로 삼고, 아리따운 마누라를 데리고 오순도순 살고 있었다. 둘은 항상 부처님께 진심으로 공양을 하면서, 밤이 되면 한방에서 밤이 이슥하도록 불을 끄지 않았다. 엄장은 남악에 조그만 암자를 짓고 농사에 힘쓰면서 혼자 지내고 있었다.

　어느 날 석양이 붉게 물들고 소나무 그늘에 어둠이 내릴 때, 엄장의 초막암자 창 밖에서 "나는 벌써 서방으로 가니 그대는 잘 있다가 속히 나를 따라오라."고 하는 소리가 들렸다. 깜짝 놀란 엄장이 문을 열고 나가 둘러보니, 구름 밖에서 하늘의 풍악 소리가 나고 빛이 땅까지 뻗쳐 있었다. 다음 날 광덕이 머물렀던 분황사 서편을 찾아가 보니 그는 이미 이 세상 사람이 아니었다. 이에 엄장은 광덕의 처와 함께 그를 고이 장사 지내 주었다. 장사를 다 마치고 엄장은 은근히 욕심이 발동하여 광덕의 아내를 쳐다보며

분황사 담장이 향가 〈원왕생가〉를 잊지 않은 듯 고졸하게 자리하고 있다.

광덕 처의 올곧은 아름다움을 닮은 중생사 관음불
(지금은 국립경주박물관 뜰에 있다)

말하기를, "남편은 이미 죽었으니 이제 나와 같이 부부의 정을 나누며 함께 사는 것이 어떻겠소?" 하자, 광덕의 아내는 볼을 붉게 붉히며 웃으면서 지체 없이 "좋소." 하고 대답하였다.

그날 밤 엄장은 목욕재계를 하고, 어험! 어험! 기침소리로 건장한 사내임을 과시하기도 하며 슬그머니 광덕의 처 옆에 누웠다. 이 얼마만인가. 농사일과 부처님 치성에 몰두했던 그동안은 조금의 여유도 없이 광덕과의 약속만을 생각하며 지내었는데, 광덕이 죽자 그만 신심을 잃어버리고, 한 사람의 자연 사내로 돌아와 속세 운우(雲雨)의 정만 떠올리자 입가엔 벌써 침이 닷 되나 흐르고 있었다.

잠깐의 적막이 여삼추나 흐른 듯하자, 엄장은 용기를 내어 광덕의 처에게 수작을 걸었다. 엄장의 손이 광덕 처의 옥빛 같은 살갗에 닿자, 광덕의 처는 황급히 손을 뿌리치고 정색을 하며 "스님께서 정토를 구하는 것은 마치 고기를 잡으러 나무에 오르는 격입니다."

라고 비웃으며 말하였다. 이에 엄장은 매우 놀라면서 괴이쩍어 "광덕과 미리 그렇게 지냈는데 나와 또 못 살 것이 무엇이오?"라며 의아하게 묻자, 광덕 처가 말하기를 "남편은 나와 동거한 지 10여 년이었지만 일찍이 한자리에 눕지도 않았는데 하물며 몸을 더럽혔겠소? 매일 밤 몸을 단정히 하고 반듯이 앉아서 한마음으로 아미타불만 외우면서 어떤 때에는 십육관(十六觀 : 불교의 참선에서 묵상을 하는 방법으로 하는 16가지 관법)을 실천하는데 관(觀)이 절정에 이르면 밝은 달빛이 문 안으로 들어와 때로는 그 빛을 타고 올라 그 위에 가부좌를 하고 앉는답니다. 이토록 정성을 들이는데 비록 극락을 가려고 아니한들 어디로 가겠소? 무릇 천 리 길을 가는 자도 한걸음에서 알아볼 수 있는 것이오."라고 하였다.

엄장은 몹시 부끄럽고 무안하여 도망치듯 물러나와 곧바로 분황사 원효법사의 처소로 달려가 도 닦는 길을 물었다. 원효는 정관법(淨觀法)을 지어서 엄장에게 권유하였다. 엄장이 이에 몸을 깨끗이 하고 뉘우쳐 한마음으로 관을 닦아서 역시 극락세계로 올라갔다고 《삼국유사》〈감통〉〈광덕·엄장조〉에 전하고 있다. 또한 광덕의 처는 바로 분황사의 계집종이니 부처님의 열아홉 응신(應身 : 열아홉 응신은 19가지 설법에 의한 관음의 화신)의 한 분이라고 부처님의 자비를 말하고 있다.

일찍이 광덕은 다음과 같은 노래 〈원왕생가(願往生歌)〉를 불렀다고 한다. 현대어로 풀어보면,

달님이시여, 이제 서방까지 가셔서

무량수불 앞에 말씀을 가져다 전해주소서.

다짐 깊으신 부처님을 우러러

두 손을 모아 올려

'원왕생 원왕생'

염원하는 사람이 있다고 전해주소서.

아아, 이 몸을 남겨 두고

사십팔대원[●]을 이루실까.

● 四十八大願
아미타불이 법장비구
였을 때 세운 48가지
소원

月下伊底亦 西方念丁去賜里遣

無量壽佛前乃 惱叱古音多可支白遣賜立

誓音深史隱尊衣希仰支

兩手集刀花乎白良

願往生願往生

慕人有如白遣賜立

阿邪 此身遣也置遣

四十八大願成遣賜去

분황사는 신라 27대 선덕여왕 3년에 낙성되어, 솔거가 그린 것으로
알려진 〈관음보살〉이 있던 서라벌의 대가람이었다고 역사는 말하고 있다.
《삼국사기》에 두 번,《삼국유사》에 무려 열 번이나 분황사 관련 이야기를

기록한 것으로 보면, 당시 불국토 서라벌인들에겐 마음의 본향이었을 것이리라.

오늘도 분황사는 고요한 구름에 묻히어, 그날의 속내를 아직은 보이려고 하지 않는다. 서라벌 들녘이 완전한 제 모습으로 돌아와, 이제는 쉴 수 있다는 확신이 메아리 칠 때, 어쩌면 언제 그랬냐는 듯이 우리 앞에 해맑은 미소로 나타날지도 모를 일이다.

06

득오의 사모곡 〈모죽지랑가〉

자주 타는 시내버스지만 오늘은 왠지 모두 졸고 있는 것 같다. 건천읍 신평2리 마을 앞에 서니 머얼리 여근곡이 눈앞에 뚜렷이 모습을 드러낸다. 그날의 백제군은 선덕여왕의 뛰어난 예지력으로 몰살을 당하였고, 고향으로 가지 못한 고혼(孤魂)들은 이곳 오봉산 자락에서 희미하게 보이는 귀향길을 아직도 찾고 있는지도 모를 일이다. 서라벌 왕성에서 보면 여근곡은 분명 서북쪽의 군사요충지였을 것이다. 뒤에 문무왕대에 산성을 쌓으니 바로 부산성(富山城)*이다.

● 부산성
문무왕 3년(663)에 오봉산 정상에 축조한 성이다. 선덕여왕 때 백제군이 이 산을 넘어서 여근곡까지 침입한 후 축성했다는 점에 비추어 방어를 위한 경주의 외성으로 추정된다. 주사산성(朱砂山城)이라고도 한다.

포도밭엔 탐스럽게 주렁주렁 옹종거리며, 포도가 특유의 연초록의 탱탱함을 유지하면서 무겁게 매달려 있다. 화랑들의 맹약이 포도알처럼 견고하였으리라.

때는 신라 32대 효소왕(孝昭王 : 재위 672~702) 시절, 풍류황권(風流黃卷 : 화랑들의 출근부로 판단됨)에 열흘간이나 모습을 보이지 않는 득오급간(得烏級

66

干)을 찾아 죽지랑(竹旨郎)은 이곳 부산성으로 한달음에 말을 달려 왔다. 그러나 익선아간(益宣阿干)은 죽지랑의 예의를 갖춘 부탁에도 아랑곳하지 않다가, 쌀 30석과 말안장을 뇌물로 받고는 겨우 득오를 풀어 주었다. 이 일이 화랑의 우두머리 국선 화주(花主)에게 알려지자, 대노한 화주는 도망간 익선 대신 그의 큰 아들을 붙잡아, 동짓달 차가운 물속에 집어넣어 얼어 죽게 하고, 모량부(牟梁部) 사람으로 벼슬하는 사람은 모두 궁에서 내쫓고, 다시는 관직에 등용하지 못하게 하였다. 또한 불문(佛門)에도 들이지 못하게 하고, 이미 중이 된 자는 큰 절에는 발을 붙이지 못하게 하였다고 《삼국유사》는

부산성이 있는 오봉산 전경[국제신문 제공]

전한다.

어찌 보면 냉혹하다고 할 수 있는 연좌제가 신라시대에도 존재하였

다는 데서 20세기 분단의 아픔이 낳은 이데올로기 연좌제의 연원이 상당히

오래되었다는 것을 알 수 있다. 그러나 익선은 부정한 뇌물로 숭고한 화랑

정신을 더럽혔기에 연좌제의 사슬에 묶이었지만, 20세기 연좌제는 인간의

사상까지도 연좌제의 대상으로 삼았다고 하니, 훨씬 더 가혹하다고 할 수

있겠다.

득오를 구한 죽지랑은 삼국통일기 역사기록에 빈번히 등장하는 김

유신(金庾信) 버금가는 맹장이었다. 그의 가계를 보면, 신라 28대 진덕여왕

대에 나라의 큰일을 의논하려 남산 우지암(于知巖)에 모였던 대신 중에 유신

공(庚信公), 염장공(廉長公)과 더불어 술종공(述宗公)이 있는데, 이 술종공이 곧 죽지랑의 친부이다.

일찍이 술종공이 삭주도독사(朔州都督使)가 되어 죽지령에 이르자, 한 처사가 길을 닦고 있었다. 술종공은 매우 기이하게 여겼다. 술종공이 임지에서 도착한 지 달포가 지났을 무렵, 꿈을 꾸니 그 처사가 방에 들어 왔다. 그리고 술종공의 부인 또한 같은 꿈을 꾸었다고 한다. 너무나 이상하고 기이한 생각이 들어 술종공 부부는 처사의 안부를 알아보게 하였더니, 바로 그 꿈을 꾼 날 처사가 죽었다고 한다. 이에 술종공은 '아마도 처사가 우리

여근곡 옆의 유학사 대웅전

▲ 유학사의 샘물. 물맛이 화랑들의 맹세인 양 달고 시원하다.

▼ 유학사 대웅전 앞 석탑. 득오가 진심을 다해 '모죽지랑가'를 부르고 있는 것 같다.

집에 태어나는가 보다' 하였다. 마침내 술종공의 부인은 처사의 꿈을 꾼 날부터 태기가 있어 사내아이를 낳으니, 고개 이름을 따서 죽지랑이라 하였다고 한다.

탄생설화부터 비범함을 느끼게 해주는 죽지랑은 자라서 서라벌 존망의 대상인 화랑을 이끄는 지위에 있으면서, 그에게 속한 화랑국선 무리를 끔찍이도 아꼈다고 여겨진다. 임신서기석(壬申誓記石)*에도 나타나듯이 서라벌 사내들은 한번 맺은 맹약은 죽음으로도 깨지 않으려고 했을 만큼 중요하게 그들의 생활을 지배하였다고 생각된다.

득오가 풍류황권에 이름이 열흘간이나 보이지 않자, 죽지랑은 바로 득오의 어미에게 달려갔다. 득오가 익선아간의 명으로 부산성 창고지기로 있다는 것을 안 죽지랑은 술과 음식을 싸가지고 득오에게 가서 그를 위로하고, 또한 그를 구하여 함께 서라벌 화랑 무리로 돌아왔다고 하니, 득오의 죽지랑을 향한 사모의 정은 사부를 넘어 신적인 존재와도 같은 대상이었을 것이다.

삼국통일을 완성하고 난 뒤 죽지랑은 다시는 돌아오지 못할 곳으로 가게 되는데, 이때 득오는 어떤 형태로든 죽지랑의 죽음을 받아들이기 어려웠을 것이다. 식음을 전폐한 득오는 그를 위해 눈물로 제를 올리면서, 죽지랑을 위한 멈출 수 없는 사모의 정한을 향가에 얹어 불렀을 것이다.

〈모죽지랑가(慕竹旨郞歌)〉에는 죽지랑을 향한 애끓는 정이 너무나 생생하게 나타나 있어, 추모의 사모곡으로는 우리 역사상 가장 윗자리를 차

● 임신서기석
충도(忠道)를 지키고 3년 안에 시경, 상서, 예기, 춘추를 익히기로 맹세한 내용이 새겨진 금석문 자료. 보물 제1411호로 지정되었다.

지한다고 하겠다.

간 봄을 그리워함에

모든 것이 서러워 시름하는구나

아름다움 나타내신

얼굴이 주름살을 지으려고 하는구나

눈 깜박할 사이에

만나뵈올 기회를 지으려이다.

낭이여, 그리운 마음의 가는 길에,

다북쑥 우거진 마을에 잘 밤인들 있으리이까.

去隱春皆理米

毛冬居叱沙哭屋尸以憂音

阿冬音乃叱好支賜烏隱

皃史年數就音墮支行齊

目煙廻於尸七史伊衣

逢烏支惡知作乎下是

郎也慕理尸心未行乎尸道尸

蓬次叱巷中宿尸夜音有叱下是

부산성 채소밭엔 그날 익선의 밭에서 힘들게 일을 하는 득오의 모습
이 여기저기서 아른거리며 나타나곤 하고, 뜨거운 태양은 도망간 익선을

찾아 강렬한 빛을 발하며 대노하고 있다.

화랑은 분명 아직 서라벌을 떠난 것이 아니고, 우리네 마음속에 굳건히 자리 잡아 있음을 다시 한 번 절감하면서, 지금이라도 더 늦기 전에 화랑들이 남긴 귀중한 유산을 가다듬고, 그들의 정신이 흠뻑 녹아 들어가 있는 천 년 신라의 노래 향가를 열린 가슴으로 공손히 맞이하여야 하겠다.

돌아오는 길에 흥얼거리는 탐방자의 콧노래가 향가이게 한다.

간♩ 봄을♬ 그리워♪~

07

소조상에 되살아난 양지스님의 예술혼과 〈풍요〉

이젠 잠깐의 화려함을 뒤로하고, 쓸쓸히 자연으로 돌아간 바스락 낙엽만이 나름의 운치를 하얀 입김으로 날리고 있다. 이때쯤이면 누구나 한 번은 바삐 걸어온 지난날들을 떠올리며, 고향집 온돌방, 어머님의 지극 정성으로 따뜻한 온기를 내내 간직하고 있는 놋쇠 밥그릇에 대한 추억 한 자락이 그리움으로 사무치게 다가온다. 뭇 인간이 바글거리고 사는 이 세상, 그 어떤 예술의 거장들도 흉내조차 낼 수 없는 모성이 빚은 아름다움 덩어리인 사랑이라는 밥 한 그릇이, 해거름 집으로 돌아가는 발아래 먼발치에서 나를 향해 손짓을 한다. 첫추위에 움츠린 어깨는 서걱서걱 얼어붙어 있고, 가늘게 북풍을 피하던 눈가엔 한 방울 이슬이 맺는다.

석장사(錫杖寺)로 양지(良志) 스님을 만나러 가는 길은 온통 비에 젖어 있었다. 경부고속도로 경주 나들목으로 들어서 오릉(五陵) 앞에서 좌회전을 한다. 여기서 200여 미터를 가면 천경림 흥륜사란 하얀 대리석 표지석을 만

동국대 경주 캠퍼스

날 수 있다. 천경림 흥륜사라면 신라 23대 법흥왕 시절, 이차돈이 불교수용
이라는 정치 소용돌이 속에서 과감히 왕을 위해 자신을 던진 유서 깊은 곳
이 아닌가. 여러 가지 생각이 교차되었지만, 먼저 석장사부터 찾을 요량으
로 그냥 차를 몰았다. 양지 스님이 주석(主席)했던 가람으로 가서 스님의 혼
을 만나 예의를 갖추는 것이 옳다는 생각이 앞섰기 때문이다.

　　시외고속터미널을 지나 조금 가면, 동국대 경주캠퍼스를 알리는 이
정표가 보인다. 여기서 좌회전하여 서천강변 다리를 지나면 동국대 부속병
원이 나타나고, 이어 동국대학교 정문 앞에서 다시 좌측 길을 따라가면 울
퉁불퉁한 시멘트 길이 연이어 있다. 이 길이 석장사길이다. 약 500여 미터

● 신우대
대나무의 일종으로
화살을 만들던 것이
었다고 한다. 옛날 일
반 백성들에게는 일
정기간 직접 복무하
게 하는 방식으로 군
역을 지게 한 것에
반해, 스님들은 화살
을 만들어 군역을 대
신하였다고 한다. 지
금도 폐사지에 가면
어김없이 신우대만이
자리를 지키고 있다.

를 가면 재실(齋室)이
있고, 바로 위쪽에 있
는 저수지를 지나 조금
만 가면 신우대°가 무
리지어 있다. 이곳이
양지 스님의 석장(錫杖 :
지팡이)으로 유명한 석
장사지(錫杖寺址)이다.

때는 신라 27대
선덕여왕(재위 : 632~647)
시절이었다. 이때 양지
스님은 석장사지에서
진흙으로 불상을 만들
어보고자 하는 새로운
불상제작기법 창안을

대나무의 일종인 신우대

위해 참선에 들어 있었다. 그러나 이판(理判)만이 절 살림을 보증해 주지는
못하는 법, 사판(事判)으로 나서야만 부처님 공양을 할 수 있는 것이 아닌가.
그때였다. 평소 스님과 함께 서라벌 골골을 누빈 석장이 저절로 날아가 시
주를 받아 오는 것이 아닌가. 참으로 놀라운 일이 아닐 수 없었다. 그 일이
있은 후 서라벌 향민들은 이 절을 석장사라고 불렀다고 한다.

양지 스님의 석장으로 유명한 '석장사지'

지난 1986년과 1992년 두 차례 동국대 경주캠퍼스 박물관이 이곳 석

장사지를 발굴조사했다. 그 결과 7~8세기에 지어졌고, 고려·조선시대까

지 건물이 추가 건축되었음을 알게 되었다. 특히 이곳에서 수많은 탑상문

전(塔像紋甎)이 발굴되어 전탑(塼塔)이 존재했을 가능성을 엿보게 하고 있다.

《삼국유사》〈의해(義解)〉〈양지사석조(良志使錫條)〉에 '또 일찍이 벽

돌을 조각하여 작은 탑 한 개를 만들고, 이와 함께 부처 3,000기를 만들어

그 탑에 모시어 절 가운데 두고 예를 드렸다'고 양지 스님의 뛰어난 소조상

제작에 관한 기록이 있다. 석장사지를 발굴해본 결과, 수많은 탑상문전과

특히 '錫杖'이라는 명문(銘文)이 수습되어 양지 스님이 주석(主席)하였고, 자신의 예술혼을 마음껏 불살랐던 전탑이 있었던 곳이 예가 아닌가 한다.

2006년에 동국대는 건학 100돌 기념전의 일환으로 '래여애반다라(來如哀反多羅)'라는 소조불을 주제로 한 기획전을 열었다. 양지 스님이 제작한 듯한 신라의 소조불과 고려·조선시대 소조불 100여 점이 전시되었다. 설레는 마음으로 달려가 본 전시회는 시공을 초월하여 조촐하게 손님을 맞았고, 양지 스님의 예술혼을 만난다는 기쁨으로 탐방자에겐 매우 유익했던 시간으로 기억된다.

● 래여애반다라 '오다 서럽더라,' 풍요(風謠)의 노랫말

선덕여왕대는 분황사와 영묘사가 한두 해 사이에 준성되었고, 또한 자장법사(慈藏法師)의 청으로 황룡사 9층탑을 창건하는 등 신라의 불국토 건설이 본격화되던 시기였다.

소조불의 대가 양지 스님도 왕명으로 영묘사 장륙존상(丈六尊像) 건립에 참여하게 되었다. 양지 스님의 법력을 익히 들어온 서라벌 양민들은 앞다투어 이토(泥土 : 진흙)를 머리에 이고 날랐다. 35대 경덕왕 23년(764), 장륙존상을 다시 도금하는 데 벼 2만 3천 7백 석이 들었다고 하니 장륙존상의 규모는 쉬이 짐작하고도 남음이 있다.

황룡사 9층탑을 건립할 당시이고 보면 장륙존상도 역시 거대한 불상이었으리라. 가난한 서라벌 민초들에겐 달리 시주할 방법이 있는 것도 아닐 터, 그들은 이토 시주에 흔쾌히 동참하여 이승의 고달픔에서 해방되는 극락으로의 환생을 염원하면서 노래를 불렀을 것이다.

오다 오다 오다	來如來如來如
오다 서럽더라	來如哀反多羅
서러운 중생이여	哀反多矣徒良
공덕 닦으러 오다.	功德修叱如良來如

"지금까지 이 지방 사람들이 방아를 찧거나 힘든 일을 할 때는 다들 이것을 부르는데 이는 대개 여기서부터 시작된 것이다."라는 일연 스님의 말을 보면, 고려 중기 이후에도 계속 이 노래는 노동의 고통을 잊게 하고, 행동통일기능(行動統一機能)을 위한 노동요의 일종으로 불렀다는 것을 알 수 있다고 하겠다.

영묘사 장륙존상을 만든 양지 스님은 30대 문무왕 시절, 문두루비법 (文豆婁秘法 : 도교의 주술적 비법)으로 당군을 물리친 호국사찰 사천왕사 조성에 도 참여하였던 것 같다. 또한 영묘사 사천왕상 및 전탑 기와, 법림사(法林寺) 의 주불삼존과 좌우 금강신 등 여러 가지 종류의 소조상을 만든 것으로 《삼국유사》는 전하고 있다.

특히 사천왕사의 팔부신장상(八部神將像 : 사천왕상을 일연 스님이 잘못 기록한 것이 아닌가 하는 설이 있음)은 양지 스님의 대표작으로 현재까지 남아 있어, 스님의 뛰어난 진흙 빚는 솜씨를 현

양지 스님이 빚은 사천왕사지 사천왕상 부분

재 우리가 감상할 수 있는 천금의 기회를 주고 있다. 또한 문무왕 원찰(願刹) 감은사지(感恩寺址) 쌍탑 사리함에 새겨진 사천왕상도 이와 매우 비슷한 모습을 하고 있어, 양지 스님이 만든 사천왕상이 통일신라시대에 하나의 모델이 되었음을 알려준다고 하겠다.

다시 양지 스님의 흔적을 찾아 영묘사를 찾아 나선다. 향토사학자에 의하면 현재의 홍륜사가 신라시대의 영묘사라고 한다. 왜냐하면 1970년대, 현 홍륜사 뒤편 발굴조사에서 '영묘(靈妙)' 란 명문이 새겨진 기와를 수습하였기 때문이라고 한다. 또한《삼국유사》에 사천미 영묘사라 하여 현 오릉

영묘사로 추정되는 현 홍륜사 마당의 '이차돈성사순교비'

영묘사 터에서 발견된 '얼굴모양수막새'

북편, 남천 끝자락에 있는 이곳이 영묘사가 있던 곳이 아닌가 한다.

지금은 농토로 변해 그날의 물줄기를 정확하게 파악하기는 힘들지만, 천경림 흥륜사로 비정하는 현 경주공업고등학교 운동장 정지작업(整地作業)을 할 때, 수많은 절집 석재가 흩어져 있었다는 증언과 '미추왕릉(味鄒王陵)은 흥륜사 동쪽에 있다'는 《삼국유사》기록 등을 종합해보면 향토사학자들이 주장하는 논리에 수긍이 가는 것이 사실이다.

영묘사로 추정하는 현 흥륜사 마당엔 이차돈성사순교비가 새롭게 건립되어 날렵하게 하늘을 찌를 듯 곧추서 있다. 영묘사이든 흥륜사이든 초기 신라 불교의 성지임은 틀림없다 하겠다.

한줄기 바람이 일어난다. 차갑다. 어디서 진흙을 이고 오는 서라벌 여인네가 보인다. 얼굴은 땀으로 범벅이 되어 있지만 입가엔 커다란 미소가 아름답다. 1934년 이곳에서 발견된 신라인의 미소인 얼굴모양수막새(人面文圓瓦當)의 환한 모습을 보는 것 같아 반갑기 그지없이 정겹다.

08

·········

세 화랑의 노래 〈혜성가〉

역시 가을은 비가 살포시 내려 적셔야만 제 모습을 드러내는, 은근한 시골 선비 같은 기풍을 간직해야만 제 맛이 나는가 보다. 몇 방울도 아니게 비가 내리더니만 이내 온 산하가 붉게 물들어 가고, 동구 밖 채전에는 김장거리가 바다 갯내음 젓갈을 향해 손짓하고 있다. 차창으로 스치는 회백색 토종감나무의 긴 가지 위에 까치 한 마리가 남은 반시에 넋을 잃고 있다.

경주 나들목을 들어서니 길 양옆 가로수 나뭇잎이 울긋불긋 나래를 펼치며 반갑게 두 팔 벌려 환영하고 있다. 갑자기 어디선가 들리는 수학여행 길의 콧노래 소리. 한 무리의 학생들이 타고 있는 몇 대의 관광버스가 줄지어 지나간다. 언제나 그렇듯 서라벌의 가을 풍경은 질주하는 관광버스로 시작된다고 해도 과언이 아니다.

경주 시내에 들어서면 먼저 신라시조를 모신 오릉이 평지 넓은 곳에 자리하고 있고, 연이어 영묘사(현 흥륜사) 터와 흥륜사(현 경주공업고등학교) 터

현 흥륜사 전경(신라시대 영묘사 터로 추정되고 있다)

가 나타난다. 신라문화원 앞 대구로터리에서 좌회전하다가 고속버스터미널을 지나 바로 우회전하면 시원한 서천 냇가로 난 순환도로를 만나게 된다. 길 옆 코스모스는 햇빛에 반사되어 더욱 가을 향연을 연출한다. 그 옛날 신라 화랑들도 이 길을 가로질러 말을 달렸을 것이다. 차를 멈추고 가만히 코스모스를 가까이서 바라다본다. 한 송이 한 송이 흰색, 분홍색, 빨간색 꽃잎이 저마다의 자태를 뽐내며 불어오는 바람에 온 몸을 맡기고 넘실넘실 춤을 춘다. 화랑들이 그들의 호연지기를 펼치기 위해 유오산수(遊娛山水)하면서 노닐던 모습을 만나는 것 같아 오랫동안 눈길을 돌리지 못하고 있다.

경주시 성건동에 있는 삼랑사지 당간지주. 보물 제127호

여기에서 조금만 가다 보면 주택가 한 귀퉁이에 있는 날렵한 당간지주를 발견하게 된다. 아무런 흔적 없이 버려진 터에 남아 있는 당간지주는 말 못할 진실을 감추고, 오늘도 묵묵히 그 자리를 지키고 있다. 이곳이 신라 26대 진평왕이 건립한 삼랑사 터이다.

신라 진평왕 19년 '삼랑사가 준성되었다' 라고 간략하게 《삼국사기》는 전하고 있다. 신라는 진평왕 때가 되면 본격적으로 불교유학을 위해 중국으로 승려들이 들어가게 된다. 먼저 동왕 7년 7월에 지명법사(知命法師 : 향가 서동요의 배경설화에 두 번 기록된 지명법사로 보인다. 그러나 《삼국사기》에는 '智明' 으로 《삼국유사》에는 '知命' 으로 기록되어 있다)가 진(陳)나라로 들어가 불법(佛法)을 구하였고, 11년 3월에는 세속오계의 원광법사가 진나라로 가게 된다. 동왕 18년 3월에는 고승 담육(曇育)이 수나라에 들어갔고, 22년에는 원광법사가 수나라에서 돌아왔다. 또한 24년 9월에는 고승 지명이 수나라에서 돌아왔다고 《삼국사기》에 기록되어 있다. 아마도 이때가 되면 그동안 서라벌 안에서만 이루어지던 불교가 더 이상의 사상적 발전토대를 잃어버리게 되자, 24대 진흥왕이 개척한 한강 하류를 통해 수많은 서라벌인들이 중국으로 구법여행을 떠난 것이 아닌가 한다. 이것을 상징적으로 나타내는 사건 하나가 《삼국사기》에 기록되어 있어 옮겨보면 다음과 같다.

진평왕 9년 7월에 대세(大世)와 구칠(仇柒)이 해외로 달아나 버렸다. 대세는 내물왕의 7세손이고, 이찬 동대(冬臺)의 아들인데, 자질이 준수하여 젊어서부터 방외[方外 : 초세간(超世間)]의 뜻을 두었다. 대세는 "이 좁은 신라의 산골 속에 있어서 일생을 보내면 저 창해의 큼과 산림의 넓음을 알지 못하는 못의 고기나 날짐승과 무엇이 다르랴!" 하고는 구칠과 함께 남해에서 배를 타고 떠나버렸다고 한다.

사실 신라는 한반도 동남부에 위치한 지리적 여건으로 인하여, 중국과의 직접교류는 항상 고구려나 백제에 막혀 이루어지기가 무척 어려웠다. 그러나 강력한 정복군주 진흥왕이 백제와의 연합으로 한강유역을 확보하게 되자, 자연스럽게 중국과의 교류의 폭이 폭발적으로 이루어지게 되었던 것이다. 진흥왕의 손자 백정(白淨)이 곧 진평왕이니 이때가 되면 서라벌 귀문자제(貴門子弟)들의 중국유학이 본격화되었던 것으로 보인다.

반도 동남부의 소국에서 출발한 신라는 6세기에 이르면 한강유역과 함경도 지역까지 영토를 확장하게 되고, 또한 화랑도를 두어 나라의 동량

(棟樑)으로 삼으려고 하였다. 이러한 시도는 진흥왕대에 시작되었다고 할 수 있다. 그러나 화랑을 이용하여 당대의 패러다임을 바꾸려는 계획의 본격적 실행은 그 손자 진평왕대에 와서 이루어진다. 진평왕은 화랑들의 신조인 세속오계를 원광법사에게 짓게 하고, 화랑들의 전통인 유오산수를 적극 장려하게 된다. 또한 이 시기에는 향가도 본격적으로 불리게 된다. 이런 사회적 분위기에 힘입은 진평왕은 삼랑사를 짓는 등 더욱 더 화랑들을 중요시하는 정책을 펼치게 된다. 이때의 향가로 알려진 〈혜성가(彗星歌)〉의 배경설화에 공교롭게도 세 화랑들의 풍악 유람 기사가 나타나 삼랑사와의 연관성을 짐작하게 해 준다.

　　내용을 살펴보면 다섯째 거열화랑(居烈花郎), 여섯째 실처화랑(實處花郎), 일곱째 보동화랑(寶同花郎) 등 3명의 화랑이 금강산으로 유람을 떠나려 하였다. 이때 갑자기 혜성이 나타나자 이들은 유람을 그만두려고 하였다. 이에 융천사(融天師)가 향가 〈혜성가〉를 지어 불렀더니 혜성의 괴변이 사라지고, 일본군사도 물러갔다고 한다. 현대어로 풀어 불러보면,

　　　예전 동해 물가 건달파가 놀던 성을 바라보고
　　　'왜군이 왔다' 고 봉화를 사룬 변방이 있어라
　　　세 화랑의 산 구경 오심을 듣고
　　　달도 부지런히 등불을 켜는데
　　　길 쓸 별을 바라보고

금강산(풍악산)으로 유람을 떠난 세 화랑들의 함성이 들리는 듯한 동해안 바닷가

혜성이여 사뢴 사람이 있구나.

아으 달은 저 아래로 떠 갔더라

이 보아, 무슨 혜성이 있을고.

舊理東尸汀叱乾達婆矣 遊烏隱城叱肹良望良古

倭理叱軍置來叱多 烽燒邪隱邊也藪耶

三花矣岳音見賜烏尸聞古

月置八切爾數於將來尸波衣

道尸婦尸星利望良古

彗星也白反也人是有叱多

後句 達阿羅浮去伊叱等邪

此也友物北所音叱彗叱只有叱古

이 노래에 나오는 건달파(乾達婆)는 불교문헌을 보면 음악을 관장하는 신이라고 한다. 지금 건달이라는 말은 썩 좋지 아니하는 뉘앙스를 풍기는 말로 단어의 의미가 하락하였지만, 그래도 정감(?)을 느끼기에 충분하다고 하면 견강부회(牽强附會)일까?

또한 〈혜성가〉에는 일본병(日本兵)이 물러갔다고 하는 노랫말이 나타난다. 사실《삼국사기》21대 소지마립간 19년 기록에 '왜가 신라변경을 침범했다' 는 기사를 마지막으로 한동안 왜의 신라침범 기사가 나타나지 않는다. 한 가지 재미있는 기록은 금관가야가 신라 23대 법홍왕 19년(532)에 항복하게 되고, 24대 진홍왕 23년에 이사부(異斯夫)와 사다함(斯多含)이 반란을 일으킨 고령가야를 평정하는 기사 이후로는 왜의 신라침범 기사가 나타나지 않는다는 사실이다. 가야의 멸망과 함께 왜의 신라침범 기록도 자취를 감추니 두 나라 사이의 친연성(親緣性)에 강한 의문이 남는다.

지금 삼랑사에는 융천사도 세 화랑도 아무런 자취를 남기지 않았다. 그러나 그들의 웅혼한 기상은 오늘도 서라벌 가을 하늘에 응집되어, 21세기 새로운 패러다임을 준비하고 있는 것은 아닐까. 뭉게뭉게 떠있는 흰 구름만이 그 진실을 알고, 저렇듯 평화롭게 오락가락하고 있는지도 모를 일이다.

09

귀신범접을 막은 또 하나의 노래 〈비형랑주사〉

　　경주 나들목 요금소를 지나면 8차선 곧은 도로가 가을을 가득 품은 채 사열하는 가로수와 함께 포근하게 탐방객을 맞이한다. 100여 미터를 가다 오른편에 거대한 공룡 같은 서라벌 광장이 시멘트 냄새에 둘러싸여, 주위의 아름다운 풍광과는 전혀 어울리지 않은 모습으로 오지 않을 손님맞이에 한창이다. 여기에다 차량을 두고 마을을 돌아가면 제법 넓은 냇가가 넘실넘실 춤을 추듯이 펼쳐져 있다.

　　이곳이 남천 하류이다. 서라벌 진산 금오산(金鰲山 : 南山) 서편을 온전히 조망할 수 있는 곳이기도 하다. 멀리 반월성부터 시작된 적송 행렬은 남산 자락을 호위하듯 끝없이 이어져 장관을 이루고 있다.

　　《삼국유사》〈기이(奇異)〉〈도화녀(桃花女) · 비형랑조(鼻荊郎條)〉에 비형(鼻荊)이 뭇 귀신들을 데리고 놀았다는 황천(荒川)이 곧 오늘날 남천이라고 한다. 황천은 거친 냇가답게 온갖 잡풀로 물살을 가로막아 냇물이 구절양

경주 황천(남천) 전경. 물빛이 비형랑인 양 푸르게 흘러내리고 있다.

장(九折羊腸)마냥 휘어져 흐른다.

신라 26대 진평왕 시대, 서라벌 사람들 사이에는 귀신을 쫓는 영험을 가진 노래를 〈비형랑주사(鼻荊郎呪詞)〉라 하여, 앞다투어 이 노래를 대문에 붙여 악귀의 범접을 막았다고 한다. 향가 〈처용가(處容歌)〉가 처용이 문신(門神)이 되는 과정을 나타내었다면, 〈비형랑주사〉의 비형은 처음부터 귀신들을 부려 데리고 놀았다는 것에서 알 수 있듯이 그 자신이 이미 귀신이었던 것이다.

〈비형랑주사〉를 현대어로 적어보면,

갸륵한 임금●이 낳은 아들	聖帝魂生子
비형랑의 방이 여기라오.	鼻荊郞室亭
날고뛰는 뭇 귀신들아	飛馳諸鬼衆
이곳에는 머물지 못할지라.	此處莫留停

● 갸륵한 임금
신라 25대 진지왕을
말한다.

그동안 학자들은 이 노래를 향가라 하기도 했고, 귀신 쫓는 주술노래로 보기도 했다. 《삼국유사》를 지은 일연 스님이 한자로만 기록(향가는 향찰 : 한자의 음과 뜻을 우리말 어순으로 적은 것)하였고, 또한 '노래(歌)'라 하지 않고 '글'이라고 하여, 정확한 의미가 와전되었던 것이 사실이다. 그러나 《화랑세기(花郞世紀)》의 발견으로 비형이 13세 풍월주 용춘공조(龍春公條)에, 화랑으로서 힘써 낭도를 모았다고 하였고, 화랑들이 향가의 주요 담당층 중의 하나였다는 최근의 연구 성과에 힘입어 조심스럽게 향가였을 가능성을 유추해볼 수 있는 것이다. 또한 처용랑이라고 하여 처용이 화랑이었음을 은연중에 내비치면서, 대표적 역신 쫓는 노래 〈처용가〉를 향가라 했던 것에서도 그 의미를 깊이 음미해 보아야 하지 않을까 한다.

지금까지 신라 구나의식(驅儺儀式)의 대표는 〈처용가〉로 알려져왔던 것이 사실이다. 처용이 역신을 쫓는 문신으로 굳건히 자리매김하고 있으나, 이보다 300년이나 먼저 〈비형랑주사〉가 있었다는 것은 많은 것을 시사해 준다고 할 수 있다. 처용이 동해용왕의 아들이라고 신이성을 부여한 것과 같이 비형 역시 죽은 진지왕의 혼령이 낳은 아들이라고 하여 또 다른 기이함으로 당대인들의 경외심을 자아내었으니 놀랄 일이다.

황음(荒淫)한 군주로 신라역사에 기록된 신라 25대 사륜왕[舍輪王 : 금륜(金輪), 진지왕, 29대 태종무열왕의 조부] 시대에 도화랑이라는 사량부 민초의 여식이 아름다움을 뽐내고 있었다. 왕은 신라 최고의 색녀 미실에 의해 왕위에 올랐지만, '제 버릇 개 못 준다'고 하였던가. 그만 도화랑에게 홀딱 빠지고 말았던 것이다. 일국의 군주로서의 체면을 내팽겨쳐 버리고, 도화랑에게 접근하여 상관(相關)하려고 하니, 도화랑은 두 남편은 섬기지 않는다고 하면서, 목숨으로 절개를 지키고자 하는 것이었다. 이에 왕은 농짓거리로 "남편이 없다면 가능하겠나?" 하니 도화랑이 허락을 하였다.

이 해에 진지왕은 임금의 자리에서 쫓겨나 죽었다. 그 뒤 2년 후 도화랑의 남편도 저세상으로 갔다. 남편이 죽은 후 열흘이 지나자 진지왕의 혼령이 나타나 도화랑에게 지난 일을 상기시키며 관계를 하려 하였다. 그러나 도화랑은 이내 결정하지 못하고 양친께 승낙을 받은 뒤에 왕을 받아들이게 된다. 왕이 도화랑의 집에 이레 동안 머물게 되는데, 이때 잉태하여 낳은 사내아이가 비형이라고 《삼국유사》는 전하고 있다.

여기에서 사륜왕에 대해 좀 더 면밀히 살펴볼 필요가 있다. 신라 25대 진지왕으로 알고 있는 사륜왕은 24대 진흥왕의 둘째 아들로, 맏아들 동륜태자(銅輪太子)가 아버지 진흥왕의 후비 보명궁주와 사통하려 보명궁 담을 한밤에 넘다가 큰 개에게 물려죽는 사건이 발생한다. 이로써 둘째 금륜(사륜)이 왕위에 오르게 되는데 이가 진지왕이다.

진지왕의 등극에는 신라 왕실을 쥐락펴락하던 미실의 치밀한 계산이 일조를 하게 된다. 진흥왕이 죽자 미실은 비밀에 붙이고는 먼저 금륜에게 왕위에 오르게 해주면 자신만을 총애할 수 있는지를 확인받고서 그를 옹립하는 영악함을 보인다. 그러나 인간이란 '화장실 들어갈 때 마음과 나올 때의 마음은 다르다'고 했던가. 진지왕은 왕위에 오르자마자 미실을 멀리하고 다른 여인에게 눈을 돌리고 있었다. 이에 화가 난 미실은 진흥왕의 비인 사도태후와 먼저 상의하고, 8세 풍월주를 지낸 문노(文弩)의 무리(護國仙)가 불복할까 두려워 사도태후의 명령이라 하여 두 개의 무리[설원랑의 운상인(雲上人)과 문노의 호국선]를 하나로 만들고는 마침내 화랑의 무리를 이용하여 진지왕을 폐위시킨 것이었다. 그리고는 세상에다 진지왕이 황음을 일삼고, 정사를 소홀히 하여 물러났다고 발표를 하였던 것이다.

진지왕은 폐위 후 3년간 유궁에서 살다가 죽었다고 《화랑세기》는 매우 상세하게 진지왕의 폐위와 관련한 사건을 기록하고 있다.

《삼국사기》에는 '동륜태자가 죽었다. 진지왕이 즉위하여 동왕 4년 7월 17일에 왕이 돌아갔다'고 간략하게 기록되어 있다. 또한 《삼국유사》에는 진지왕이 죽은 지 2년 후 혼령으로 도화랑과 상통(相通)을 하여 비형랑을 낳았다고 적어 놓고 있다. 두 기록 모두 말 못할 사연을 간직한 것은 아닐까?

고려 유학의 대학자 김부식(金富軾 : 1075~1151)과 유불(濡佛)을 넘나들었던 일연 스님이 왜 진실을 밝혀 적지 못하였을까? 혹 동륜태자의 죽음에

황천 변에 핀 들꽃들이 귀신 무리들을 부린 비형의 전설을 말해주는 것 같다.

는 아버지 진흥왕의 후비 보명궁주와의 간통이 개입되어 있어서 김부식은 액면 그대로 적기는 매우 곤란하였던 것은 아닐까? 또한 진지왕의 폐위 사실도 미실과의 섹스에 얽힌 치정이 폐위의 직접적 원인이었다는 것을 알고도 바로 적기는 힘들었을 것이다. 일연 스님도 역시 진지왕과 도화랑의 사통을 왕이 죽은 후 혼령으로 관계를 한 것으로 각색하여, 당대의 사회규범에 맞추려고 했던 것이 아닌가 한다.

이렇게 태어난 비형랑은 밤이면 월성(月城)을 뛰어넘어 황천(지금의 남천 하류) 천변(川邊)에 가서 뭇 귀신들과 놀았다고 한다. 진평왕이 날랜 군사 50명을 시켜 지켰으나 매

번 놓치고 말았다. 군사들이 숲속에서 엿보니, 귀신들은 절에서 새벽 종소리가 들리면 저마다 흩어지고 비형랑도 돌아왔다고 한다. 군사들의 보고에 진평왕은 비형랑에게 신원사(神元寺) 북쪽 개천에 다리를 놓으라고 명령한다. 이에 비형은 귀신 무리들을 부려 돌을 다듬어 하룻밤에 큰 다리 놓기를 마치니, 사람들이 다리이름을 '귀신의 다리(鬼橋)'라 불렀다고 한다. 지금도 오릉 앞에서 남천까지의 들판을 '귀뜰(鬼野)'이라고 한다.

탑정동 수원지(水源池) 울타리 안에 있는 신원사 터에는 잡풀만 우거져 그날을 짐작키 어려우리만치 상전벽해가 되어, 귀신 다리가 어디쯤인지 추측도 불가능하다. 그러나 비운의 왕 진지왕의 사자(私子)로 태어나 이복형인 13세 풍월주를 지낸 용춘과 함께 힘써 낭도를 모았고, 신라가 삼국통일을 이루는 주춧돌에 비형랑의 공적이 놓여 있음을 누구도 부인하지 못하는 데서 그나마 비형랑의 흔적을 찾을 수 있다고 하겠다.

오늘같이 잡귀가 설치는 세파에는 한 번쯤 〈비형랑주사〉를 활용하는 것도 좋은 일인 듯싶다.

10

절세미인 수로와 노인의 세레나데 〈헌화가〉

가을이 끝나고 있다. 금방 왔다가 갈 것을 노심초사 마음만 깊어지게 하고는 홀연히 추위 속으로 줄달음 한다. 김장 배추의 꽉 찬 알맹이가 입맛을 다시게 하고, 가마솥 대파 우려낸 국물과 쇠고기 양지머리살의 한바탕 질펀한 분탕질이 잊혀진 고향집 어머니의 손맛을 생각나게 한다. 가득 찬 곳간의 가을걷이가 깊게 팬 주름살을 웃게 만들던 그때가 못내 사무치게 그리움으로 남는 가을이 지나가고 있다.

경부고속도로 경주 나들목으로 나와 곧장 경포산업도로에 접어든다. 벼 벤 그루터기에는 풍성한 농심의 향내가 피어오르고, 논 가장자리에는 하얀색 비닐로 포장된 둥근 무더기가 곳곳에 나뒹굴고 있다. 탈곡이 끝난 볏단을 숙성시켜 새로운 부가수입을 올리려는 우리네 촌로들의 노력에 머리가 숙여진다.

오른쪽은 넘실대는 푸른 바다가 막힌 가슴을 활짝 열어주고, 왼편은

기암괴석의 절경이 탐방의 참 즐
거움을 만끽하게 해 준다.

　　때는 신라 30대 문무왕이
당나라를 한반도에서 완전히 축
출해 삼국통일을 완성하고, 31대
신문왕 원년에 27세 풍월주를 지
낸 화랑 김흠돌의 난을 평정하는
등 안팎의 왕권 위해요소를 잠재
우고, 비로소 새로운 패러다임의
서막을 알리는 33대 성덕왕 시절
이었다.

　　강릉태수로 부임하는 순
정공을 따라 부인 수로도 함께 임
지로 가게 되었다. 서라벌 최고
의 미색 미실을 능가하는 절세미
인 수로부인은 가는 곳마다 신물
(神物)에게 붙잡혀 곤욕(?)을 치르
곤 하였다.

　　일행이 월송정을 지나 아
름다운 동해 어느 해안가에서 점

수로부인이 요구한 척촉화가 피어 있는 듯, 높은 벼랑 위의 소나무가 해풍을 맞고 있다.

심을 먹게 되었다. 허겁지겁 식탐을 하는 종자(從子)들을 뒤로하고 수로는
해안가를 산책하면서 요염한 자태를 발산하고 있었다. 그때 수로 앞에 나
타난 것은 천길 벼랑 위의 척촉화(진달래 혹은 산철쭉)였다. 미인은 욕심쟁이
라고 했던가. 가질 수 있는 것은 모두 가진 서라벌 최상층 귀족의 부인 수로
를 사로잡은 것은 다름 아닌 천 길 낭떠러지에 홀로 만발한 철쭉이었다. 너
무나도 자태가 고와 수로는 자신도 모르게 질투심이 일어나는 것을 느꼈
다. 세상에서 자신이 최고 미의 대명사로 알고 뽐내며 살아온 수로로서는
자신보다 아름다운 것이 세상에 존재한다는 것에 참을 수가 없었다. 그동
안 강행군으로 지친 종자들이 밥 먹는 순간도 참지 못하고, 수로는 그 꽃을
꺾어 줄 것을 명하였다. 그러나 종자들은 엉뚱한 수로의 행동에 그대로 따
르지 않고 머뭇거리기만 할 뿐이었다. 그때였다. 남루한 옷을 입은 노인이
암소를 이끌고 가다가 이 광경을 보고 노래를 불렀다.

현대어로 풀어보면,

짓붉은 바위 가에	紫布岩乎邊希
잡고 가는 암소를 놓게 하시고	執音乎手母牛放教遣
나를 아니 부끄러워하신다면	吾肹不喻慚肹伊賜等
꽃을 꺾어 바치겠습니다.	花肹折叱可獻乎理音如

노래를 마친 노인은 이내 천길 벼랑에 올라 철쭉을 꺾어 수로에게

그윽한 눈빛과 함께 무릎을 조아리며 바쳤다. 자신보다 아름다운 것은 무엇이라도 가차 없이 없애버리는 수로의 무서운 집념은 순정공 또한 어찌할 수 없는 것이었는지 아무 말이 없었다.

혹자는 노인을 선승으로 보기도 하고, 도교의 신선으로 보기도 하는 등 여러 연구자에 의해 상반된 주장이 펼쳐져 왔다. 또한 수로부인을 무당으로 간주하는 설이 있는가 하면 수로부인의 이야기가 꿈 이야기라 여겨 수로를 보통사람이 아닌 샤먼이라고 하기도 한다.

2006년 국제 어문학회 가을 학술대회에서 〈헌화가(獻花歌)〉에 대한 새로운 주장이 대두되었다. 구사회 선문대 국문과 교수는 '〈헌화가〉는 아들을 기원하는 주술가다'라고 새롭게 해석하면서 그 이유로는 〈헌화가〉의 '자포암호(紫布岩乎)'의 자포(紫布)는 자색(紫色)이라기보다는 남성의 성기를 표현하는 '자디(紫的)'를 뜻한다고 보았다. '자디'가 오늘날에도 중국의 속어나 통속소설에서 남자 성기와 함께 사용되는 경우가 빈번함을 주목하여, 남근을 묘사할 때 '자(紫)'라는 색채어가 사용된 까닭은 그것이 발기하였을 때 검붉은 색을 띠고 있기 때문일 것이라고 추정하였다. 이렇게 되면 '자포암'은 '자디바위'가 되며 이것이 곧 현재의 민속학에서 말하는 성석(性石)인 남근석에 해당된다고 주장하였다. 또한 노인이 끌고 왔다는 암소를 남성인 '자디바위'에 대비된 여성의 대응물이자 생명력을 수태할 수 있는 여성성을 상징하는 매개물이라고 밝히고 있다. 향가연구의 새로운 패러다임을 알리는 반가운 일이라고 생각된다.

척촉화(철쭉)

　　지금 각 지방자치단체는 향가 〈헌화가〉의 현장 찾기에 혈안이 되어

있다. 경북 울진과 삼척 그리고 강릉 또한 이 경쟁에 동참하여 모두가 아전

인수격으로 견강부회하고 있다. 여기서 한 가지 주목할 수 있는 상징물로

는 동해의 촛대바위와 삼척의 해신당을 들 수 있다. 특히 삼척시 원덕읍 신

남포구 언덕배기에 있는 해신당은 매년 정월 대보름이면 나무로 남근을 깎

아 제를 올리고 있다. 설화에 의하면 약 400여 년 전 정혼자와 해초를 채취

하던 처녀가 갑자기 일어난 풍랑으로 죽게 되었다고 한다. 이때부터 이곳

신남포구에는 고기가 잡히지 않았다고 한다. 어느 날 젊고 건장한 청년이

양물을 높이 세우고 바다를 향해 오줌을 내갈겼다. 그러자 언제 그랬냐는

절세미인 수로라도 죽으면 매한가지가 아닌가. (동래야류의 한 장면)

듯이 예전처럼 풍어(豊漁)로 만선이 되었다고 한다. 이후로 이곳 신남마을 사람들은 매년 정월 대보름이면 나무로 정성스레 남근을 조각하여 해신당 처녀에게 바쳐오고 있다고 한다.

향가 〈헌화가〉의 현장이 이곳 어디쯤이었다면, 분명 이와 관련된 제 의가 수백 년 행하여져 오다가 어느 순간 전승의 힘을 잃어버리게 되자, 해 신당 처녀귀신 전설로 재탄생된 것은 아닐까 한다. 지금 해신당 위 조그만 동산에는 '해신당 성민속공원'이 조성되어 갖가지 형태의 나무 남근을 장 승마냥 줄지어 세워 놓고 관광객을 불러 모으고 있다. 전시를 준비하던 공 원 관계자의 말을 빌리면, 며칠 전 모(某) 정당 여성위원회에서 이곳을 다녀

갔다고 한다. 여기를 둘러보고 난 후 더 이상 전시공간을 확장하지 말아달라고 주문하였다고 한다. 남근을 설화와 함께 예술적 작품으로 훌륭히 승화하여, 새로운 볼거리를 만들어 놓은 정성에 탐방자는 격려를 해주고 싶었는데 참으로 알 수 없는 일이다.

해신당을 나와 신남포구에 줄지어 있는 포장마차로 갔다. 이름 모를 조그만 생선을 연탄불로 석쇠구이를 하여 입맛을 일으키고 있었다. 소주 한 잔에 생선 한 마리로 허기를 채우고 다시 신발 끈을 맨다. 머리를 들어보니, 포구 앞의 피대기 오징어 나신이 속살 태우기에 여념이 없다. 하얗게 살찐 오징어의 속살을 보는 순간 수로의 감추어진 풍만함을 보는 것 같아 잠시 머뭇거린다. 이때 쏜살같이 날아드는 갈매기 떼가 머리 위를 빙빙 돌고 있다. 야릇한 상념을 깨워버린 갈매기가 야속하다기보다 오늘은 오히려 고맙다.

11
·········
용서로 역신을 물리친 〈처용가〉

　　오늘 개운포(開雲浦)는 비에 젖어 있다. 조금씩 안개가 흩날리기도 하며, 시커먼 검은 구름이 낮게 포구를 감싸고 또 한 번 동해 용왕의 아들을 친견(親見)할 것 같은 예감에 탐방자의 눈알은 재빠르게 사방을 살피면서 두리번거린다.

　　부산을 출발하여 덕하를 조금 지나니 처용 사거리가 나온다. 처용로라 명명하여 제법 깔끔히 단장하고서 탐방객을 맞이한다. 주변의 용연공단 공장들의 굴뚝이 하늘을 향해 마천루로 찌를 듯이 높이 솟아있다. 커다란 유류저장고가 연이어 있어 하늘에서 보면 마치 수련(睡蓮) 잎이 물 위에 떠 있는 형상일 것 같다.

　　SK주식회사 정문 앞에서 좌회전 하여 4킬로미터 거리에 동해 용왕이 현신하였다는 처용암(處容巖)이 물 위에 떠 있는 조그만 배처럼 고요히 자리를 지키고 있다. 녹음이 2차선 처용로를 아름답게 장식하면서 사열하는 듯한 모습을 보니, 문득 헌강왕(憲康王 : 재위 875~886)이 서라벌에서 이곳까지 찾은 이유가 도대체 무엇일까라는 의문이 일기 시작한다.

'임금님 귀는 당나귀 귀'의 주인공 경문왕(景文王 : 재위 861~875)의 태자로 왕위에 오른 신라 49대 헌강왕의 시절은 매우 태평하였다고 《삼국사기》는 다음과 같이 전한다.

> 서울의 민가는 즐비하게 늘어섰고, 가악(歌樂)의 소리는 끊임없이 일어났다. 왕이 시중(侍中) 민공(敏恭)에게 말하기를 "내 들으니 지금 민간에서는 집을 기와로 덮고 짚으로 잇지 아니하며, 밥을 짓되 숯으로 하고 나무로 하지 않는다 하니 사실이냐?"고 물었다. 민공이 대답하기를 "신이 또한 그와 같이 들었습니다." 하였다.

우리는 여기서 위 《삼국사기》의 기록을 다시 한 번 되새겨볼 필요가 있다. 왜냐하면 부왕인 경문왕 6년 10월 이찬 윤흥(允興)의 모반 사건이 일어나고, 8년 이찬 김예(金銳) 등이 모반하다가 주살되었으며, 14년 이찬 근종(近宗)이 모반하여 대궐을 범한 사건이 벌어지는 등 연이은 모반 사건으로 왕위가 그 어느 때보다도 더 위태로운 지경에 이르게 되었기 때문이다.

이런 와중에 태자로 있으면서 모반현장을 낱낱이 보면서 자란 헌강왕이 특단의 조치를 내려 왕권을 강화하였다고 추측할 수도 있다. 그러나 헌강왕대의 역사기록에는 아무런 단서도 포착되지 않는다. 다만 헌강왕은 서라벌의 명산대천을 찾아다니며 포석사(鮑石祠)의 남산신(南山神), 금강령(金

울산 개운포의 처용암이 조용히 물 위에 떠 있다.

처용암 앞에 세워진 처용가 향가비

개운포 성지 표지석

신라 38대 원성왕릉으로 알려진 괘릉의 무인석. 처용을 새긴 듯하다.

剛嶺)의 북악신[北岳神 : 옥도령(玉道令)], 동례전연회(東禮殿宴會)에서 지신(地神)의 춤을 다른 사람은 보지 못하였는데 왕만 보았다 하여 왕권의 신성성을 높이려고 했을 따름이었다.

헌강왕이 이곳 개운포를 찾은 것이 바로 이때였다. 나라 안 효험 있는 산신, 지신께 모두 치성을 드려보아도 아무런 효과가 없자 헌강왕은 마지막 히든카드로 동해 용왕을 이용하여 위기를 벗어나려고 했다는 것이 훨씬 설득력이 있는 것이 아닐까.

47대 헌안왕대에 화랑국선으로 왕의 사위가 된 응렴이 곧 경문왕이다. 역사가들은 신라는 36대 혜공왕(惠恭王)대부터 하대 혼란기가 시작되었다고 한다. 딸로 태어날 운명을 표훈대사의 도움으로

유적지를 조성하다가 그만둔 듯한 처용암 주변의 풍경

아들로 태어났다는 것부터 약화된 왕권을 상징한다고 해도 무방하다 하겠다. 또한 29대 태종무열왕 김춘추는 화랑 풍월주를 지내고 왕위에 오른 첫 주인공이다. 그리고 31대 신문왕 원년에는 화랑이 폐지되어 더 이상 화랑이 정치 전면에 나타나지 않고 사라진다. 그러나 응렴은 헌안왕의 못생긴 첫째 딸과 결혼함으로써 화랑국선 출신으로 왕위에 오르게 된다. 오랫동안 사라졌던 화랑국선이 역사의 전면에 다시 등장하게 되는 것이다. 아마도 헌안왕은 혼란한 국내정세를 삼국통일의 정신적 구심점인 화랑국선을 이용하여 바로 잡으려고 했다고 여겨진다.

헌강왕은 개운포를 찾아 동해 용왕의 아들 한 명을 서라벌로 데려가서 왕정을 보좌하게 한다. 이가 바로 처용이다. 헌강왕은 생긴 모습이 여느 서라벌 사람과는 다른 처용을 동해 용왕의 아들이라고 하여 신이성(神異性)을 부여하고, 처용 역시 역신(疫神)의 침범에 용서의 춤으로서 굴복시키니 서라벌인들의 경외심을 불러일으키기에는 가장 적합한 방법이었을 것이다.

처용이 역신이 아내를 범하는 장소에서 불렀다는 노래가 〈처용가(處容歌)〉이다. 현대어로 풀어보면 아래와 같다.

서라벌 밝은 달에, 밤 새워 노니다가
들어와 잠자리를 보니, 다리가 넷이어라
둘은 내 것인데, 둘은 뉘 것인고
본디 내 것이다만은, 빼앗긴 것을 어찌하리꼬
東京明期月良 夜入伊遊行如可
入良沙寢矣見昆 脚烏伊四是良羅
二肹隱吾下於叱古 二肹隱誰支下焉古
奪叱良乙何如爲理古

노래를 부르며 덩실덩실 춤을 추는 처용을 보고, 역신은 꿇어 앉아 "맹세코 공의 형용(形容)을 그린 것만 보아도 그 문에 들어가지 않겠습니다.” 한다. 이때부터 서라벌인들은 처용의 형상을 문에 붙여 사귀(邪鬼)를 물리쳤다고 《삼국유사》는 기록하고 있다.

《고려사(高麗史)》에는 간략한 처용의 출현배경을 적고, 익제(益齋) 이제현(李齊賢 : 1287~1367)의 한시로서 처용의 형상을 전하고 있다.

신라 옛적에 처용 노인

저 바다 물속에서 왔다 하네.

자개 이빨 붉은 입술로 달밤에 노래 부르며

소리개 어깨, 자주색 소매로 봄바람 맞아 훨훨 춤추었다.

新羅昔日處容翁

見說來從碧海中

貝齒䫙脣歌夜月

鳶肩紫袖舞春風

이후 처용은 조선시대에 와서도 《악학궤범(樂學軌範)》〈학연화대처용무합설(鶴蓮花臺處容舞合設)〉에 실려서 궁중연향에서 기녀들이 〈처용가〉를 부르고, 오방색(五方色) 옷을 입은 처용무희가 현란한 춤을 추었다고 한다. 또한 조선시대에 사용된 악보인 《시용향악보(時用鄕樂譜)》에 〈잡처용(雜處容)〉이란 이름으로 실려 있기도 하다.

이처럼 처용은 역사를 거듭하면서 다시 재탄생되었으며, 영원한 벽

사진경(僻邪進慶)의 존재로 남았다고 할 수 있다.

해마다 조선왕국(造船王國) 울산에서는 처용문화재(處容文化財)가 거창하게 열리고 있다. 그러나 처용암 유적지에는 달랑 비석 하나가 전부이고, 조잡하게 조성하다만 주변엔 형형색색의 접시꽃이 왜 그리 많은지 탐방자를 어리둥절하게 한다. 한 지역의 문화수준을 짐작하게 한다고 하면 지나친 표현일까. 조금 떨어진 '개운포성지'는 바로 앞에 6차선 조선왕국도로(造船王國道路)가 나면서 아예 이곳에서 처용암을 보는 것조차 불가능하다.

빗줄기가 애잔하게 떨어지는 처용암을 돌아 개운포성지의 흔적을 밟고 있는 탐방자의 머리는 온갖 안타까운 상념으로 넘쳐나고, 무너진 성벽은 무표정하게 내리는 비를 가림 없이 온전하게 맞고 있다.

12

도적떼를 감화시킨 영재의 〈우적가〉

소한추위가 엄습하여 온 대지가 꽁꽁 얼어붙어 있다. 겨우내 그래도 푸름을 간직하던 침엽수 역시 북풍한설에 대책 없이 온 몸을 파리하게 떨고 있다. 차창 밖으로 보이는 실개천 맑은 물도 흐르기를 멈추고, 얼음 속에서 찬바람을 피하고 있다. 어디선가 들리는 것 같은 외로운 심정을 담은 황진이의 시조 한 수가 나그네를 희망적이게 한다.

동짓달 기나긴 밤 한 허리를 베어내어 / 춘풍 이불 아래 서리서리 넣었다가 /
사랑하는 님 오시는 밤 굽이굽이 펴리라.

맞는 이야기다.

아무리 추운 겨울이라도 또 어느 날 멀리 아지랑이가 아른거리면 서둘러 봇짐을 둘러매고 왔던 길을 가버리는 것이 우리네 삶이 아니었던가.

기다림이란 다가서기의 한 형태일 것이다. 끝내 속내는 말 못하고 그냥 받아들이고 마는 한갓 미물이 또한 인간이 아니던가.

누군가 낮은 데로 임하라고 하지 않았던가. 시인 김수영(金洙暎 : 1921~1968)은 이렇게 노래했다.

풀이 눕는다/비를 몰아오는 동풍에 나부껴/풀은 눕고/드디어 울었다/날이 흐려서 더 울다가/다시 누웠다

풀이 눕는다/바람보다도 더 빨리 눕는다/바람보다도 더 빨리 울고/바람보다 먼저 일어난다

날이 흐리고 풀이 눕는다/발목까지/발밑까지 눕는다/바람보다 늦게 누워도/바람보다 먼저 일어나고/바람보다 늦게 울어도/바람보다 먼저 웃는다/날이 흐리고 풀뿌리가 눕는다.

그날이 오면 때때옷 입고, 맑은 마음으로 짚신 신고, 삼태기 가득 향가의 흔적을 지고, 다시 서라벌 골골을 청려장으로 마음껏 걸어가리라.

경부고속도로 서울산 나들목으로 빠져 나와 언양읍내를 가로 흐르는 강변도로를 내달린다. 도로 양옆은 장날을 맞아 온갖 노천시장이 자리를 잡고 있고, 조그만 장터는 오랜만에 얼굴을 마주한 반가운 인사로 왁자지껄 하다. 뻥튀기기가 하얀 연무를 뿜으면 우르르 달려가서 한 움큼씩 집

어 먹던 그 옛날이 오늘은 여기서 재현되고 있다. 기행의 참 즐거움은 우연히 마주치는 장날이라고 할 수 있다. 소머리 국밥을 50년 전통 원조집에서 한 그릇 비웠다.

　강변도로를 따라 석남사 방향으로 길머리를 잡는다. 일요일치고는 너무도로가 한산하다. 가을걷이를 끝낸 들판엔 휑하니 거친 바람만이 나뒹굴며 나그네를 바라본다. 간간이 마주치는 아지매들도 수건으로 온통 얼굴을 가려 히잡을 두른 이슬람 여인네를 보는 듯하다.

　왼쪽은 석남사, 오른쪽은 경주라는 삼거리 갈림

울주군 언양읍 석남사 갈림길에서 본 대현령 전경

대현령 고개 마루

길이 나타난다. 여기서 차를 세워 놓고 정면을 바라보면 희멀건 산 사이로 난 고갯길이 아스라이 다가온다. 지금 탐방자가 서 있는 곳은 경상남도 울산광역시 울주군이다. 멀리 보이는 고개를 넘으면 경상북도 경주시 산내면 대현리다. 천 년 전 통일신라시대 때는 여기도 상당히 깊은 골짜기였을 것이다. 고개를 넘으면 신라 황도 서라벌 턱 밑이니, 사방에 도적 떼가 득시글하였을 것 같다.

때는 신라 38대 원성왕시절이었다.

천성이 활달하고 재물에 얽매이지 않으며 또한 향가를 잘 지었던 영재(永才)란 스님이 있었다. 세월은 흘러 서산에 해지는 나이가 되자 영재는 모든 세파를 뒤로하고 남악(男岳 : 지리산으로 추정)에 들어가 향가나 읊으면서 생을 마감하고자 하였다. 아니 후일 해운(海雲) 최치원도 지리산 산신이 되었다고 하니, 이미 이때 영재가 그러한 생각으로 지리산을 찾았을지도 모를 일이다. 서라벌을 출발한 영재는 무열왕릉을 지나 소태고개를 넘어 모량리 화천마을을 가로질러 방내리에서 산으로 올랐을 것이다. 이윽고 단석산에 도착한 영재는 유신랑의 단석으로 잘려진 단석산 화랑들의 성지에서 오랜만에 화려했던 과거와 만남을 가지면서 다시금 온 골짜기에 울려 퍼졌던 향가를 한 소절 불렀을 것이다. 그리고 잊혀져가는 천 년 신라의 노래 향가를 부여잡고 회한의 한숨을 내쉬었을 것 같다.

다시 터벅터벅 우중골을 지나 현 경주시 산내면 대현리에 다다랐을 때였다. 갑자기 천둥소리처럼 발자국 소리가 요란하더니 험상궂은 산적 60

영재 스님도 이 계곡을 따라 남악으로 갔을 것이다.

여 명이 시퍼런 칼날로 영재를 에워싸고 있었다. 보통사람 같으면 오장육부가 줄행랑을 칠 것도 같은데 영재는 입가에 미소만 가득하였다. 놀란 것은 오히려 도적들이었다. 예사 사람이 아님을 짐작한 도적들은 조심스럽게 존함을 물었다. "나는 영재이니라." 하니 도적들은 더욱 놀라는 낯빛을 하였다. 향가 잘하기로 서라벌에 파다한 영재 스님이란 것을 알아차린 도적들은 그에게 향가 한 수를 지어달라고 애원하였다. 향가란 천지귀신도 감동한다는 노래가 아닌가. 아무리 도적이라고 하지만 수많은 이적을 보인 향가의 주술성을 모를 리가 없었을 것이다. 이에 영재는 양지바른 곳에 앉아 예의 웃음 띤 온화한 얼굴로 향가를 불렀다. 현대어로 풀어보면 다음과 같다.

제 마음에 형상을 모르려던 날	自矣心米皃史毛達只將來呑隱日
멀리 ○○ 지나치고	遠鳥逸○○過去知遣
이제는 숨어서 가고 있네	今呑藪未去遣省如
오직 그릇된 파계주를	但非乎隱焉破○主
두려워할 짓에 다시 또 돌아가리	次弗○史內於都還於尸朗也
이 쟁기를 사 지내곤	此兵物叱沙過乎
좋은 날이 새리이니	好尸日沙也內乎呑尼
아으 이 요만한 선은	阿耶 唯只伊吾音之叱恨隱潡陵隱
아니 새 집이 되나이다.	安攴尙宅都乎隱以多

　　노래를 마치자 도적들은 고마움의 표시로 비단 두 필을 공손하게 바쳤다. 그러자 영재는 손사래를 치며 웃으면서 가만가만 말하였다. "재물이 지옥의 근본이 된다는 것을 알고, 그것을 피하여 깊은 산에 숨어 일생을 보내려 하는 사람인데, 어찌 감히 이것을 받겠는가?" 하면서 비단을 멀리 던져 버렸다. 이런 영재의 행동에 도적들은 그만 눈물을 흘리면서 신주처럼 모시던 창과 칼을 던져버리고 앞다투어 머리를 깎고 영재의 제자가 되었다고 《삼국유사》〈피은(避隱)〉〈영재우적조(永才遇賊條)〉에 전하고 있다. 울산광역시 상북면 덕현리에서 경주쪽으로 몇 발짝 가면 경상북도 경주시 산내면

116 |

을 알리는 대리석 입간판(立看板)이 영재 스님 마냥 떡하니 버티고 서 있다. 그 옆에 엉성한 팔각정과 나무로 만든 의자 몇 개가 단출하게 겨울바람을 맞고 있다. 바람이 제법 세차게 얼굴을 파고든다. 이곳을 영재 스님이 넘던 대현령으로 보는 이유는 간단하다. 현재 지명이 울주군 쪽이 덕현리이

울산시 상북면 덕현리와 경북 경주시 산내면 경계석

고, 경주시 쪽이 대현리이니 이렇게 비정해 보고 싶다. 또한 도적떼가 쉽게 한 건을 하려면 서라벌 지척에 있는 험준한 고갯길을 골라서 진을 치고 있었을 것이기 때문이다.

　　아직은 갈 길이 멀다. 그러나 쉬어가는 것도 또 하나의 노정이 아닌가 한다. 바쁜 마음만이 자꾸 발길을 이끌고 있지, 세상은 그저 오늘도 그냥 하루이기만 하다. 그러나 천 년 전 온 서라벌에 가득하였을 향가의 발자취를 찾는 기행은 언제나 계속될 것이다. 왜냐하면 아직도 서라벌 골목마다 그날처럼 향가가 왕성히 울려 퍼지기 때문이다. 그날은 올 것이다. 반드시 오리란 희망이 꽁꽁 언 냇물을 뚫고 하늘로 솟구치며 미소 짓고 있다.

13

....

신의를 일깨워준 잣나무와 신충의 〈원가〉

입춘이 지나자 벌써 서설(瑞雪) 속에서 매화의 암향이 흩날리기 시작한다. 매화 사랑의 백미는 단연 조선조 퇴계 이황(李滉 : 1501~1570)을 꼽을 수 있을 것이다. 그의 매화 사랑이 얼마나 지극하였는지 죽음을 눈앞에 두고 유언으로 던지는 말이 "매화에 물 주어라." 였겠는가.

오늘 자연과의 교감으로 유명한 신충(信忠)의 흔적을 찾으러 경남 산청으로 발길을 내딛고 있다.

경남 산청군 소재지에서 곶감으로 유명한 덕산방면으로 가다, 칠정 조금 못 미쳐 오른쪽으로 작은 다리 하나가 보이는데 이곳 입구에 다물민족학교(多勿民族學校)란 간판이 세워져 있다. 이곳을 따라가면 탑동마을이 나온다. 마을이름에서 이미 이곳이 단속사지 3층탑이 있는 곳이란 것을 금방 알 수가 있다. 마을 입구를 들어서면 오른쪽 언덕 위에 날렵한 당간지주가 하늘을 찌를 듯 곧추서 있다. 여기서 10여 미터를 더 가 오른쪽으로 난 좁은

길을 들어서면 바로 단속사지 3
층 쌍탑이 천 년의 이끼에 쌓여
오늘도 탐방객을 맞이하고 있다.

　　때는 신라 34대 효성왕이
아직 왕위에 오르기 전이었다.
형 중경(重慶)이 부왕인 성덕왕
14년 12월에 태자에 봉해졌으나,
동왕 16년 6월에 죽는다. 이에
아버지 성덕왕은 23년 봄에 둘째
왕자인 승경(承慶)을 태자에 봉하
니, 이가 효성왕이다. 이후 13년
이 지나 성덕왕이 훙(薨)하니 왕
위에 오르게 된다. 아버지가 36
년간이나 왕위에 있었으니 아무
리 둘째 왕자라고는 하나 나이가

단속사지 당간지주

상당하였다고 판단된다. 또한 효성왕은 즉위 6년 만에 돌아가니 더욱 사실
인 것 같다. 아마 효성왕과 신충의 인연은 오랜 왕자, 태자시절을 보낼 때인
것으로 보인다.

　　하루는 왕자 승경(후일 효성왕)이 신충과 잣나무 밑에서 바둑을 두면
서 "내가 보위에 오르면 너를 잊지 않겠다."고 약속을 한다. 그러나 왕위에

오른 효성왕은 공신을 책봉할 때 이 사실을 까맣게 잊어버리고 만다. 오랜 기다림과 설움으로 신충은 그날 약속을 지켜본 잣나무를 어루만지며 자신의 속내를 잣나무에 부쳐 읊었다.

현대어로 불러보면,

한창 무성한 잣나무	物叱好支栢史
가을이 되어도 이울지 않으니	秋察尸不冬爾屋支墮米
너를 어찌 잊으랴 하신	汝於多支行齊敎因隱
우러르던 그 낯이 변하실 줄이야	仰頓隱面矣改衣賜乎隱冬矣也
달그림자 내린 연못가	月羅理影支古理因淵之叱
흐르는 물결에 모래가 일렁이듯	行尸浪阿叱沙矣以支如支
모습이야 바라보지만	皃史沙叱望阿乃
세상 모든 것 여읜 처지여!	世理都之叱逸烏隱苐也

(마지막 구절은 없어졌다)

노래를 마친 신충이 이 향가를 적어 잣 가지에 붙였더니 그만 잣나무가 말라버렸다. 이 소문이 서라벌에 퍼져 곧 효성왕(동왕 3년)의 귀에 들어가자, 효성왕은 크게 부끄러워하며 그에게 중시(中侍)라는 벼슬을 내리니 곧 잣나무가 다시 푸르게 되살아났다고 《삼국유사》는 전하고 있다. '머리 검은 동물이 배신을 한다.' 고 한다. 인간이 아무리 제 잘난 맛에 산다고 해도 의

120

단속사지 동서 3층석탑. 동탑(보물 제72호), 서탑(보물 제73호)

남명 조식선생의 한시비. 단속사지 입구에 있다.

리를 배신하면 침묵의 자연이 그냥 내버려두지 않음을 향가 〈원가(怨歌)〉는 일깨워 주고 있다고 하겠다.

신충이 말년에 은거한 단속사(斷俗寺)*는 원래 금계사(錦溪寺)였다고 한다. 시냇물처럼 수많은 신도에 몸살을 앓던 지주가 금강산 유점사(楡岾寺)에서 온 도승에게 어떻게 하면 신도들이 적게 올 수 있을까라고 묻자 그 도승은 절 이름을 '단속사(속세를 끊어 버린 절)'로 바꾸라고 한다. 절 이름을 바꾸자 정말 신도들의 발길이 끊어졌다고 한다. 그리고 얼마 지나지 않아서 단속사는 불에 타 망했다는 이야기가 회자되고 있다.

이곳 단속사지 뒤편에는 약 630년 된 매화나무가 있다. 물론 미당 서정주의 동백꽃으로 유명한 고창의 선운사(禪雲寺)에도 수령(樹齡) 약 600년의 매화나무가 한 그루 있긴 하다. 그러나 우리나라 성리학의 정수를 느끼게 해주는 매화는 이곳의 정당매(政堂梅)가 아닌가 한다. 정당매는 진주사람 통정공(通亭公) 강회백(姜淮伯 : 1357~1402) 선생과 통계공(通溪公) 회중(淮仲 : 1360~1421) 형제가 유년시절 이곳 단속사에서 공부하던 시절 심은 매화라고 한다. 그 후 통정선생의 벼슬이 정당문학 겸 대사헌에 이르렀다고 하여 후대인들과 승려들로부터 정당매로 불렸다고 한다.

의리란 예나 지금이나 가장 중요한 삶의 덕목의 하나인 것이 사실일 것이다. 시끄러운 판을 떠나 속세를 끊는 심정으로 단속사지에 가서 정당매의 암향이라도 한 번씩 맡고 오는 것이 어떨까.

● 단속사
단속사는 748년 이순(李純)이 창건했다는 설과 763년 신충이 창건했다는 2가지 설이 전해진다. 현재 절터에는 동서 3층석탑과 당간지주, 건물지 등의 초석만 남아 있다.

14

선화공주와 서동의 사랑노래 〈서동요〉

　　빼어난 맵시의 기와 담장으로 덩굴장미가 오월의 신부처럼 화사하게 볼에 붉은 연지를 도도하게 그려 넣고, 당당한 어깨의 청년을 감미롭게 부르고 있다. 해님도 반가워 초례청 축가를 온 누리에 퍼지게 하고, 짙어서 터질 듯, 건강한 가로수 행렬이 빨간 주단으로 향가를 맞이하고 있다. 어디선가 꼴 베는 초동들의 흥얼거림이 바람에 실려 반월성(半月城) 주위를 에워싸고 있다.

　　선화공주님은 　　　　　　善化公主主隱

　　남 몰래 시집가 놓고 　　　他密只嫁良置古

　　서동방을 　　　　　　　　薯童房乙

　　밤에 몰래 안고 가다. 　　夜矣卯乙抱遣去如

오월의 장미가 특유의 화사함으로 길손을 붙잡고 있다.

전북 익산의 마룡지 전경(오른쪽 대나무 있는 곳이 서동의 생가터)[익산시청 제공]

흥겨운 가락에 한껏 고무된 떠꺼머리들은 이 골목 저 골목 서라벌 거리를 종횡무진 활보하면서 갑자기 천 년 신라의 황도 서라벌은 일순간 저잣거리가 된 것처럼 활기가 넘친다. 싱그러운 봄향기를 만끽하고 여름을 보내던 진평왕도 이 노래를 뜻 모르게 따라 부르다가, 대간들의 간언이 아니었다면 아리따운 셋째 공주 선화(善化)의 이야기라는 것을 모를 뻔했다. 애지중지하던 선화공주가 뿌리도 모르는 마(薯) 캐는 놈에게 몰래 시집가 놓고 밤마다 몰래 안고 가다니? 발 없는 말이 천 리 간다고 했던가. 급기야 〈서동요(薯童謠)〉는 온 서라벌 초동들의 유행가가 되어버렸다.

이때 신라는 엄격한 골품제에 의한 족내혼이 일반화되어 있어서 궁궐에서 자란 공주는 왕족끼리의 혼인만 용인되는 사회였다.

연일 계속되는 대간들의 참소에 진평왕은 대내외적으로 '공주의 귀양'이라는 극약처방을 내린다. 그러나 신라 최고의 미색과 방사기술을 갖춘 미실[미실이 색공을 바친 사람으로는 남편 세종전군(世宗殿君)을 제외하고 진흥왕, 동륜태자(진흥왕의 첫째아들), 진지왕(진흥왕의 둘째아들 금륜), 진평왕(진흥왕의 손자이면서 동륜태자의 아들), 사다함, 설원랑, 그리고 동생 미생랑 등이라고 필사본《화랑세기》에 전한다]을 품어 본 진평왕은 유교라는 중국식 관습으로 자신을 옥죄어 오는 신라 상류층 귀족 남성들의 겉치레를 고운 눈으로 바라보지는 않았을 것이다.

사실 유학은 춘추전국시대 공(孔)·맹(孟)에서 시작되어 한나라 동중서(董仲舒 : B.C.176?~B.C.104)의 건의로 국학으로서 유교가 공인되면서 이후 이천 년 동양사상의 핵심으로 자리 잡았다고 할 수 있다. 육조시대(六朝時代 :

오, 동진, 남조, 송, 제, 양, 진, 229~589)에 오면 유교는 다시 심한 뒤틀림을 맞이하게 된다. 특히 불교와 도교의 맹위에 불교를 국교로 선언하는 나라까지 생겨나게 되었다. 뒤이은 수·당시대에도 마찬가지였다. 당 황실은 도교를 신봉하였고, 당시 당나라와 밀착된 외교관계를 가졌던 신라도 영향을 받았다고 할 수 있다. 그러나 송대가 되면 상황이 바뀌게 된다. 이민족 금나라에 내몰려 남쪽으로까지 밀려난 송으로서는 국면전환이 필요하였고, 국면전환의 일환으로 유교 부흥운동이 일어나게 되었던 것이다. 주희(朱熹 : 1130~1200)에 의해 불교·도교적 색채가 가미된 유교는 '성리학'이라는 옷으로 바꿔 입고 화려하게 역사의 전면에 다시 등장하게 되는데 이때 집성된 성리학은 엄밀한 의미에서 춘추시대의 유학과는 다르다고 할 수 있다.

우리나라는 고려 말 순흥인(順興人 : 현 경북 영주) 안향(安珦 : 1243~1306)이 성리학을 가져오게 된다. 당시는 부원파 권문세족들의 문란한 정치행태로 오백년 고려가 무너져 가고 있던 상황이었다. 이때 지방중소지주 출신의 신흥사대부가 성리학으로 세상의 패러다임을 바꾸고자 하였다. 우리가 너무나도 잘 알고 있는 정몽주(鄭夢周 : 1337~1392), 정도전(鄭道傳 : 1342~1398), 이방원(李芳遠 : 1367~1422, 조선 3대왕 태종) 등의 신흥사대부와 무인 출신 이성계(李成桂 : 재위 1392~1398, 조선 태조)가 손을 맞잡고 조선을 개국하게 되었던 것이다. 그러나 조선 개국 후에도 성리학 사상이 완전히 뿌리 내리지 못했음을 여러 기록을 통해 파악할 수 있다. 특히 조선 개국시조 태조 이성계의 딸과 결혼한 변계량(卞季良 : 1369~1430)이 이혼을 하였다는 데서 극명히 나타난다고 할 수 있다.

지금 우리가 관습적으로 지켜오고 있는 유교(성리학)적 규범(規範)들은 대부분 조선 9대 성종(成宗 : 재위 1469~1494)대 완성된《경국대전(經國大典)》에 그 뿌리를 두고 있다고 보면 무방하다 하겠다.

아버지 진평왕이 명한 궁궐을 떠나라는 왕명은 어린 선화공주에게는 죽음 그 자체였다. 구중궁궐에서 태어나 흙 한 번 밟지 않고 고이 자란 선화공주였지만 그렇다고 울고만 있을 수는 없었을 것이다. 자신의 의지와는 무관하게 이미 온 서라벌(徐羅伐)에 퍼진 향가 〈서동요〉는 선화에게는 귀를 막고서라도 듣기 싫은 노래였다. 선화공주는 대간들의 눈을 피해 고명한 스님을 찾아 반월성 안압지(雁鴨池)를 지나, 북천강물을 맨발로 건너 이차돈(異次頓 : 506~527)의 혼이 서려있는 백률사(栢栗寺)로 칠흑 같은 밤을 헤치고 달려갔을 것이다. 두려움도 무서움도 꽉 다문 입술로 물리치며, 자신의 결백을 증명하는 데만 온 힘을 기울였다. 저 멀리 언덕 위엔 새파란 도깨비불이 불야성을 이루며 공주의 앞길을 막았으나, 조그만 손으로 허공을 내치면서 종종걸음으로 어둠을 가르며 한 발 한 발 나아갔던 것이다. 그러나 대덕고승이라도 왕명은 거스를 수는 없는 것. 선화는 울면서 발길을 돌려야만 했다.

한편, 선화공주가 예쁘다는 소문을 듣고, 한달음에 서라벌로 달려온 서동(薯童)은 자신이 지어서 퍼트린 〈서동요〉가 온 골목을 누비는 것을 보고, 쾌재를 부르면서 느긋하게 공주가 지나갈 귀양길 어귀에서 밤이슬을 맞으면서 공주를 기다리고 있었다.

서동은 왕자라고는 하나 할아버지 혜왕(惠王 : 재위 598~599, 백제 28대왕)과 아버지 법왕(法王 : 재위 599~600, 백제 29대왕)이 왕위에 오른 지 이태가 지나지 않아서 모두 죽음을 맞이하였다는《삼국사기(三國史記)》기록을 보면, 정상적으로 궁궐에서 자라지는 못하고, 동가식서가숙(東家食西家宿)하면서 지냈던 것으로 보인다. 남지 못가에서 과부로 지내다 못의 용과 이물교혼(異物交婚)으로 서동이를 낳은 어머니는 한 많은 삶을 눈물로 보냈을 것이다.

지금 익산(益山)에 가면 '마룡지(馬龍池)'란 연못이 있는데 이곳이 서동이 태어난 곳이라고 한다. 설화란 은유라는 껍데기를 벗기기 전에는 온전한 모습이 나타나지 않는데, '남지의 용'이라고 하는 서동의 아버지는 용이 곧 왕권을 상징한다는 의미를 접하면 곧 이해를 할 수 있게 된다.

사실《삼국사기》를 보면, 백제는 후반기로 올수록 연씨(燕氏), 국씨(國氏), 사씨(沙氏) 등 8대 성(姓)* 이 왕권을 능가하는 지배세력으로 성장하였음을 알 수 있다. 왕을 최측근에서 보좌하는 육좌평은 이들 성씨가 독점하면서 권력을 나눠 가지고 왕권을 견제하면서 그들의 세력을 넓혀갔던 것으로 추측된다. 백제 마지막 왕인 의자왕(義慈王 : 재위 641~660)이 자신의 아들 41명을 좌평에 임명하는 데서 보듯이 백제는 왕과 이들 8대 대성들 간의 다툼이 결국 나라를 망하게 하였다고 할 수 있는 것이다.

이런 혼란의 와중에서 태어난 서동은 왕자의 신분을 숨긴 채 자라고 있다가, 성년이 되자 대성들로 이루어진 귀족들을 누를 수 있는 거대한 후

● 8대 성
《수서(隨書)》〈백제전(百濟傳)〉에는 '(백제에는) 여덟 씨족의 대성(大姓)이 있으니 사씨(沙氏), 연씨(燕氏), 협씨(協氏), 해씨(解氏), 진씨(眞氏), 목씨(木氏), 국씨(國氏), 백씨(白氏)다'라고 한다.

경주 보문리에 있는 선화공주의 부왕 '진평왕릉'과 진평왕릉 옆의 보문리사지 당간지주

원세력이 필요하였을 것이다. 진흥왕 이후 급격하게 한반도에서 세력을 넓힌 신라와의 연결은 좋은 배경이 되고도 남았을 것이다. 그래서 서동은 진평왕의 셋째 딸 선화공주를 목표로 삼아 서라벌에 잠입하여 기회를 엿보고 있다가, 어린이들이 뜻 모르고 즐겨 부르는 동요가 끝없이 퍼져나간다는 사실에 무릎을 쳤을 것이다. 아마도 그때 서라벌에는 〈서동요〉와 비슷한 노래가 어린이들 사이에서 즐겨 부르는 동요였을 것이다. 마음이 급한 서동은 기존에 퍼져있는 동요에 선화공주와 자신의 이름만 살짝 바꾸어서 부

전북 익산에 있는 서동(백제 30대 무왕)의 묘인 '말통대왕릉'

르게 하였다고 판단된다.

이른 새벽 아직 안개도 걷히지 않은 궁궐문을 나서는 선화공주의 발걸음은 천근만근이었다. 초라한 노복 몇과 나귀 한 마리가 전부인 행렬을 머얼리 누각에서 바라보던 진평왕의 눈에는 하염없이 눈물이 흘러 이내 용포자락이 흥건하게 젖었다.

그것은 보내지 말아야 할 이별이면서, 보내야만 하는 한 나라 제왕으로서의 이별이었다. 황후라고는 하지만 후사를 이을 성골 태자 하나 생산하지 못했던 선화공주의 모후인 마야부인(摩耶夫人)은 간장이 끊어질 것 같은 심정으로 선화의 옷깃을 붙잡았을 것이다. 물론 궁궐에선 흔하디흔한

남편 서동의 묘에서 조금 떨어진 곳에 위치하고 있는 선화공주의 묘(1997년 대법원의 판결로 무왕과 선화공주의 묘소로 확정됨)

순금 한 말을 노자로 주었지만, 그래도 마음은 달려 나가 선화의 행렬을 붙잡고 싶었다. 맏딸 만명(萬明 :《삼국사기》에는 둘째딸로,《화랑세기》에는 맏딸로 기록되어 있다.)은 이미 용춘(龍春 : 龍樹라고도 함, 신라 29대 태종 무열왕의 아버지)에게 시집갔고, 둘째 덕만(德曼)은 여장부로서 아버지 진평왕을 이을 후사로 자신을 담금질하고 있었으나, 마냥 천진난만하기만 한 셋째 선화공주는 진평왕 내외에게는 사랑 그 자체였을 것이다.

만약 이때 선화공주가 서동의 계책에 휘말리지 않았다면 덕만 언니(신라 27대 선덕여왕)를 뒤이어 왕위에 올랐을지도 모른다. 왜냐하면 선덕여왕이 삼서제(三婿制)에 의한 세 번의 결혼에서도 후사가 없어 결국 사촌동생인 진평왕의 동생 국반(國飯)의 딸 승만(勝曼)이 왕위에 올라 신라 28대 진덕여왕(眞德女王)이 되니 말이다. 그래서 역사에는 가정법이 없다고 하지 않았던가?

서동이의 계책에 휘말려 생이별을 하게 된 진평왕은 하루도 편히 지내지는 못하였을 것이다. 황룡사지(黃龍寺址)・분황사(芬皇寺)를 지나 보문(普門)으로 몇 발짝 가면 '숲머리 마을'이 아담하게 자리하고 있다. 한길을 벗어나 오른쪽으로 난 시멘트 포장길을 따라 가다보면 이국정서가 물씬 풍기는 그림 같은 펜션을 여럿 만날 수 있다. 서라벌의 아름다움이 한눈에 들어오고, 천 년 신라의 향내를 지척에서 맡을 수 있는 곳은 이곳이 아닌가 한다. 붉은 장미는 예서도 예외 없이 자꾸만 탐방자의 발목을 붙잡고, 선화공주의 혼은 아버지 진평왕이 영면하고 있는 '숲머리 마을' 앞 넓은 들판 한가운데 우뚝 솟은 봉분 주위를 떠나지 못하고 있는 것 같다.

아름다운 석양은 낭산 산정의 선덕여왕릉 위를 호위하듯 둘러쳐 있고, 이곳 아버지 진평왕의 음택(陰宅)까지도 함께 감싸 안고서 애틋한 부녀 간의 정을 저승이 아닌 이승에서 도란도란 나누고 있다.

신라의 삼국통일의 원류는 화랑정신이라고 하겠다. 그러나 화랑들이 그들의 생각의 폭을 무한대로 확장하게 한 뒤 배경에는 동양 역사상 신라에만 역사서에 기록되어 있는 여왕이라고 생각한다. 물론 일본 역사에서 뗄 수 없다는 '비미호(卑彌呼, 히미코)' 여왕과 신공황후(神功皇后, 진구황후)가 있고, 중국에는 '무측천(武則天)'이 여자로서 한 나라를 짊어졌다고 하지만,

뒤편에 보이는 산이 용화산이다. (지금도 사자암이 산 중턱에 자리하고 있다)

신라처럼 역사의 전면에서 여성이 군주로서 삼국통일의 기반을 조성한 것은 그 유래가 없다고 하겠다.

경상도 방언 아니 천수백 년 전의 한반도 표준어에 '뱀이 잘할까', '비미 잘할까' 라고 하는 말이 있다. 물론 지금도 사라지지 않고 우리의 언어생활을 풍요롭게 하고 있다. 이 말의 뜻은 다른 사람보다 월등한 실력을 갖추고, 모든 행동거지를 올바르게 잘한다는 말이다. 일본 역사의 서막을 열었다고 일본인들이 숭앙해 마지않는 여왕이 '비미호' 여왕이라고 하니 우리네 말로 보면 의미심장하다고 할 수 있다.

전북 익산 미륵사지 앞 연못에 용화산과 미륵사 동서탑이 삼존불인 양 아련히 나타나고 있다.

봉계로 가는 시내버스 차창으로 스치는 논배미는 이미 모내기철이 한창이다. 그날 선화공주가 귀양길에 걸었던 멀어만 보이는 부여(夫餘) 길이 예였을 것이다. 봉계를 지나 국도 35호선 두동면 인박산(咽薄山) 기슭이 슬픈 눈물의 선화공주의 심정으로 촉촉이 젖어 있다. 아마 이즈음에서 서동은 선화공주의 귀양 행렬을 기다렸을 것이다.

《삼국유사》에는 갑자기 서동이가 나타나 공주를 호종(扈從)하겠다고 하니 우연히 마음이 이끌려 부부의 연을 맺었다고 한다. 길 옆 자그만 풀꽃들의 꽃술로 쉼 없이 날아드는 벌과 나비가 그날의 현장을 오래도록 기억하고, 지금도 나그네의 발길을 서동과 선화의 로맨스 현장에 머물게 하는지도 모를 일이다. 가만히 접사(接寫)렌즈 앵글이 아름다운 세기의 사랑에 엄숙하다고 할 밖에……

　　부여에 도착한 서동은 선화공주가 바구니 한 가득 무겁게 가지고 있는 물건을 보고 의아하게 물었다. "이것이 무엇에 쓰는 물건이오?" 그러자 선화공주는 "이것은 보배롭고 귀중한 금이라는 것으로 이것만 있으면 앞으로 편히 지낼 수 있을 것이오." 한다. 이에 서동은 "예전 내가 마를 캐던 곳에는 이것과 같은 것이 산더미처럼 많았소."라며 웃으면서 답한다. 두 사람은 곧 이 금을 캐내어 지명법사(知命法師)의 신통력으로 신라궁전에 보내 진평왕의 마음을 안심시켜 주었다고 한다.

　　하루는 서동과 선화공주가 용화산(龍華山) 사자사(師子寺)로

전북 익산 미륵사지 복원전 서탑[익산시청 제공]

전북 익산시 왕궁면 왕궁리의 백제 궁성 발굴 현장(이곳에 오층석탑이 날렵하게 서 있다)

불공을 드리러 갈 때, 도중에 한 연못에 미륵삼존불이 나타나는 것을 보고, 공주가 청함에 따라, 다시 지명법사의 신통력으로 못을 메워 절을 지으니 '미륵사(彌勒寺)'라고 한다. 이때 진평왕은 백공(百工)을 보내어 절의 완성을 도우니, 이후 서로 편지로 안부를 주고받아, 이로써 인심을 얻어 서동은 백제 제29대 무왕(武王)으로 등극하게 된다고 《삼국유사》는 전한다.

지금도 미륵사가 있는 전라북도 익산에 가면 왕궁면 왕궁리 왕궁평성이 있고, 서동의 탄생지인 마룡지, 서동과 선화공주의 음택인 '말통대왕릉'과 조금 떨어진 곳에 공주의 능묘가 있어서 향가 〈서동요〉가 한낱 허구에 찬 기록이 아님을 말해 주고 있다.

향가 〈서동요〉의 배경설화에 금이 산더미처럼 많다고 하는 이곳 익산은, 신라가 삼국을 통일하고 고구려, 백제 유민을 유화정책으로 포섭할 때, 고구려 왕족 안승을 '보덕국왕(報德國王)'으로 임명하여 금마저(金馬渚)에서 살게 하였다고 하는 곳이다.

익산의 옛 지명이 금마저이고 뒷산 이름이 오금산인 것으로 보아 서동의 금에 관한 말이 사실임을 짐작하게 해준다.

지금 경주와 익산은 서동과 선화공주의 숨결 찾기 행사를 십여 년 넘게 해오고 있다. 천여 년의 시공을 초월한 두 지방민의 아름다운 심성에 머리가 숙여진다. 익산의 왕궁평성을 나와 시내 중심가로 가는 길에 유난히 눈길을 끄는 포장마차 간판이 탐방자를 붙잡아 머무르게 한다. '신라의 달밤'이라고…….

15

유배문학의 효시인 정서의 〈정과정곡〉

'인문학의 위기'란 이야기가 가을 벽두부터 육중하게 우리 귓전을 뒤흔들어 놓는다. 아직 단풍이 예까지 찾아오려면 달포나 남았건만, 마음은 벌써 스산한 낙엽이 한가득 쌓인 것 같이, 왠지 모를 다가오는 수심에 가을을 알리는 코스모스를 반겨줄 겨를이 없어져 버렸다.

부산광역시 수영구 망미동 수영강 어귀에 한 무리의 아파트 빌딩 숲이 마천루를 이루고 있다. 숨이 막힐 듯 굉음의 도시고속도로와 아파트 진입로가 정과정(鄭瓜亭)을 삼각형으로 가로막아, 도심 속 외로운 섬으로 만들어 놓았다. 정서(鄭敍 : ?~?)의 외로운 유배살이가 아직도 끝나지 않았음을 말해주고 있는 듯하다.

때는 고려 18대 의종(毅宗 : 재위 1146~1170) 5년(1151)이었다. 의종의 모후 공예태후(恭睿太后)[●]는 첫째 의종보다는 둘째 대녕후(大寧侯) 경(暻)을 매우 사랑하여, 그를 왕위에 옹립하려는 생각을 가지고 있었다. 공예태후의 여

● 공예태후
우리 역사에 적자(嫡子) 셋(첫째아들이 고려 18대 의종, 셋째아들이 19대 명종, 다섯째아들이 20대 신종)이 왕위에 등극하는 것은 공예태후가 유일하다.

동생과 결혼한 정서는 태후의 생각을 짐작하고 대녕후 경을 지지하였다. 그러나 17대 인종(仁宗 : 재위 1109~1146)과 폐신(嬖臣) 정습명(鄭襲明 : ?~1151,《삼국사기》편찬시 편사관으로 참여) 등의 반대로 실패하게 된다.

의종 5년 정서는 처조카 대녕후 경에게 술자리 주연(酒宴)을 베풀면서, 왕위에 오르지 못한 한을 풀어주려 하였다. 그러나 이 일이 환관 정함에게 발각되어, 정서는 대녕후 경을 추대하려 한다는 모반의 죄를 뒤집어쓰고 동래 남촌(현 부산광역시 수영구 망미동) 수영강가로 귀양을 오게 된다.

귀양지로 출발할 때 의종은 사적으로 이모부인 정서에게 "대간의 탄핵으로 유배 보내니 곧 소환 하겠다." 고 약속하였다.

동래 유배지에 도착한 정서는 수영강가에 정과정(鄭瓜亭)을 짓고, 거문고를 뜯으면서 개경에서 소식이 올 날만을 애타게 기다리고 있었다. 매일 아침 의관을 정갈히 하고 망산(望山 : 현 망미동 주공아파트 자리로 추정하고 있다)에 올라 북쪽에 계실 임금님께 절을 올렸다. 자신의 억울함이 금방이라도 풀어지기를 기원하면서 임금님께 잔을 올린 것이었다.

진달래가 한가득 강물에 투영되는 봄이 지나고, 초동들의 물장구 소리가 매미 소리와 함께 수영강을 가득 메우던 여름이 가고, 장산의 붉은 단풍이 정과정을 비추는 가을이 이미 무르익어 가고, 포구엔 하나둘씩 작은 고깃배가 얼음 위에 넘쳐나는 겨울이 지나길 수십 번, 아무리 학수고대를 해도 개경에서는 함흥차사였다.

그럴수록 정서는 더욱 의관을 정제하고 망산에 오르길 하루도 거르지 않았다. 하루는 거문고를 끼고 정과정에 앉아서 자신의 슬픈 속내를 향가에 의지하여 눈물로 읊고 있었다. 끼룩끼룩 날던 갈매기도 가던 길을 멈추고, 정과정 주변을 조용히 배회하며 슬픈 정서의 마음을 같이 어루만져 주려 하였다.

이끼 낀 고목에서 정서의 외로운 유배살이를 보는 듯하다.

정서는 4대 광종(光宗 : 재위 949~975)대 균여대사(均如大師)의 〈보현십원가(普賢十願歌)〉, 8대 현종(顯宗 : 재위 1010~1031)대의 〈향풍체가(鄕風體歌)〉와 16대 예종(睿宗 : 재위 1105~1122)의 〈도이장가(悼二將歌)〉 이후 거의 사라진 향가를 이용하여 자신의 억울함을 노래한 것이다.

정서는 아마도 향가의 뛰어난 주술성을 잊지 아니하고 그 영험으로 유배가 풀어지길 노래한 것인지도 모를 일이다.

'충신연주지사(忠臣戀主之詞)'의 효시로 알려진 정과정곡[鄭瓜亭曲 : 일명 삼진작(三眞勺)]을 노래하면 다음과 같다.

내가 님(의종)을 그리워하여 울고 다니는 것은

저 산의 접동새(두견새)와 비슷합니다.

나를 헐뜯어 말하는 사람들의 말이 사실이 아니며 허황되다는 것은

지는 달과 새벽 별은 아실 것입니다.

넋이라도 님과 함께 살아가고 싶었습니다.

우기시던 분이 누구셨습니까?

잘못도 허물도 전혀 없습니다.

뭇사람들의 참언(讒言 : 거짓으로 꾸며서 남을 헐뜯는 말)입니다.

슬픕니다.

아으

님께서 저를 하마 잊으셨단 말입니까?

마십시오, 님이여, 마음을 돌리셔서 다시 사랑하여 주십시오.

《악학궤범(樂學軌範)》

　노래를 마친 정서는 북받쳐 오르는 설움으로 오랫동안 자리를 떠날 줄을 몰랐다. 유배문학의 효시로 알려진 〈정과정곡〉은 이후 조선시대 송강 정철(鄭澈 : 1536~1593)의 〈사미인곡(思美人曲)〉, 〈속미인곡(續美人曲)〉으로 이어져 유배문학의 원류로 굳건히 자리하고 있다.

　역사는 아이러니컬한 면을 자주 보여준다고 한다. 인간사(人間事) 새옹지마(塞翁之馬)라고 했던가. 만약 이때 정서가 귀양을 가지 않았다면 1170년에 일어난 무신의 난에서 살아남을 수가 있었을까? 문신이라면 하급 말

단직까지 무참히 참살한 무인들이 의종의 이모부인 정서를 가만히 놓아둘 리가 없었을 것이란 것은 쉽게 짐작이 가고도 남는다.

무신의 난으로 의종의 둘째 동생인 명종(明宗 : 재위 1170~1197)이 왕으로 옹립되자, 정서는 마침내 20년 유배생활에서 풀려나 개경으로 돌아오게 된다. 그러나 이미 유배지에서 척박한 삶으로 노쇠해질 대로 노쇠한 정서는 얼마 지나지 않아 죽음을 맞이한다.

정과정터에 있는 〈정과정곡〉 노래비

고려 17대 인종의 동서로 또한 동래정씨(東萊鄭氏) 안일호장(安逸戶長) 지원(之遠)의 5세손인 정서는 조부 정목(鄭穆 : 1040~1106)이 3품의 관직에 올랐고, 부친 역시 종2품인 지추밀원사(知樞密院事)에까지 이르렀던 고려조 명문거족의 일원이었다.

비록 문음(門蔭 : 과거를 거치지 아니하고, 조부나 부친의 관직이 5품 이상이면 관직에 나아갈 수 있었다)으로 관직에 등용되었지만 벼슬이 정5품인 내시낭중(內侍郎中)에 이르렀던 고관이었다.

문학이란 항상 인생의 참담함을 겪고 난 후 무르익는 것이란 말이 괜한 소리가 아님을 말해준다. 20년 유배에서 더 비울 마음이 남아 있지 않은 정서가 〈정과정곡〉이란 주옥 같은 향가계열 고려가요(쇠잔기 향가로 보기도 한다)를 우리에게 남겨 놓은 것을 보면, 어쩌면 자신의 억울함을 직소(直訴)하기보다는 문학이란 외피를 입고, 더욱 승화된 미의식을 절제와 더불어 나타내었다고 보는 것이 타당하다는 생각이 든다.

정과정 터에 새롭게 건립된 '정과정'

16

....

두 장군의 충절을 기리고 추모한 노래 〈도이장가〉

황사를 잔뜩 머금어 숨막히게 하던 봄이 지나가자, 이내 은행잎사귀
가 조그만 아기 손처럼 하늘을 향해 옴지락옴지락 한다. 환한 벚꽃 잔치에
도 초대받지 못하다가, 비로소 기지개를 켜는 은행의 묵묵한 기다림이
란……. 그래서 수백 년을 사는가 보다.

오늘 은행나무보다도 더 오랜 충절을 가진 두 장군이 있어 자신 있
게 소개해 본다. 먼저 두 분의 장군을 추모한 향가 〈도이장가(悼二將歌)〉가
있어 함께 불러보기로 한다.

임금님을 구하여 내신   主乙完乎白乎
마음은 하늘 끝까지 미치매   心聞際天及昆
넋은 갔지만   魂是去賜矣中
내려주신 벼슬이야 또 대단했구나 三烏賜敎職麻又欲

바라다보면 알 것이다.	望彌阿里刺
그때의 두 공신이여	及彼可二功臣良
이미 오래되었으나	久乃直隱
그 자취는 지금에 나타났도다.	跡烏隱現乎賜丁

<장절공유사(將節公遺事)>

때는 고려 16대 임금 예종 15년(1120), 왕이 서경의 팔관회에 참석했을 때였다. 관복이 입혀진 허수아비 둘을 태운 말들이 뜰을 뛰어다녔다. 왕이 이상히 여겨 물었더니, 좌우에 있던 신하들이 그 경위를 설명하였다. 두 장군의 충절을 들은 예종은 즉시 향가 <도이장가>를 지어 그들을 추모하였다고 한다.

허수아비 둘은 신숭겸(申崇謙 : ?~927)과 김락(金樂 : ?~927) 장군이다. 고려 태조 왕건(王建) 10년(927)에 후백제 견훤(甄萱 : 재위 900~935)과 팔공산에서 싸우다가 포위되어 빠져나갈 수가 없었다. 이때 체구가 비슷한 신숭겸은 왕의 어가를 타고 싸우다가 김락 장군과 함께 전사하였다. 태조 왕건은 두 장군의 죽음을 애통하게 여겨 그의 시신을 거두어 광해주(光海州 : 지금의 강원도 춘천시 서면 방동리)에 예장(禮葬)하고, 두 장군이 전사한 곳에 지묘사(智妙寺 : 대구광역시 동구 지묘동)를 세워 명복을 빌게 하였다고 한다. 이때 장절공 신숭겸의 몸은 머리가 없어진 후였다. 이에 왕건은 순금으로 머리를 만들게 하여 장례를 지냈다. 그러나 왕건은 걱정이었다. 금두상(金頭狀)이 무덤 속에

팔공산 전투에서 신숭겸 장군이 전사하자 처음 유해를 모신 곳

있는 것을 아는 자들이 혹시 도굴이라도 하는 날엔, 자신을 위해 목숨을 초개같이 바친 신숭겸에게 예의가 아닌 것이었다. 고심하던 왕건은 묘를 일단, 춘천과 팔공산 그리고 구월산 등 세 곳에 만들라고 하였다. 또한 춘천에 묘를 만들면서 역시 봉분을 세 개 만들어 어느 것이 진짜인지 모르게 하라고 하였다. 그래서 지금도 춘천에 있는 장절공 신숭겸 장군의 묘는 봉분이 세 개인 것이라고 한다.

　　왕 또는 주군을 위해 대신 관복을 바꿔 입고 목숨을 바친 사람이 역사상 여러 명 나타난다. 신라시대의 김춘추 역시 고구려에 청병하러 갔다

지묘사 내의 경의문

대구시 동구 지묘동에 있는 지묘사 전경

장절공 신숭겸 장군의 영정(지묘사 관리인에게 어렵게 허락을 얻어 촬영할 수 있었다)

가, 고구려왕에게 붙잡히는 신세가 되자, 고구려 신하 선도해(先道解)의 '귀토지설(龜兎之說)' 이야기를 듣고 탈출하였다. 그러나 돌아오는 도중에 고구려 순라군에 들켜 위기일발의 순간에 처했다. 이때 온군해(溫君解)가 춘추와 옷을 바꿔 입고, 그를 탈출시켰다. 이것을 우리는 기신(紀信)의 계책*이라고 한다. 자신이 모시는 주군을 위해 목숨을 바치는 아름다운 충절은 항상 오랫동안 인구에 회자되곤 한다. 박제상도 조금은 다른 방법이었지만 왕의 동생을 왜국에서 탈출시키고 죽었다. 한 번 죽음으로써 영원히 사는 길을 열었다고 할 수 있다.

● 기신의 계책
한고조가 하남성 영양에서 항우의 군사에게 포위되었을 때, 기신은 고조의 수레를 타고 초군(楚軍)을 속여, 마침내 고조를 대신하여 죽었다. 이를 두고 한 말이다.

지묘사 내의 표충사(신숭겸 장군의 영정이 모셔져 있다)

예종이 지은 〈도이장가〉는 향가라는 천 년 신라의 노래가 마지막을 향해 달려가는 시점이었다. 학자들은 이를 쇠잔기 향가라고 부르기도 하고, 그냥 고려가요라고 하기도 한다. 이름이야 어떻게 부르든지 향가의 명맥이 고려 중기까지도 생명력을 유지하였다는 것은 여러모로 많은 것을 느끼게 해 준다. 또한 연이어 나타나는 문학 갈래인 시조에 일정 부분 영향을 미쳤다고 할 수 있다. 시조는 지금도 창작되고, 읊어지는 문학이므로 향가의 잔영이 아직도 우리 곁을 떠나지 않았음을 말해주고 있다 하겠다.

17

향가로 불심을 모은 균여의 〈보현십원가〉

삼천리 금수강산 골골이 축제에 들떠있다. 마음도 하늘 높이 날고, 떨어진 꽃잎 역시 저만치 공중을 향해 나래를 편다. 이 꽃이 피면, 저 꽃이 준비를 하는 등, 연이어 팡파르를 울려 새아씨 분홍빛 마음만 전율을 느끼게 하던 봄날이 이젠 주섬주섬 옷깃을 여미며 갈 길을 재촉한다.

향가의 발자취를 찾아다니며 골마다 숨어있는 향가의 깊은 속내의 향내를 맡는다는 기대감에 부풀어 항상 발길이 저만치서 나를 기다리곤 하였다. 오늘은 그 발길을 잠시 멈추고, 향가의 노래 속으로 침잠해 본다.

신라는 56대 경순왕(敬順王 : 재위 927~935)이 나라를 들어(?) 고려에 바치면서 천 년의 역사가 그만 종말을 고하게 되었다. 나라를 잃은 슬픔에 마의태자(麻衣太子)는 개골산(금강산이 모두 다 바위로 되어 있어 이렇게도 불렀다)으로 들어가 망국의 한을 포효하며, 오지 못할 영원한 사바세계로 떠난 지가 오래이다. 천 년 황도 서라벌에 울려 퍼졌던 향가도 망국과 함께 서서히 저녁

망국의 한을 품고 개골산으로 가는 마의태자도 노서동 고분군을 가로질러 갔을 것이다.

노을 가장자리로 사라졌다. 다시는 누구라도 불러주지 않을 착잡함을 간직한 채로 말이다.

고려는 4대 황제 광종(光宗 : 재위 949~975)대가 되면 개국의 혼란에서 벗어나 서서히 자리를 잡기 시작하던 때였다. 영민한 광종은 처음에는 호족세력과의 마찰을 최대한 피하면서 후일을 기약하였다. 안으로는 화엄종, 법상종으로 대별되는 불교종파를 아우르려는 사상 통일작업에 분주하였다. 이때 발탁된 고승이 균여대사(均如大師 : 923~973)이다. 균여대사는 그 생김새가 너무나 못생겨서 부모로부터 버림받았고, 심지어는 송나라 사신이

균여대사가 못생겼다고는 하나 마음만은 꽃과 같이 아름답지 않았을까?

만나기를 청해도 고려 조정에서는 그 외모를 문제 삼아 만나지 못하게 하였다고 한다.

　　그러나 균여대사는 고려 최고 개혁군주 광종을 만나면서부터 물 만난 고기처럼 흐트러진 민심을 불심을 이용하여 하나로 모이게 하였다. 특히 광종과 균여대사는 하층민을 사랑하는 부분에서는 그 뜻이 정확하게 들어맞았다고 한다.

　　일단 나라가 안정을 되찾자, 광종은 그동안 준비하였던 개혁의 칼날을 들이대기 시작하였다. 먼저 개국 초부터 호족들의 나라라고까지 하였던

밀양의 영남루. 향가를 지어 중생을 구제한 균여대사도 이런 곳에서 쉬어 갔을 것이다.

지방 호족들의 권세를 제압하기 위해 노비안검법(奴婢按檢法)을 시행한다. 노비안검법이란 후삼국을 통일하는 과정에서 불가피하게 노비가 된 사람들을 선별하여 양인으로 풀어주는 법이었다. 그러나 노비가 곧 경제력의 바탕이던 호족들에겐 청천벽력과도 같은 법이었다. 호족들은 힘을 합해 광종에게 대항해 보지만, 즉위 후 7년간이나 벼르고 벼른 끝에 나온 정책이기에 광종은 한 발짝도 물러서지 않았다.

더구나 광종은 후주(後周)의 귀화인 쌍기(雙冀)의 건의란 형태를 빌려 과거제 시행을 공표하였다. 그동안 고려귀족들은 개국공신 집안이면 아무런 문무의 재주 없이 모든 국가권력을 독차지하여 왔던 것이 사실이었다. 노비안검법으로 한풀 꺾인 고려 호족들은 다시 과거제라는 철퇴를 맞자, 삼삼오오 살 길을 찾아 사분오열하기 시작하였다.

고려 태조 왕건은 후삼국 통일과정에서 지방 호족들의 세력을 규합하기 위해 29명의 부인을 맞이하였다. 이렇게 탄생한 고려의 호족들은 자손대대로 영화를 누리기 위해 갖은 수단과 방법을 동원하여 민초들의 삶을 도륙 내어 왔던 것이다. 그러나 하층 백성을 위한 군주의 사랑 앞에 그 누구도 다른 명분으로 말하기가 어려웠을 것이다.

이런 사회의 혼란을 수습하는 곳에 균여대사가 자리를 지키고 있었다. 균여는 향가를 '세인희락지구(世人戲樂之具 : 세상 사람들이 즐기는 도구)'라고 하면서 향가를 이용하여 민심을 수습하려고 하였다. 이때 균여가 부른 노래가 〈보현십원가(普賢十願歌)〉이다. 총 11수의 향찰로 기록된 〈보현십원가〉는 혁련정이 지은 《균여전》에 실려 오늘에 전하고 있다. 여기에는 최행귀가 이 향가를 한문으로 번역[역가현덕분(譯歌現德分)]한 번역문도 실려있다. 최행귀는 번역을 하면서 '삼구육명(三句六名)'이란 향가의 형식을 지칭하는 듯한 말을 덧붙여 놓았다. 아직까지 이것이 무엇을 뜻하는지 연구자들도 명확히 모른다.

균여가 백성들을 불심으로 돌아오게 하였던 향가 〈보현십원가〉• 중 총결하는 〈총결무진가(總結无盡歌)〉를 현대어로 불러보면 다음과 같다.

● 보현십원가
〈보현십종원왕가(普賢 十種願往歌)〉, 〈원왕가 (願往歌)〉라고도 불린 다. 11수의 제목은 각 각 다음과 같다. 예경 제불가(禮敬諸佛歌), 칭찬여래가(稱讚如來 歌), 광수공양가(廣修 供養歌), 참회업장가 (懺悔業障歌), 수희공 덕가(隨喜功德歌), 청 전법륜가(請轉法輪歌), 청불주세가(請佛住世 歌), 상수불학가(常隨 佛學歌), 항순중생가 (恒順衆生歌), 보개회 향가(普皆廻向歌), 총 결무진가(總結无盡歌)

중생계 다하면	生界盡尸等隱
내 원(願)도 다할 날도 있으니	吾衣願盡尸日置仁伊而也
중생을 깨움이	衆生叱邊衣于音毛
끝 모를 해원(海願)이고	際毛冬留願海伊過
이러이 가면	此如趣可伊羅行根
가는 대로 선(善)길이여	向乎仁所留善陵道也
이와 보현행원(普賢行願)이며	伊波普賢行願
또 부처의 일이더라	又都佛體叱事伊置耶
아으 보현의 마음을 알아	阿耶 普賢叱心音阿于波
이밖의 타사사(他事捨)하고자	伊留叱餘音良他事捨齊

균여대사가 지은 향가는 가장 이른 시기 향찰의 모습을 보여준다는

문학적 큰 의의가 있다.《균여전》이 1075년 고려 문종 때 완성되었고, 향가 14수가 수록된《삼국유사》는 고려 충렬왕 때인 1281년에 편찬된 것으로 알려져 있다. 약 200년의 시차를 두고 기록된 향찰을 두고, 먼저 수록된《균여전》이 신라시대 향찰의 모습에 가장 근접하다는 것은 누구나 인정해야 하는 것이 아닐까.

비가 자주 내리고 있다. 푸른 마음엔 더없이 좋은 자양분이 될 것이다. 그동안 밟았던 향가의 발자취가 이제 한곳에 모아져서 세상 밖으로 여행을 할 것 같다.

화랑의 흔적을 찾아서

01

....

화랑 응렴과 국선들의 향가

이파리는 아직도 계절을 잊은 듯한데, 못생긴 모과의 반지르르한 껍질이 조금씩 노랗게 물들어간다. 올봄 그렇게 화사함을 솜방망이처럼 날리던 벚나무에도 잎이 아래로부터 하나씩 가을을 머금고, 성장(盛粧)한 황진이(黃眞伊 : ?~?)마냥 방긋방긋 한다.

반월성을 나와 신작로를 건너면 넓이를 가늠키 어려운 서라벌 정원이 화려했던 옛 시절을 잊지 못하고, 간간이 찾아오는 관광객들에게 온 몸을 내맡기며 속내를 살포시 내보인다.

이곳이 《삼국사기》〈신라본기(新羅本紀)〉 문무왕 14년(674) 기사에 '2월에 궁 안에 못을 파고 산을 만들어 화초를 심고 진금(珍禽 : 귀한 날짐승)과 기수(奇獸 : 성서로운 동물)를 길렀다' 라고 전하는 안압지이다. 또한 35대 경덕왕 19년(760) '2월에 궁중에 큰 못을 팠다' 라는 기록이 전하는 것으로 보아 문무왕대에 안압지가 처음 만들어졌다가, 경덕왕대에 개축하였다고 보는

신라 35대 경덕왕대에 연회를 베풀었던 장소인 안압지

것이 타당할 것이다. 《삼국사기》에는 임해전(臨海殿)에서 군신들에게 연회를 베풀었던 기사가 32대 효소왕 6년 9월에 보이고, 36대 혜공왕(惠恭王) 5년 3월에도 나타나는 등 여러 차례 기록되어 있다. 아마도 왕이 군신들이나 사신들에게 연회를 베풀었던 장소로 사용되었던 것 같다. 이것을 증명이라도 하듯 1975년 발굴조사에서 무덤의 껴묻거리(副葬品)와는 다르게 실생활에서 사용한 유물이 다량 출토되었다. 유물 중 주사위 하나가 발견되었는데, 주사위 면은 정사각형 면이 6개, 육각형 면이 8개로 이루어져 있다. 여기에서 재미있는 것은 13개 면마다 한자가 4글자 정도씩 새겨져 있고 나머지 1개면에는 5글자가 새겨져 있는데 그 내용은 주사위를 굴려서 나타나는 글의 내용에 따라 벌칙을 하도록 되어 있다. 적어보면 다음과 같다.

| 4각형 여섯 면의 벌칙 |

❶ 삼잔일거(三盞一去) → 한꺼번에 석잔 마시기

　근거_ 석잔을 마신다는 데는 별 의문이 없다. 그러나 벌칙으로 준 것이므로 잔의 크기가 일반적인 작은 잔은 아닐 것이다. 요즈음 맥주 많이 마시기 대회처럼 상당한 크기의 잔을 준비하지 않았을까 한다.

❷ 중인타비(衆人打鼻) → 여러 사람이 코 잡아당기기

　근거_ 놀이에 참가한 무리들이 이 벌칙을 받은 사람의 코를 손가락으로 튕겼을 수도 있다. 그러나 그것보다는 두 손가락 사이로 벌칙을 받은 사람의 코를 잡아서 당겼을 가능성이 더 높다. 지금도 귀여운 아기의 코를 잡아당기면서 덕담을 한마디 하는 것을 종종 목격할 수 있다. 물론 이 벌칙을 받은 사람의 코는 딸기코가 되어 이 모습을 보면서 놀이에 참여한 사람들은 박장대소 했을 것이다.

❸ 자창자음(自唱自飮) → 스스로 〈향가〉 부르고 마시기

　근거_ 신라당대의 유행가사인 향가 한 곡을 부르고 스스로 한 잔을 마시면서 벌칙을 수행했다고 여겨진다.

❹ 음진대소(飮盡大笑) → 남김없이 다 마시고 크게 웃기

　근거_ 한 잔을 조금도 남김없이 마시고 바로 크게 웃기도 쉽지는 않은 벌칙이다. 물론 잔의 크기가 문제가 되겠지만, 놀이에 소용되는 잔은 일반적인 잔보다는 컸다는 것을 유추할 수 있다. 왜냐하면 잔의 크기기 커야 벌칙을 피하려고 노력하기 때문이다.

⑤ 금성작무(禁聲作舞) → 소리 내지 않고 춤추기

근거_ 소리를 내지 않고 춤추기는 매우 우스꽝스러운 벌칙이었을 개연성이 높다. 만약
이 놀이가 궁중연회였다면 궁중악사들이 존재했을 것이다. 그래서 향가 부르기
벌칙을 받은 사람은 궁중악사의 반주에 맞추어 노래했다고 가정할 수도 있는 것
이다. 그러나 춤을 출 때 반주가 없으면 춤추는 모습이 우스꽝스러울 수밖에 없
다. 아마도 오늘날 '팬터마임'과 같은 벌칙이었을 가능성이 높다.

⑥ 유범공과(有犯空過) → 괴롭혀도 가만히 있기

근거_ '범함이 있어도 허물이 없다.'라는 뜻은 벌칙을 받은 사람에게 얼굴 및 기타 신체
부위를 만지거나 간지름을 태워도 가만히 있는 벌칙으로 보인다. 놀이에 참여한
사람들 중 지위의 고하가 존재했을 것이다. 그러나 지위가 높은 사람이 이 벌칙을
받는다고 생각하면 저절로 웃음이 나올 것이다. 요즈음의 놀이로 보면 '야자타임'
정도로 이 벌칙을 받는 순간에는 신분질서 및 위계질서가 무너지는 벌칙으로 볼
수 있다.

| 6각형 여덟 면의 벌칙 |

⑦ 농면공과(弄面孔過) → 희롱하는 가면을 쓰고 구멍 통과하기

근거_ 신라시대에는 가면놀이가 잦았다. 아마도 이 벌칙을 받은 사람은 미리 준비해 둔
가면을 쓰고 특정 구멍을 통과하는 벌칙을 받았을 것으로 판단된다. 요즈음 놀이
에서 벌칙을 받은 사람을 다리 가랑이 사이로 통과하게 하면서 즐기는 것을 연상
하면 충분히 수긍이 가는 벌칙으로 여겨진다.

⑧ 곡비즉진(曲臂則盡) → 팔을 뒤로 휘어서 맞잡고 다 마시기

근거_ '팔을 휘어서 마신다'로 하면 벌칙이 가능하다는 생각이다. 팔을 휘게 하려면 두
팔을 등 뒤로 돌려서 두 손이 마주잡게 하면 된다. 즉 팔을 등 뒤로 휘게 하여 두
손을 맞잡게 하고 잔에 든 것을 마셔야 하는 벌칙으로 판단된다. 이런 상태로 잔

에 든 것을 마시려면 몸을 구부려서 탁자에 놓인 잔에다 입을 대고 빨아 마셔야
한다. 결국 개나 소처럼 마셔야 한다는 벌칙임을 유추할 수 있다.

❾ 추물막방(醜物莫放) → 더러운 물건 버리지 못하게 하기

　　근거_ 더러운 물건을 버리지 않는다는 벌칙은 축자적 의미로는 풀 방법이 없다. 그러나
　　　　벌칙임을 감안할 때 아마도 잔속에 더러운 물건(예:자신이 가지고 있던 물건들 중
　　　　의 하나)을 넣고 다 마시게 하면 가능해진다는 판단이다. 또한 요즈음도 음식에
　　　　식초나 청양고추를 넣어 버리지 못하게 하고 마시게 하는 벌칙이 있음을 감안할
　　　　때 이와 유사한 벌칙이 아니었을까 한다.

❿ 월경일곡(月鏡一曲) → 달거리 향가 한 곡 부르기

　　근거_ 달거리 형식을 가진 향가 한 곡을 부르는 벌칙임을 알 수 있다. 우리 민족은 농경
　　　　문화권에 속했기 때문에 농사의 풍요를 달거리 형식으로 노래한 농요도 있다. 신
　　　　라 역시 농경문화와 무관하지는 않았을 것이다. 특히 농경문화권에서는 농사의
　　　　시필(始畢)기인 5월과 10월에 제사를 지내면서 참가한 사람들이 신명나게 놀았다
　　　　는 역사 기록이 있다.

⓫ 공영시과(空詠詩過) → 한시를 읊으면서 지나가기

　　근거_ 당대의 신라 귀족사회는 당나라의 영향으로 한시를 짓고 읊었을 가능성이 농후하
　　　　다. 이 벌칙을 받은 사람은 자리에서 일어나서 놀이에 참여한 사람들 뒤로 한 바
　　　　퀴 돌면서 시를 읊었을 것이다. 또한 한시를 지을 줄 모르는 사람은 향가를 불렀
　　　　을 개연성을 무시하기 어렵다.

⓬ 임의청가(任意請歌) → 누구나 향가 한 곡 정해서 노래시키기

　　근거_ 이 노래는 향가임에 틀림이 없다고 하겠다. 놀이에 참여한 사람이 이 벌칙을 받은
　　　　사람에게 향가 한 곡을 선정하여 부르게 하였다고 할 수 있다. 아마도 당시에는

당대의 유행가인 향가가 수없이 많이 인구에 회자되었을 것이다. 요즈음도 '도전 100곡' 같은 놀이를 하는 것과 유사하다고 할 수 있다.

❸ 자창괴래만(自唱怪來晚) →스스로 꼭두각시 가면을 쓰고 향가 부르기

근거_ 괴래 즉 꼭두각시 인형 가면을 쓰고 향가를 부르는 벌칙임을 알 수 있다. 요즈음 도 초등학교 운동회에 가면 꼭 '꼭두각시' 춤을 단체로 춘다. 남녀 한 쌍의 어린 이들이 앙증맞게 예쁜 짓을 하는 모습을 보이면서 참석한 사람들을 웃긴다. 아마 도 이 벌칙을 받은 사람은 벌칙을 수행하는 동안 꼭두각시처럼 행동을 해야 되었 을 것이다. 놀이에 참여한 사람들은 이 우스꽝스러운 행동을 보고 매우 즐거워했 을 것으로 판단된다. 특히 신분이 높은 사람들은 이 벌칙을 수행하기가 무척 힘들 었을 것이고, 반대로 놀이에 참여한 사람들은 신분이 높은 사람이 이 벌칙을 받으 면 더욱 즐거워했을 것으로 생각된다.

❹ 양잔즉방(兩盞則放) →두 잔을 즉시 입안으로 부어버리기

근거_ '두 잔이면 쏟아버리기'로 해석하면 벌칙이 되지 않는다. 글자 수의 제한으로 축 약을 한 것으로 판단된다. 이것이 벌칙이 되려면 스스로 두 잔을 마시는 것이 아 니라 이 벌칙을 받은 사람은 입을 벌리고 하늘을 향해 있으면 다른 사람이 두 잔 을 입속으로 부어버리는 것이 타당한 벌칙수행이라고 할 수 있다.

주사위에 적힌 벌칙 내용을 보면, 오늘날 국적 없는 한풀이식 놀이 문화와는 차원이 다르다는 것을 느끼게 해 준다. 어찌 보면 우리네 서라벌 선인들은 그들의 찬란한 물질문명 속에 한층 성숙한 정신문화를 가지고 있 었음을 다시 한 번 깨닫게 해주는 사례라 하겠다.

때는 신라 47대 헌안왕(憲安王) 4년 9월에 왕이 임해전에서 여러 신하

안압지 옆 황룡사의 당간지주

와 연회를 할 때였다. 이제 나이 열다섯 살인 화랑국선 응렴(膺廉)에게 왕이 물었다. "낭이 국선이 되어 사방으로 유람하는 중에 무슨 특이한 일을 본 것이 없는가?" 하니, 낭이 말하기를 "저는 행실이 얌전한 사람 셋을 보았습니다. 남의 윗자리에 있으면서 겸손하게도 남의 아랫자리에 가서 앉는 사람이 있었는데 이것이 첫째요, 드센 부자로서 검소한 의복을 입는 사람을 보았는데 이것이 둘째요, 근본이 세도 양반으로서 위세를 부리지 않는 사람이 있었는데 이것이 셋째입니다" 하였다. 이 말은 들은 헌안왕은 그가 현명함을 알고, 사위로 삼으려고 하였다. 이때 왕의 맏딸은 20살이고 아우는 19살이었다.

집으로 돌아온 응렴은 부모님께 이 사실을 아뢰니, 부모님은 왕의 두 딸 중에 용색(容色)이 뛰어난 아우를 택하는 것이 좋다고 하였다. 그러나 화랑의 무리 가운데 우두머리로 있는 범교사(範教師 :《삼국사기》에는 흥륜사의

수준 높은 놀이문화를 엿
볼 수 있는 주사위가 발굴
된 안압지 전경

안압지 안의 누각(이곳에
서 신라왕들은 사신 및 신
하들과 연회를 즐겼다)

중이라고 한다)가 말하길 "형을 취하면 세 가지 이익이 있고 아우를 취하면 이와 반대로 세 가지 손해가 있으리라." 하였다. 이에 응렴은 헌안왕의 맏딸에게 장가를 가게 되었다.

그 후 석 달이 지나 왕의 병이 위독하게 되자, 왕은 여러 신하들을 불러서 말하길 "과인이 불행히 아들이 없고 딸만 있으니, 우리나라 고사(故事)에 비록 선덕(27대 선덕여왕)·진덕(28대 진덕여왕), 두 여주(女主)의 예가 있었으나 이는 빈계(牝鷄)의 신(晨)에 가까운 것이라 가히 법(法) 받을 일이 되지 못하여, 사위 응렴은 나이 비록 적으나 노성(老成)한 덕이 있으니 경 등이 이를 세워 섬기면 반드시 조종(祖宗)의 영서(令緖)를 떨어뜨림이 없을 것이므로 과인은 죽어도 썩지 않겠다." 하였다. 이에 신하들은 응렴을 옹립하니 바로 신라 48대 경문왕(景文王 : 재위 861~875)이다.

경문왕이라고 하면 우리에겐 '임금님 귀는 당나귀 귀' 란 설화로 매우 낯익은 이사금이다. 15살에 화랑국선이 되어 명산대천을 유람하였고, 여기서 호연지기를 길러 마침내 헌안왕의 사위가 되어 보위를 잇게 되었던 것이다.

왕이 된 응렴이 후일 범교사에게 지난날 헌안왕의 못생긴 맏딸에게 장가를 들면 세 가지 이익이 있을 것이라고 하였는데, 그것이 무엇이냐고 물었다. 이에 범교사는 말하길 "당시에 헌안왕과 왕비가 그 뜻대로 된 것을 기뻐하며 총애가 점점 깊어진 것이 한 가지이며, 또 이로 인하여 왕위를 잇게 된 것이 둘째며, 앞서부터 구하려던 전왕의 둘째 딸을 마침내 취하게 된 것이 그 셋째 이익입니다." 하였다.

경문왕이 헌안왕의 딸들을 놓고 이리저리 견주기도 하고, 또한 화랑의 우두머리 범교사에게 자문까지 얻어서 결혼을 하는 것을 보면 도량은 넓지만 매우 치밀하다는 생각이 든다. 이런 그의 치밀함으로 남의 말을 잘 듣는 이사금이라고 '임금님 귀는 당나귀 귀'란 설화가 서라벌에 퍼져나간 것이 아닌가 한다. 그리고 '잘 때는 항상 뱀과 함께 잔다'라고 하여 신성한 뱀 신앙이 서라벌에 존재하였다는 흔적을 지울 수가 없다. 지금도 마을에서 뛰어난 젊은이가 어떤 일을 하려 하면, 동네 어른들의 '배미 잘할까'라는 말을 들을 수 있다. 이 말은 '뱀이니까 잘 할 것이다'라는 인도에서 남방루트를 통해 들어온 뱀 신앙의 원형을 유추할 수 있는 것이 아닐까.

화랑국선으로 왕위에 오른 경문왕은 흐트러진 서라벌 귀족들에게 화랑이라는 전대의 정신을 되살려 말기적 현상이 나타나는 신라를 다시 일으켜 세우려 하였다고 판단된다. 왜냐하면 경문왕은 그동안 명맥만 유지하던 국선 무리들에게 나라의 명산으로 유람을 장려하기도 하였기 때문이다.

이런 일련의 국가부흥운동의 일환으로 국선 요원랑(邀元郎)과 예흔랑(譽昕郎), 계원(桂元), 숙종랑(叔宗郎) 등이 금란(金蘭 : 강원도 통천지방)을 유람하였다. 이때 국선의 무리들은 임금을 위하여 나라를 다스릴 노래 세 수를 지어, 심필사지(心弼舍知)를 시켜 대구화상(大矩和尙)에게 보냈다. 그는 이를 토대로 세 곡의 노래를 지었는데 각각 〈현금포곡(玄琴抱曲)〉, 〈대도곡(大道曲)〉, 〈문군곡(問群曲)〉이다. 이 노래를 왕에게 바치니 경문왕은 매우 기뻐서 칭찬을 아끼지 않았다고《삼국유사》는 전하고 있다.

이 노래를 향가로 보는 이유는 첫째 화랑들이 지어 불렀다면 향가의 주요 담당층이 화랑이었다는 것에서 그렇고, 둘째 51대 진성왕여대(眞聖女王代 : 재위 887~897)에 향가집《삼대목(三代目)》을 지은 사람 중의 한 명이 대구화상이기 때문이다.

비록 향가집《삼대목》은 그 흔적조차 찾을 길 없지만, 신라하대 진성여왕대까지 지속적으로 향가가 서라벌인들에게 향유되었다는 사실만은 분명하게 보여준다고 하겠다.

그 어느 날 우리 앞에 나타날지도 모를 향가집《삼대목》을 위해 향가 한 수쯤 익혀두는 지혜가 필요한 때인지도 모를 일이다.

화랑 김현을 감동시킨 호랑이 낭자 〈김현감호〉

태풍이 지나간 자리에 다시 폭우를 던져놓아 온 산하가 방아타령 백
결선생의 해진 옷자락 같다. 이렇게 비님이 화를 낼 때면 그 옛날 나라님들
은 자신의 부덕함에 하늘이 노하였다고 하여 스스로 근신하면서 백성을 위
무(慰撫)하였다고 여러 역사서에 기록되어 있다.

연일 계속되는 뉴스 속에서 진정으로 근신하는 위정자는 달나라 여
행이라도 떠났는지 눈을 씻고 찾아보아도 멸종되었고, 잠깐씩 떠오르는 오
늘의 현실이 가져다주는 실망감만 탐방자의 발자국 밑에 깔리면서, 한낱
짐승에 지나지 않을지라도 님의 영달(榮達)과 집안의 재앙을 해결하기 위해
자신을 과감히 던진, 아름다운 호랑이 낭자의 이루지 못한 사랑이야기가
나그네의 안타까운 뇌리를 어루만지고 있다.

신라 38대 원성왕(元聖王 : 재위 785~798)대에 김현(金現)이라는 매우 걸
출한 화랑이 있었다. 나라 풍속에 매년 2월이 되면, 초파일부터 보름까지

서라벌 총각과 처녀들은 천경림 흥륜사의 탑을 앞다투어 돌면서 그들의 소망을 빌었다. 이날 밤이 늦도록 화랑 김현은 탑돌이를 멈추지 않고 있었다. 이때 아리따운 처녀 하나가 염불을 하면서 따라 돌고 있었다.

하늘에는 별비가 총총히 내리고, 제법 세찬 겨울바람이 사정없이 낭자의 하이얀 볼을 할퀴고 있었다. 그러나 단번에 반해버린 부푼 연정으로 가슴은 뜨거운 화롯불같이 타올랐다. 앞선 사내는 낭자 마음을 아는지 모르는지 아무런 반응도 없이 탑돌이 삼매경에 빠져있었다. 조금씩 잔기침을 하여 보아도 자신의 존재를 알아채지 못하는 사내에게 낭자는 과감하게 먼저 작업(?)을 하기로 굳게 다짐하면서 기회를 엿보고 있었다. 그러나 앞질러 가기에는 용기가 부족하였다. 마침내 낭자는 걸음을 천천히 하여 사내가 자신의 뒤에서 탑돌이를 하게 꾀를 내었다. 빙고! 조금씩 가까워져 오는 사내의 발자국 소리가 뛰는 심장 박동과 함께 하모니를 이루고 있었다. '조금만 더' '조금만 더'를 수없이 입속으로 뇌까리며 작은 발걸음을 더욱 늦추어 가는 순간, 뒤따라오던 사내의 심장 소리가 귓전에 들리기 시작하였다. 바로 그때, 낭자는 걸음을 멈추고 가만히 서 있었다. 곧 뒤따라오던 발자국 소리도 멈추어 버렸다. 일순간 천경림 흥륜사는 적막 속에 휩싸이고 말았다. 별빛만 조용히 이들의 몸을 휘감았을 뿐 더 이상 아무런 움직임도 없었다. 누가 먼저랄 것 없이 별빛을 피하여 구석진 곳을 찾았다. 이미 불덩이같이 달구어진 두 사람은 오래도록 떨어질 줄 몰랐다.

시간이 흘러 낭자가 집으로 가려 하자 한사코 화랑 김현은 집까지

흥륜사로 추정되는 경주공고 뜰에 있는 절집 석재들

흥륜사지로 추정되는 경주공고 측량기준점

바래다주겠다고 호기를 부린다. 하는 수 없이 함께 서산(西山 : 남산) 기슭에 있는 낭자의 집 초가로 가니 늙은 어미가 근심어린 눈으로 맞이하면서 묻는다.

"함께 온 이가 누구냐?" 이에 낭자는 사실대로 말하였다. 그러자 어미는 오라비들이 해칠까 두려우니 몸을 숨기라고 한다. 이윽고 초가로 돌아온 오라비들은 코를 킁킁거리며 비린내가 난다고 하며 요깃거리로 삼았으면 좋겠다고 하는 순간, 하늘에서 호랑이 목숨을 하나 거두어 악을 징계하겠다는 위엄 있는 소리가 우렁차게 들려온다. 오라비 호랑이들이 사시나무 떨듯 온몸을 가누지 못하고 있자, 호랑 낭자는 자신이 집안의 벌을 대신 받겠다고 청한다.

그러고 나서 낭자는 화랑 김현에게 같은 족류(族類)는 아니더라도 이미 부부의 연을 맺은 이상 차라리 낭군의 손에 죽기를 간청한다. 말리는 김현에게 호랑 낭자는 "첩이 죽는 것은 하늘의 명령이며, 또한 저의 소원입니다. 이것은 낭군께는 경사요, 우리 족속에게는 행복이며, 나라 사람들의 기쁨입니다."라고 하며, 내일 자신이 저잣거리에 들어가 마구 사람들을 해치면 임금께서 반드시 높은 벼슬을 내걸고 사람을 모집하여 나를 잡도록 할 것이라면서 낭군께서는 겁내지 말고 성 북쪽 숲 속까지 오라고 한다. 그리고 자신이 죽으면 죽은 자신을 위해 절을 세우고, 불경을 강설(講說)하여 달라고 하면서 애써 눈물을 삼켰다. 그러나 애처롭게 바라보던 김현은 소맷자락으로 흐르는 눈물을 훔치고 있을 뿐이었다.

다음날 과연 호랑이 한 마리가 성안으로 들어와 닥치는 대로 사람들을 해치고 다녔다. 이에 원성왕이 호랑이를 잡는 자에게 2급의 벼슬을 주겠다는 방을 붙이자 화랑 김현은 자기가 호환(虎患)을 막겠다고 자청하였다.

김현이 칼을 빼어들고 북쪽 숲 속으로 들어가니 호랑 낭자가 기다리고 있었다. 반가이 웃으면서 김현을 맞이한 낭자는 다친 사람들에겐 흥륜사의 장(醬)을 상처에 바르고, 그 절의 나팔 소리를 들으면 나을 것이라고 말해준다.

하룻밤에 만리장성을 쌓는다고 했던가. 그래도 부부인지라 김현은 머뭇거리면서 마지막 긴 포옹을 하려고 낭자를 껴안는 순간, 낭자는 김현의 칼을 뺏어 자신의 목을 찌르고 말았다.

이에 감동한 김현은 후일 벼슬길에 오르자마자 서천변(西川邊)에 절을 지어 호원사(虎願寺)라 하고, 항시 범망경(梵網經)을 강설하게 하였다고 《삼국유사》〈감통(感通)〉〈김현감호(金現感虎)〉는 전하고 있다.

또한 이 이야기가 고려 박인량(朴寅亮 : ?~1096)의 《수이전(殊異傳)》, 조선시대 백과사전인 권문해(權文海 : 1534~1591)의 《대동운부군옥(大東韻府群玉)》에도 수록되어 있는 것으로 보아서, 아마도 이물(異物)이면서도 자신을 희생시켜 민초들을 구제한 호랑 낭자의 아름다운 이야기를 오래도록 가슴에 새기게 했는지도 모를 일이다. 아울러 신라 말, 천우신조로 왕위에 오른 38대 원성왕은 흐트러진 나라의 기강을 화랑들의 기이한 행적을 이용하여 바로잡으려고 했다고 여겨진다.

흥륜사로 추정되는 경주공업고등학교 전경. 화랑·원화가 다시 태어난 듯하다.

그날 탑돌이 현장을 찾아 70년 역사의 경주공업고등학교를 찾았다. 넓은 운동장은 적막 그 자체다. 젖은 운동장을 가로질러 이곳저곳을 밟으면서 오래도록 천경림 흥륜사의 흔적을 상기하여 보았다. 한곳에 모아놓은 석물들을 보니 이곳을 천경림 흥륜사로 보는 견해에 수긍이 가진다.《삼국유사》에 '금교동천경림(金橋東天鏡林)'이라 하였으니, 금교(金橋)가 서천(西川)에 놓인 다리라면 지금 서천교(西川橋)와 거의 비슷한 위치에 있었던 다리가 아닌가 한다. 왜냐하면 지금도 새로운 다리를 놓을 때면 과거에 있었던 다리 옆에 건설하기 때문이다.

교정을 이리저리 둘러보고 있는데 갑자기 어디선가 한 무리의 남녀 학생이 깔깔거리고 웃으면서 뛰어다니고 있다. 화랑과 원화의 환영이 되살아나는 순간이다. 그래! 바로 그날 서라벌 선남선녀의 탑돌이가 이런 모습이었을 것이다. 역시 현재는 과거와 단절된 것이 아니고 끈끈한 동아줄로 묶여 영원히 새 생명을 부여받고 있는 것이다. 하늘이 환하게 열리고 있다. 건강한 미래가 두 손으로 악수를 하면서 빙그레 웃고 있다.

03

화랑으로 몸을 바꾼 미륵선화 미시랑

경주 시외버스터미널을 나와 서천을 따라 걸어간다. 냇물이 벌써 붉게 물드는 것을 보니 가을이 예서 얼마쯤 있을 것 같다. 갈대도 제법 바람에 살랑거리고, '귀뜰' 언저리엔 한낮인데도 비형랑 무리들의 추수준비가 한창이다. '풀은 바람보다 빨리 눕고, 바람보다 빨리 일어난다고 했던가?' 아무리 세찬 비바람이 앞을 막아서도, 나아가려는 추동력을 간직한 서라벌인들에겐 그 어떤 어려움도 이젠 없으리라. 오랜 기지개를 켜고 화랑을 찾아가자, '손에 손잡고' 말이다.

화랑을 통해 나라를 부흥시킬 꿈에 부푼 때는 신라 24대 진흥왕 삼맥종(彡麥宗 : 심맥종(深麥宗)이라고도 한다) 시대였다. 7살에 큰아버지 법흥왕의 뒤를 이어 왕위에 오른 진흥왕은 일심으로 불사(佛事)를 일으키고, 크게 신선을 숭상해서 낭자 중 아름다운 자를 가려 뽑아 원화로 삼았다고 《삼국유사》〈탑상(塔像)〉에 전한다. 그러나 두계(斗溪) 이병도(李丙燾 : 1896~1989) 박사

도 지적하였지만 원화제의 시초는 이보다 훨씬 오랜 옛날에 이루어졌을 것이다.

　신라 2대 남해차차웅(南解次次雄 : 재위 4~24)이 누이 아로(阿老)로 하여금 신궁에 제사케 하는 데서 보듯이 신라의 여성단장인 원화제의 연원은 신라 개국 초기까지 거슬러 올라간다고 보는 것이 타당할 것이다. 《삼국유사》나 《삼국사기》에 진흥왕 37년에 화랑을 처음 두었다고 기록한 것은 아마도 원화제가 남성단장인 화랑제로 교체되던 시기가 진흥왕대가 아닌가한다.

　다시 《삼국유사》로 돌아가 보자.

원화제를 둔 이유는 무리를 모아 인물을 선발하고, 이들을 효제충신(孝悌忠信)으로 가르치려 함이었고, 또한 나라를 다스리는 데 크게 필요한 것이었다. 이에 남모와 준정 두 원화를 선출하니 그 모인 무리가 3~400인이었다고 한다.

준정(《화랑세기》에는 삼산공의 딸이라고 한다)은 남모(《화랑세기》에는 법흥왕과 백제 보과공주의 딸이라고 한다)를 질투하여 음모를 꾸몄다. 그것은 남모를 위한 술자리를 베풀고, 남모를 취하도록 술을 먹인 후에 몰래 북천으로 데리고 가서 돌로 쳐 죽인 후 묻어버리는 것이었다. 남모의 간 곳을 몰라 애태우던 남모의 무리들은 슬피 울면서 온 서라벌을 뒤지고 다녔다. 그때 그 음모를 아는 자가 있어 노래를 지어 거리의 소동(小童)을 꾀어 부르게 하였다.

이내 그 노랫소리는 온 서라벌에 가득하였다. 남모의 무리들이 이 노래를 듣고 북천 가운데서 남모의 시신을 찾고는 더욱 화가 난 무리들은 준정을 죽이고 말았다. 이 소식을 들은 진흥왕은 원화를 폐지하라고 추상같은 명령을 내린다. 그러나 이태가 지난 후 생각하니 '나라를 흥하게 하려면 반드시 풍월도를 먼저 일으켜야 된다'고 하면서, 좋은 집안 남자 중 덕행 있는 사람을 가려 뽑아 화랑이라고 이름 하였고, 설원랑(《화랑세기》에는 7세 풍월주로 기록되어 있다)을 받들어 국선을 삼으니 이것이 화랑국선의 시초였다고, 화랑제의 출발을 말하고 있다.

이후 25대 진지왕 시절 흥륜사 스님 진자(眞慈)가 항상 미륵상 앞에 나아가 진심으로 원하는 맹세의 말을 하면서 "우리 대성(大聖)이여! 화랑으로 몸을 바꾸어 이 세상에 나타나 내가 항상 얼굴을 가까이 하고 모시게 해 주소서." 하였다. 진자의 간곡한 정성이 나날이 깊어져 갈 즈음, 어느 날 밤 꿈에 한 스님이 "네가 웅천 수원사(水源寺)에 가면 미륵선화(彌勒仙花)를 친견 할 수 있으리라." 하였다. 깜짝 놀라 잠을 깬 진자 스님은 한달음에 그 절을 찾아 걸음마다 절을 하며 수원사에 이르렀다. 이때 절문 밖에서 아름다운 소년 하나가 반가운 눈웃음으로 진자를 인도하여 객실로 데리고 갔다. 이 에 진자가 "그대는 나를 모르는데, 어찌 나를 접대함이 이렇게 융숭한 것인 가?" 하고 물었다. 소년이 "나 역시 서라벌 사람이라 대사가 멀리서 오는 것을 보고 맞이했을 뿐이요." 라고 하고는 문 밖으로 나가서 간 곳을 모르 게 자취를 감추고 말았다. 진자는 이상하게 여기지 않고, 그냥 우연한 일이 라 생각하고는 수원사 스님에게 꿈 얘기와 여기에 온 뜻을 말하면서 "이곳 에서 미륵선화를 기다리고자 합니다." 하였다. 그러자 그 절 스님은 "이로 부터 남쪽으로 가면 천산이 있는데, 예로부터 현인철인(賢人哲人)이 머물러 있다고 하는데 어째서 그곳에 가지 않습니까?" 하였다. 진자는 스님의 말 대로 산 아래에 가니 노인으로 변한 산신령이 진자를 맞이하며 "여기 와서 무얼 하려는가? 전에 수원사 문 밖에서 이미 미륵선화를 보았는데 다시 무 엇을 찾으러 왔는가." 하는 것이었다. 놀란 진자는 지체 없이 홍륜사로 돌 아왔다. 달포쯤 후 이 소식을 들은 진지왕은 진자를 불러서 "소년이 자기 스스로 서라벌인이라 했으니 성인은 거짓말을 하지 않거늘 어찌 성안을 찾 아보지 않는가?" 하였다. 진자는 사람들을 모아 서라벌 거리로 미륵선화를 찾아 나섰다. 그러던 중 영묘사 동북쪽 길가 나무 밑에서 화려하게 단장하고 눈맵시가 수려한 소년 하나가 놀고 있었다. 놀란 진자는 달려가서 "이분이 미륵선화이시다." 하며, "낭의 집은 어디에 있으며 동네이름은 무엇인지 듣고자 합니다." 하니 낭이 "내 이름은 미시(未尸)인데 어려서 부모를 잃어 성은 무엇인지 모른다."고 하였다. 이에 진자는 낭을 가마에 태워가지고 대궐로 가서 왕을 만났다.

그러자 진지왕은 낭을 국선으로 삼았다. 그 후 화랑의 무리들은 서로 화목하고 예의를 갖춰 그를 받드니, 풍류가 세상에 빛남이 칠년이었는데 낭은 홀연히 자취를 감추어 버렸다. 이에 진자는 몹시 슬퍼하면서 일심으로 도를 닦고는 마지막에는 그 역시 간 곳을 알 수 없었다고 한다.

이 사실을 세상 사람들이 말하길 "대성이 오직 진자의 정성에 감동된 것만이 아니고, 또한 이 땅에 인연이 있으므로 자주 나타난 것이다."고 하였다.

일연 스님은 미륵선화 미시랑의 출현을 자세히 기록하고는 말미에 찬시(讚詩)로써 홀연히 자취를 감춘 아쉬움을 토로하고 있다.

선화(仙花)를 찾아 걸음마다 사모하는 그 모습
도처(到處)에 재배(栽培)한 공(功)이 한결 같구나.
홀연히 봄이 돌아와도 찾을 곳 없구나.
뉘라서 알으리 경각(頃刻 : 눈 깜박이는 동안)에 상림홍(上林紅)을.

홍륜사를 알리는 화강암 표지석을 바라보며, '이곳이 그날은 영묘사였을 것인데……' 하며 단정(端整)한 담을 따라 걸어본다. 세차게 달리는 차량만이 보일뿐 그 어디에도 미륵선화 미시랑의 모습은 보이지 않는다. 담벼락을 지나자 건강한 누런 나락이 바람에 일렁이면서, 어디선가 사물놀이 한마당이 벌어지고 있는 듯하다. 홀연히 사라졌던 미시랑과 진자 스님이 벼이삭 사이로 성큼성큼 다가서고 있다. 마주 꼭 잡은 손이 가늘게 떨리며 떨리며……

미륵선화의 모습이 이런 모습이었으리라.

04

유신랑과 화랑의 수련처 단석

달리는 차창가로 스치는 감나무엔 이미 대롱대롱 높아만 가는 바알 간 감들이 애처롭게 매달려 있다. 골짜기마다 구불구불 이어진 논은 벌써 추수가 끝나고, 동네어귀 배추 · 무밭에는 싱싱한 김장거리가 입맛을 다시게 한다. 계속 푸르게 겨울을 맞이할 것 같던 단풍잎이 가을 햇살에 아름다운 운무(雲霧)가 되어 탐방객을 유혹한다.

경부고속도로 건천 나들목으로 나와 청도 방향으로 내달린다. 시원한 산곡의 풍경이 금수강산이라 할 만큼 수려하다. 이윽고 어디선가 화랑들의 말발굽 소리가 들려오는 것 같다. 그날 유신랑도 중악석굴(中嶽石窟)에서 얻은 보검을 품고, 이곳을 가로질러 무예를 시험하고자 하였을 것이다.

경주시 건천읍 송선리 우징곡(雨徵谷 : 우중골) 동네 입구에 간이 주차장을 마련해 놓은 것을 보니, 이곳을 찾는 탐방객들을 위한 마을 사람들의 아름다운 심성이 한가득 밀려온다. 마을은 상수도 공사로 입구부터 포클레

인이 가로막아 더 이상의 차량진입은 불가하다고 알려준다. 차량을 주차장에 두고 마을을 가로질러 단석산으로 향했다. 불과 2킬로미터 남짓한 마애불상군으로 가는 산행길은 제법 가파르다.

숨이 날숨들숨하면서 도착한 신선사(神仙寺)는 옛 모습을 추측하기가 어렵게 말끔히 단장되어 있다. 본존불 앞에 놓여있는 불전함(佛殿函)은 오후의 나른함이 비추고 있어 찾는 사람이 드물다는 것을 보여준다. 이곳을 지나 나무로 만든 간이 다리를 따라 돌아가면 거대한 바위가 하늘을 찌를 듯 곧추서 있다. 여기가 유신랑이 중악석굴에서 얻은 보검을 시험하고자 내리쳐 잘라진 단석(斷石)이다.

때는 신라 26대 진평왕(재

단석산 신선사 여래좌상

◀ 유신랑이 단칼에 잘랐다는 단석의 모습
▼ 단석에 새겨진 마애불상

위 579~632) 시절, 15세에 화랑이 된 유신랑은 17세에 고구려·백제·말갈이 국경을 침범하는 것을 보고 비분강개하여 적을 평정할 뜻을 품었다. 혼자 중악석굴(대구광역시 팔공산으로 보는 설과 청도군 오례산으로 비정하는 설이 있다)에 들어가 재계하고 하늘에 고하였다. 그렇게 하기를 4일째 되는 날, 갈의(葛衣)를 입은 노인이 나타났다. 이에 유신랑은 여러 차례 노인에게 비법을 전해줄 것을 간청하게 된다. 짐짓 딴청을 부리던 노인이 드디어 유신랑에게 비법을 주면서 "그대는 아직 어린데 삼국을 병합할 마음을 가졌으니 장한 일이 아닌가?"라고 하면서 오색 찬란한 빛을 뿜어내며 사라졌다.

다음해 적병이 점점 침범해오니, 유신랑은 혼자 중악석굴에서 얻은 보검을 들고 인박산(咽薄山 : 현 백운산) 깊은 골짜기 속으로 들어가서, 향을 피우며 하늘에 고하고 기원하기를 마치 중악에서 하듯이 빌었더니, 천관신(天官神)이 빛을 내려 보검에 신령스러운 기운을 주었다.

이 보검을 가지고 유신랑은 단석산(斷石山 : 月生山이라고도 함)으로 들어가, 칼을 갈면서 삼국을 평정할 날을 기다리게 되었다. 하루는 단석산 8부 능선에 있는 거대한 바위 앞에 서서 천관신의 영기(靈氣)를 받은 보검을 하늘 높이 쳐들었다.

827미터의 단석산이 숨을 죽이며 가늘게 떨고 있었고, 지상에 있는 뭍짐승들과 하늘의 날짐승들도 미동도 하지 못하고 얼어붙어 있었다. 화산 폭발과 같은 포효와 함께 유신랑은 번쩍이는 보검을 바위에 내리쩍었다. 순간 태초에 하늘이 열리던 것과 같이 신이한 기운이 하늘로 솟아오르면서

신라의 관모절풍을 쓴 인물상이 단석에 양각되어 있다.

바위가 수직으로 갈라졌다. 이윽고 유신랑은 말을 달려 전쟁터로 나아가 삼한을 통합하고, 우리 역사상 몇 안 되는 명장의 반열에 오르게 된 것이다. 또한 후일 흥무대왕(興武大王)으로 추존되어 지금도 숭앙을 받고 있다.

유신랑이 보검으로 내리친 단석의 수직 벽엔 여래입상이 넷, 반가사유상이 하나, 보살입상이 하나, 인물상이 둘 새겨져 있다. 이 중 인물상을 보면 신라의 관모절풍(冠帽節風)을 쓰고 긴 저고리에 통 넓은 바지를 입고 있다. 연구자에 의하면 이 복식과 이차돈 순교비의 복식이 같다고 한다. 그렇다면 이곳에 불상을 새긴 시기가 이차돈이 순교한 후 크게 오래지 않은 때

단석에 새긴 마애불상의 위엄이 유신랑을 보는 듯하다.

홍무대왕 김유신 장군이 잠들어 있는 묘역(사적 제21호), 둘레돌에 12지신상이 조각되어 있다.

인 것으로 여겨진다. 왜냐하면 신라 29대 태종무열왕(太宗武烈王 : 재위 654~661)대가 되면 이미 당나라 복식의 영향을 받아 당풍(唐風)으로 관복을 바꾸었기 때문이다.

유신랑이 명산대천으로 유람하면서 삼국통일의 기운을 받은 때가 신라 26대 진평왕 시절이다. 진평왕이 누구인가. 향가 〈혜성가(彗星歌)〉의 세 화랑을 금강산으로 유람을 보내기도 하고, 삼랑사(三郞寺)를 준성하여 화랑들에게 그들의 호연지기를 마음껏 펼치게 한 군주였던 것이다. 결국 신라가 삼국통일을 이룩하는 밑바탕에는 진평왕의 화랑 사랑이 큰 몫을 차지

했다고 할 수 있다. 53년간 재위하면서 수많은 전쟁을 겪으면서, 미래가 서라벌 젊은 화랑들에게 있다는 확신으로 새로운 패러다임을 준비하였다고 판단된다.

이곳 단석은 아마도 불교가 서라벌에 들어오기 이전부터 신성시되던 곳이었을 것이다. 그 뒤 화랑들의 주요 수련처로서 기능을 수행하다가, 이때에 이르러 유신랑의 전설과 결부되어 오늘날 우리들에게 수많은 이야기를 해주고 있는 것은 아닐까?

지금도 서라벌 곳곳에 산재한 절집에 가보면, 대웅전 뒤편 높은 곳이나 암벽이 있는 곳에는 예외 없이 '칠성각(七星閣)' 이나 '삼성각(三聖閣)' 이 있다. 칠성이란 불교가 이 땅에 들어오기 이전 당대 사람들에겐 숭배의 대상이었을 것이고, 삼성 역시 '환인 · 환웅 · 단군' 등 고조선을 건국한 세 명의 성인을 말하는 것으로 보기도 하는 데서 판단되듯이 신불습합(神佛習合)의 흔적으로 보는 것이 타당하다는 생각이 든다.

김유신의 집터에 남아 있는 우물 '재매정'

그리고 이곳 단석에 새겨진 불상들도 초기 신라 불교의 모습을 보여주는 사례이면서 또한 유신랑이 중악에서 갈의를 입은 노인에게 비법을 전수 받고, 그곳에서 얻은 보검을 갈아 시험을 한 흔적이라고 하는 것에서 알수 있듯이, 결국 서라벌 불교 성지에서 화랑 유신랑은 고도의 수준 높은 수련을 하였다고 판단된다. 이런 일련의 수련과정에서 불승의 비법을 배워무예가 한층 높아졌고, 뒤이어 삼국을 평정하기에 이르렀던 것이다.

단석 사이로 난 바위틈에 가만히 앉아 본다. 서늘한 기운이 아직도품어져 나오는 것 같다. 시원한 한줄기 바람이 우징곡을 따라 단석을 휘감으며 하늘 높이 사라진다. 서라벌 화랑들의 올곧은 충심이 이곳에서 출발하였다고 생각하니, 마음속 저편에서 피어오르는 경외심에 옷깃을 여미게된다.

단석산을 내려오는 길은 가을 햇살이 앞길을 인도하고, 부쩍 살찐다람쥐가 겨우내 먹을 먹거리 준비에 오솔길을 이리저리 가로지른다. 초롱초롱한 눈망울이 더없이 맑아 보인다. 아마 유신랑이 이곳에서 홀로 수련할 때, 몰래 지켜본 다람쥐가 아직도 놀란 가슴을 진정하지 못하고 두리번거리는 것인지도 모를 일이다.

05

화랑국선 부례랑과 만만파파식적

분황사를 돌아 보문 사거리에서 우회전하면 아담하게 낮은 산이 소금강산이다. 신라 4대 석탈해(昔脫解 : 재위 57~80) 왕릉이 그 흔한 석물 하나 없이 고졸하게 자리하고 있고, 바로 옆 표암봉엔 경주이씨 시조인 이 알평공(謁平公)이 기원전 117년, 하늘로부터 하강한 우렁찬 기운이 오늘도 동악을 감싸 안고 있다. 추적추적 가을을 재촉하는 비가 알평공이 탄신한 그날로 탐방자를 이끌고, 적송 가지에는 까치 한 마리가 함초롬히 비에 젖어 눈만 껌뻑이고 있다.

예서 산업도로를 따라 가을을 여는 향연에 잠기어 걷다보면, 백률사(栢栗寺) 이정표가 귀족 색깔의 대명사 자주색으로 걸리어 있다. 그 옛날 유럽에서는 자주색 옷의 수요가 많아져, 자주색 물감을 만드는 데 쓰인 달팽이가 멸종위기에 처하기도 했다고 한다.

주차장을 지나 오르막길을 오르면 굴불사지(掘佛寺址) 사면석불이 감

경주 소금강산 자락에 조용히 누워있는 신라 4대 석탈해왕릉

탄을 자아내며, 빗속에서 근엄한 미소로 사바세계를 말하고 있다. 신라 35대 경덕왕이 백률사로 행차했을 때 땅속에서 염불소리가 들려 시종에게 파게 하니, 큰 돌에 사면불이 새겨져 있어 절을 짓고 굴불사라 하였다고《삼국유사》는 전한다. 바로 옆 타다만 향내가 빗물에 묻혀 코끝을 간질이니, 머리는 맑아오고 어디선가 들려오는 염불소리가 아직도 이곳을 맴도는 것 같다.

돌계단으로 가지 않고 비스듬히 연이어 서 있는 대나무 사이 길로 들어서니, 빗소린지 대나무 소리인지, 부례랑(夫禮郎)의 설화가 만파식적(萬

波息笛) 선율에 감겨서 조곤조곤 이야기꽃을 피운다.

신라 32대 효소왕(孝昭王 : 재위 692~702) 즉위년 9월 7일에 부례랑을 국선으로 삼았다. 아버지 신문왕(神文王 : 재위 681~692) 원년에 김흠돌(金欽突)의 난으로 풍월주를 폐지한 후 오래된 유습을 갑자기 바꾸면 안 된다는 대간들의 간언으로 지소태후(只召太后)가 화랑이란 이름 대신 국선으로 명하였다고 《화랑세기》에 기록되어 있다. 그러나 이때 화랑들의 풍습은 많이 바뀌었다고 한다.

국선으로 임명된 부례랑의 문객이 천여 명이나 되었고, 부례랑은 그

굴불사지 사면석불

백륜사로 가는 대나무길

백륜사 삼성각으로 올라가는 계단

三聖閣

중에 화랑 사선(四仙)°으로 유명한 안상(安祥)을 무척 사랑하였다고 한다. 효소왕 즉위 이듬해인 693년 3월에 부례랑이 국선 무리를 이끌고 강원도 금란(金蘭 : 지금의 강원도 통천)으로 유람을 나가 북명(北溟 : 원산만 부근)의 지경(地境)에 이르렀다가 그만 말갈적(靺鞨賊)에게 붙잡히게 되었다. 이에 부례랑의 문객들은 당황하여 되돌아왔으나 안상만은 그를 뒤쫓아 갔다. 효소왕이 이 소식을 듣고 놀라움을 금치 못하면서 말하기를, "선왕께서 만파식적을 얻어 나에게 전하여 지금 현금(玄琴)과 함께 천존고(天尊庫)에 고이 모셔 놓았는데, 무슨 일로 국선이 갑자기 말갈적에게 붙잡혀 갔는지 모르겠으나 이를 어쩌면 좋을꼬?" 하였다. 이때에 상서로운 구름이 천존고를 덮었다. 왕이 다시 떨리고 겁이 나서 사람을 시켜 알아보니 고방(庫房) 속에 있던 현금과 만파식적 두 가지 보물이 모두 없어져 보이지 않았다. 이에 효소왕은 "내가 얼마나 복이 없고 불행하기에 어제는 국선을 잃었는데 또다시 현금과 만파식적을 잃었을꼬?" 하면서 고방 맡은 관리 김정고(金貞高) 등 다섯 사람을 옥에 가두었다.

그해 4월, 왕은 "현금과 만파식적을 찾는 사람에게는 한 해의 납세를 상금으로 주겠노라"고 방을 내걸었다.

5월 15일에 부례랑의 양친이 백률사 관세음상 앞에 가서 여러 날 저녁, 정성어린 기도를 드렸더니 갑자기 향을 피우는 탁자 위에서 현금과 만파식적 두 보물이 나타났고, 부례랑과 안상 두 국선이 관세음상 뒤에 와 있었다. 부례랑의 양친이 뛸 듯이 기뻐하며 돌아오게 된 사연을 물었더니 낭

● 사선(四仙)
영랑(永郎), 남석행(南石行, 남석랑), 술랑(述郎), 안상(安祥)

이 말하기를, "제가 말갈적에게 붙잡혀 간 뒤부터 대도구라(大都仇羅) 집의 짐승 치는 말먹이 꾼이 되어 대오라니 들에서 방목을 하는데, 돌연히 용모와 거동이 단정한 스님 한 분이 나타나 손에 현금과 만파식적을 들고 와서 위로하며 '고향 생각이 나는가?' 하기에 저도 모르게 절로 그의 앞에 무릎을 꿇고 '임금님과 부모님을 그리워함을 어찌 다 말할 수가 있겠습니까?' 하였더니 그 스님이 '그렇다면 나를 따라오라' 하면서 저를 데리고 해안으로 가는데, 그곳에서 안상을 만나게 되었습니다. 그러자 스님께서는 만파식적을 둘로 나누어 우리 두 사람에게 한 쪽씩 타게 하고 스님은 현금을 탔는데, 둥실 떠가더니 잠깐 사이에 이곳까지 오게 되었습니다." 이러한 자세한 사정을 급히 효소왕께 아뢰었더니, 왕이 깜짝 놀라 사람을 시켜 부례랑을 영접하였다. 낭은 현금과 만파식적을 가지고 대궐로 들어갔다. 왕은 너무나 감격하여 50냥씩 되는 금, 은그릇 다섯 개씩 두 벌과 누비 가사 다섯 벌, 비단 3,000필과 밭 1만경을 백률사에 시주하여 관세음상의 자비로운 은혜에 보답코자 하였다고 한다.

그리고 효소왕은 국내에 대사면을 내리고, 백성들의 납세를 3년간 면제해 주었다. 부례랑을 봉하여 대각간으로 삼고, 그의 아비 대현(大玄) 아찬에게 태대각간(太大角干) 벼슬을 주고, 어미 용보부인을 사량부의 경정궁주(鏡井宮主)로 삼았다. 또한 화랑 사선 안상을 안상법사로 명하여 대통(大統)으로 삼았다고 《삼국유사》에 부례랑과 만파식적의 이적(異蹟)이 상세히 기록되어 전한다. 그 후 6월 12일에 혜성이 동쪽에 나타나고, 17일에는 서쪽에 나타나자 천문을 맡은 관리가 왕께 아뢰기를, "이것은 현금과 만파식적의 상서로움에 대하여 작위를 봉하지 않은 까닭입니다." 하니 효소왕은 만만파파식적(萬萬波波息笛)으로 높여 불렀더니 혜성이 그만 사라졌다고 한다.

신문왕의 태자로 왕위에 오른 효소왕은 삼국통일의 선봉이었던 호국무사 화랑 무리의 위력을 실감하여, 이와 같은 신이한 이적을 만들어 왕권을 강화하는 수단으로 삼았던 것은 아닐까? 아버지가 왕위에 오르자 바로 반란을 일으킨 풍월주 세력들을 따르는 무리의 수가 왕권을 넘보는 수준에 있었고, 이것을 타개할 수 있는 묘안이 효소왕에게는 절실히 필요하였을 것이다. 그래서 그는 부왕의 만파식적 이적을 활

국립경주박물관 뜰에 있는 남산에서 옮겨온 불두

용하여 신이성(神異性)을 부활하고, 국선 부례랑을 말갈적에게 잡혀갔다고 설정하여 호국무사의 기상을 훼손시켜 화랑 무리들에게 현실을 직시하게 하고, 안상만이 부례랑의 뒤를 쫓아갔다고 강조하여 화랑들의 최소한의 자존심을 지켜주었다고 여겨진다.

이는 힘을 한곳으로 집결할 수는 있어도 목표를 달성하고 나면, 합쳐진 힘을 분산시키기가 얼마나 힘이 드는지 극명하게 보여주는 사례라고

백률사 대웅전 앞의 마애탑

할 수 있다. 일본의 도요토미 히데요시가 전국을 통일하고 난 후 무사들의 힘을 분산시키기 위해서 임진왜란을 일으켰다고 보는 견해에 일견 수긍이 가고도 남음이 있는 것이다.

서라벌 불국토의 서막을 열었던 이차돈[박염촉(朴厭燭)] 성사(聖師)의 머리가 이곳 백률사에 떨어졌다고 한다. 물론 신라 진골 일원이었던 이차돈과 법흥왕(法興王 : 재위 514~540)의 '짜고 치는 고스톱'이라고는 하지만, 당시 서라벌인들에겐 하나의 경이로움으로 다가왔을 것이다.

좁은 터에 법당을 짓고 나니, 석탑을 세울 공간이 없자 궁여지책으로 바로 앞 바위에 삼층석탑을 새긴 신라인의 혜안은 언제 보아도 하나의 탄성으로 다가온다. 고려시대 최고의 시인 〈송인(送人)〉의 정지상(鄭知常 : ?~1135)과 조선 초 남산(南山 : 金鰲山) 용장사(茸長寺)에서 〈금오신화(金鰲新話)〉를 창작한 매월당(梅月堂) 김시습[*](金時習 : 1435~1493, 생육신^{**}의 한 사람)이 이곳 백률사를 찾아 시편(詩篇)을 남긴 것을 보면, 풍광이 오래된 역사와 함께 서라벌 백미였음을 짐작하게 해 준다.

빗줄기가 점점 굵어진다. 한줄기 바람이 휘몰아치고 있다. 백률사 아니 자추사(刺楸寺)의 좁은 마당엔 부례랑이 안상과 함께 꿇어 앉아 이차돈의 맑은 혼백을 만나고 있다.

● 매월당 김시습
호는 매월당 이외에 동봉(東峰)·청한자(淸寒子)·벽산청은(碧山淸隱)·췌세옹(贅世翁)이 있고, 법호는 설잠(雪岑), 시호는 청간(淸簡)이다.
●● 생육신
원호(元昊), 이맹전(李孟專), 조려(趙旅), 성담수(成聘壽), 남효온(南孝溫), 김시습(金時習)

200

06
....

깊은 산 속 무장사에 병장기를 묻다

반짝반짝 벚꽃 잎이 송이송이 눈가루마냥 유채꽃 위에도 개나리·진달래 위에도 하얗게 쌓이고 있다. 보문가는 길은 벚꽃터널이 되어, 최고조의 기분에 냅다 괴성이라도 내지르고 싶다. 정말 세상은 아름다움으로 가득 찬 희망의 동산이라고 할 만하다. 이런 꽃날이 오면 첫사랑이라도 불현듯 나를 찾을 것 같다. 안타깝다. 나의 첫사랑이 첫사랑의 첫사랑이어야 하는데, 기억이나 할런지, 가슴에 품은 사랑을 그냥 어루만지며 하루를 살아가는 것이 올바른 삶일까? 항상 봄이 오면 먼 언덕 위 아련한 곳에는 첫사랑이 솜털마냥 머물러 있으니 말이다.

무장사를 찾아가는 오늘 아침은 발걸음이 마음을 재촉한다. 수없이 생각으로만 머물렀던 곳으로의 기행은 설렘을 피어오르게 하기에 충분하다는 생각이 든다. 보문호반은 꽃야성을 이루고 있고, 젖먹이 맑은 눈망울에 벚꽃이 한잎 두잎 지고 있다. 이 봄도 이렇게 곧 막을 내릴 것 같아 괜한

무장사지 가는 길과 무장사지 삼층석탑 안내 이정표

심술이 삐죽이 발아래를 휘감는다. 다시 다잡아 조선호텔 앞 거대한 물레방아를 뒤로하고 작은 소로(小路)로 접어들었다. 개나리가 완연하게 속살을 보여준다. 아니 너울춤을 추고 있다는 것이 어울릴 것 같다. 한참이나 뿌연 황사 길을 더듬더듬 들어가니 암곡동이 산 아래 갇힌 듯 옹기종기 있다.

'하늘에서 노란 꽃비가 내렸다', '흙비(土雨)가 내렸다' 는 《삼국사기》 기사를 보면 황사는 이미 삼국시대부터 봄마다 우리를 찾아온 귀객(鬼客)임에 틀림이 없다고 하겠다. 마을을 벗어나 개울 길을 따라 한참이나 들어가자, 무장사지 2킬로미터란 이정표가 놀란 듯 고개를 내민다. 어디를 가

심산에 꼭꼭 숨어있는 무장사지 삼층석탑

나 우리나라 이정표란 참 난수표 찾기보다 더 어렵다는 말이 실감이 난다. 무장사를 가는 길은 개울물이 계속 호위를 해주며 두런두런 이야기로 발길을 이끈다. 길바닥은 온통 굵은 자갈로 되어 있어, 오늘날 참살이를 외치는 선무당 등산객에겐 안성맞춤이란 생각이 앞선다.

오리(五里)란 이정표를 떠올리며 꼬불꼬불 계곡을 얼마나 올랐는지, 몇 번이나 개울물 징검다리를 건넜는지 모를 때쯤, 깎아지른 벼랑 위 나뭇가지 사이로 희미하게 석탑 하나가 황사운무에 가려 언뜻 보인다. 놀라운 탄성이 산하를 메아리친다. 이곳이 무장사지다.

무장사는 통일신라 38대 원성왕(元聖王 : 재위 785~798)의 아버지인 대아간(大阿干) 효양(孝讓 : 명덕대왕)이 그의 숙부되는 파진찬을 추모하기 위하여 세운 절이라고 한다. 또한 세간에서 무열왕이 삼국을 통일한 후 병장기(兵仗器)를 이 골짝 속에 묻었다 하여 무장사라 한다고도 한다.

무엇보다도 신라 39대 소성왕(昭聖王 : 재위 798~800)이 즉위 2년 만에 돌아가니 그 왕후 계화(桂花)가 부왕(夫王)의 명복을 빌기 위하여 자신이 입고 있던 화려한 의복과 궁중에 쌓아두었던 재물을 털어 이름난 재인바치들을 소집하여, 미타상 등을 조성하였다고 하는 《삼국유사》의 기록이 흥미를 불러일으키고 있다.

무장사아미타불조성사적비 이수와 귀부

부왕을 잃은 슬픔이 얼마나 극진했는지, '창황스럽고도 지극히 슬퍼하여 피눈물을 흘리면서 마음이 아프던 나머지 살았을 적의 아름다운 행적을 죽어서 드날리고 그의 명복을 빛나게 하고자 생각하더니'라면서 미타전을 조성하였다고 한다. 말하자면 '사부곡(思夫曲)'인 셈이다. 왕후라고 하나 지아비인 왕이 없는 왕실 생활이란 독수공방에 마음은 수천 리 벼랑에 걸린 외로운 신세였을 것이다.

지리산 서암정사 불상 부분. 무장사아미타불조성사적비도 처음엔 이것처럼 힘차고 아름다웠으리라.

사실 소성왕은 무척 어렵고도 좁은 길을 거쳐 왕위에 오른다. 부왕인 원성왕 원년에 아들 인겸을 태자에 봉하나, 7년 정월에 태자가 죽고 만다. 이에 원성왕 8년 8월에 왕자 의영을 태자로 삼는다. 그러나 10년 2월 의영마저 죽게 된다. 하는 수 없이 원성왕은 11년 정월에 혜충태자(인겸)의 아들 준옹을 봉하여 태자로 삼는다. 그 후 원성왕이 즉위 14년 12월 29일에 붕어하여 왕위에 오른 이가 소성왕이다. 한 임금이 세 번에 걸쳐 태자를 봉했다는 사실은 원성왕이 처음이 아닌가 한다. 또한 소성왕은 당나라에 봉사하여 대아찬이 되고, 파진찬으로 재상에 올랐으며, 시중과 병부령을 지낸 후 태자가 된 독특한 이력을 가진 왕인 셈이다. 비록 왕위에 올라서는 불과 2년을 지내지 못하고 죽게 되었지만, 왕실 일원으로서는 세상의 부귀영화를 다 누린 사람이라고 할 수가 있는 것이다.

신라 38대 원성왕대가 되면 독서삼품과를 실시하여, 인재를 등용하게 된다. 이 일을 《삼국사기》에는 '전일엔 궁술(弓術)로 인물을 선택하더니 이때에 이르러 개혁하였다' 라고 하여 그동안은 궁술 즉 무예를 중심으로 인재를 선발하다가 이후론 문재(文才)를 중시하여 등용하였음을 나타낸다고 할 수 있다.

먼저 31대 신문왕대에 김흠돌의 난으로 화랑을 폐지하고, 국학을 설치하여 새로운 청소년 교육기관을 만들면서 화랑들은 중앙정계에서 멀어지게 되었고, 원성왕대에 오면 완전히 그 자취를 감추게 만들었던 것이다. 이후 화랑들은 그들의 전통인 유오산수를 즐기면서 때론 향가를 지으며 점차 세속과 일정한 거리를 두게 되었다고 여겨진다.

51대 진성여왕대(재위 887~897)에 와서 대구화상과 각간 위홍이 《삼대목》이라는 향가집을 편찬하였다고 하니, 호국무사로서는 잊혀진 존재였지만, 화랑들의 전통인 향가는 꾸준히 창작되었다고 판단된다.

그러면 그렇게 많이 불렀던 향가는 어디에 있는 것일까. 사라진 것일까. 아니다. 지금 이 순간도 우리네 가슴 속에는 언제나 그렇듯 향가가 수없이 창작되고 또한 부르고 있는지도 모를 일이기 때문이다.

07

문무왕의 화랑 흔적과 휴도왕과의 관계

분황사를 지나 보문호반으로 가는 길은 얼음왕자가 휘몰아쳐, 이젠 계절의 언저리가 차가운 바람으로 온통 드날리고 있다. 단풍잎 하나가 애처로이 매달려 있는 스산한 가로수 길이 아직은 푸른 북천변 축구장 잔디밭과 묘한 대조를 이루고 있다.

삼국을 통일하고 당나라까지 완전히 이 땅에서 축출하고, 진정한 민족의 대통합을 이룬 후 전쟁 화마의 중심에 섰던 백성들을 위무하고자, 자신이 죽은 후 능묘를 만들지 말라는 유언을 남긴 분이 바로 신라 30대 문무왕이다.

조선시대 경주김씨 월성위(月城尉) 봉사손(奉祀孫) 완당(阮堂) 김정희(金正喜 : 1786~1856) 선생도 여러 차례 무장사지를 찾아 무장사비 파편을 수습하였다고 하니, 그 중요성은 비단 비문의 글자체뿐만 아니라 무장사를 창건한 독특한 사찰 연기설화에 있다고 해도 과언이 아닐 것이다.

추령재 정상에 있는 백년찻집, 문무왕 해 중릉을 찾아가다 이 곳에서 녹차의 진한 향내를 맡아보는 것 도 좋을 듯하다.

잘 진열된 다기들이 길손을 오래도록 머 무르게 한다.

무장사지를 찾을 생각으로 나섰던 발걸음은 이미 덕동호를 넘고 있었고, 추령재의 백년찻집에서 풍기는 짙은 녹차 향기가 탐방자를 이끌고 있다는 것을 어렴풋이 짐작하고 있었다. 찻집 주차장 옆은 어디서 구해 왔는지 수많은 다기(茶器)들이 가지런히 진열되어 있어, 서라벌을 찾는 관광객들에게 또 다른 볼거리를 제공해 주고 있다. 정갈한 차 한 잔이 시끌벅적 도심의 찌든 머리를 속까지 맑게 하는 것 같다. 가만히 다향(茶香)에 심취해 있는 탐방자에게 어디선가 재촉의 음성이 들려온다.

가자! 추령재를 넘어 대종(大鐘)의 피울음 소리를 들으러 확 트인 동해 바다로 가자.

요즘은 추령을 관통한 터널을 이용하면 손쉽게 양북면 어일리에 도착할 수 있다. 그러나 옛 추억을 고스란히 간직하고 있는 추령을 넘는 길은 꼬불꼬불 구절양장이지만, 과거를 만나려는 사람들에게 이 길은 매우 유익한 드라이브 코스이다. 또 아는가, 20세기 초 사라진 한국산 호랑이라도 만날 수 있을는지…….

꼬부랑 고갯길을 벗어나면 오른편으로 장항리사지(獐項里寺址) 이정표가 보이고, 연이어 기림사(祇林寺)·골굴사(骨窟寺)를 알리는 정겨운 팻말이 오늘은 추위 때문인지 얼어붙어 있다. 제법 너른 들판이 나타난다. 벼벤 그루터기에는 파아란 새싹이 몇 개 솟아 있을 뿐 무채색 일색이다.

신라 30대 문무왕은 태종무열왕의 원자이며, 어머니는 소판(蘇判) 김서현(金舒玄 : ?~?)의 딸, 곧 흥무대왕 김유신의 누이동생 문희(文姬)이다. 서악

장항리사지의 오층석탑

(西岳) 오줌 설화로 유명한 여장부이기도 하다. 또한 이 오줌 설화는 고려를 창건한 태조 왕건(王建 : 재위 918~943)의 건국설화로 재탄생되기도 하였다. 《삼국사기》를 보면 법민(法敏 : 문무왕)은 외모가 영특하고 총명하여 지략이 많았다라고 기록하여, 그의 인품이 통일을 완성한 군주로서 손색이 없었음을 알려준다고 하겠다.

　　문무왕의 결단력을 높이 살 수 있는 가장 중요한 사건 하나는 전 세계에 그 유례가 전무한 수중릉 부분이다. 지금 우리가 대왕암이라고 부르는 봉길리 앞바다의 작은 돌섬을 문무왕을 화장하여 조성한 수중릉으로 보고 있다. 문무왕은 즉위 21년(681) 7월 1일에 56세(문무왕릉비에 기록되어 있다)를 일기로 붕어하였다. 이에 여러 신하들이 유언에 의하여, 동해구(東海口) 대석상(大石上)에 장사하였다고 한다.

　　그 유언을 보면, '분묘란 것은 한갓 재물만 허비하고 기평(譏評 : 헐뜯는 평론)을 사책에 남길 뿐이며, 헛되이 인력만 노비(勞費 : 품삯)하고 유혼(幽魂)을 오래 머물게 하지 못한다. 고요히 생각하면 마음의 상통(傷痛 : 마음이 몹시 괴롭고 아프다)을 금치 못하겠으니 이와 같은 것들은 나의 즐겨 원하는 바가 아니다. 속광(屬纊 : 임종) 후 10일에는 곧 고문 외정에서 서국(西國 : 인도)식에 의하여 불로 소장(燒葬 : 화장)할 것이며,' 라고 자신이 죽으면 거대한 고분을 만드는 수고로움에 백성들을 동원하지 말고, 간소한 화장으로 장례를 치르라고 구체적으로 지시를 하고 있다.

장항리사지 좌대. 해학적으로 조각된 사천왕상이 웃고 있다.

요즈음 나라의 지도자들은 화장이 대세라고 온갖 매스컴을 동원하여, '좁은 땅덩어리 운운하며' 새로운 장묘문화 정착을 위해 열변을 토하고 있다. 그러나 우리는 안다. 그렇게 외치는 지도자 그 어느 누구도 자신의 조상묘는 전국 내로라하는 최고수 풍수지리 일인자를 동원하여, 삼정승 육판서가 난다는 명당을 샅샅이 물색해서, 새롭게 떡하니 이장하고 있다는 사실을 너무나 잘 알고 있다. 한걸음 더 나아가 천벌 받을 짓인 당대발복(當代發福)을 원한다고 한다.

대왕암은 문무왕의 수중릉으로 명명되기까지 여러 차례 우여곡절을 겪었다. 원래 문무왕릉으로 알려진 괘릉(掛陵)*을 조선 후기(1712년경) 경주부윤 권이진(權以鎭)은 인접한 곳에 숭복사(崇福寺)가 있음에 비추어(《삼국유사》 기록 참조) 괘릉이 원성왕릉이라고 추정하였으나 받아들여지지 않았다.

그러나 1955년 위당(爲堂) 정인보(鄭寅普 : 1892~1950) 선생에 의해 괘릉의 문무왕설이 부정되었고, 1967년 5월 17일 모 일간신문사가 주관한 삼산

● 괘릉
경주시 외동읍 소재, 현재 38대 원성왕릉으로 추정

경주 봉길리 앞바다에 있는 문무왕 해중릉인 '대왕암' [국제신문 제공]

오악조사단(三山五嶽調査團)의 문무왕릉 발견보도가 있은 후 경주김씨 문중에서는 5~6년의 논의 끝에 문무왕릉의 괘릉설을 철회하였다고 한다. 그 후 1973년경 이곳 대왕암이 문무왕릉으로 받아들여져 오늘에 이르고 있다고 한다. 그러나 이곳 주민들은 조선 전기 이전부터 이 바위섬을 대왕암으로 불렀다고 하니, 문헌기록의 미진한 부분은 민간전승에서 찾아야 한다는 평범한 진리를 다시 한 번 확인한 셈이다. 물론 아직까지도 장골(藏骨)이냐, 산골(散骨)이냐의 논란의 중심에 서 있지만 말이다.

봉길리 앞바다는 오늘도 검푸르게 대왕릉을 품고 있다. 한 떼의 갈매

기만 나선형으로 호국룡(護國龍)이 된 문무왕을 호위하는 것 같다. 감포(甘浦)
쪽 모래사장이 끝나는 곳에 몇 그루의 해송(海松)이 조그만 동산을 만들고
있다. 이곳에 해룡이 된 문무왕이 그 아들 신문왕(神文王 : 재위 681~692)에게
신라삼보(新羅三寶)* 중 두 가지 보물을 전하였다는 이견대(利見臺)가 있다.

● 신라삼보
황룡사장륙존상, 천사
옥대, 황룡사9층목탑
(9층목탑 대신 만파
식적이 들어가기도
한다)

31대 신문왕은 왕위에 오른 직후부터 김흠돌의 난 등 귀족세력과의
힘겨루기로 지쳐있었던 것으로 보인다. 김흠돌이 풍월주를 지낸 화랑 출신
이면서 문무왕의 죽음까지도 비밀에 붙이고 난을 일으킨 것을 보면, 왕권
찬탈을 노린 것만은 사실로 여겨진다. 이에 문무왕의 황후 자의태후(慈儀太
后)는 화랑을 폐지하였던 것이다. 그리고 신문왕은 새로운 청소년 학습기관
인 국학을 창설하여, 귀족들의 세력을 와해시키려 했던 것이 아닐까 한다.

신문왕은 이와 더불어 죽어서 동해의 해룡이 된 부왕 문무왕과의 만
남을 기정사실로 서라벌에 회자되게 하여 유훈통치를 시작하였다고 생각
할 수 있다. 특히 해룡이 나타난 곳을 이견대라 하고, 신라삼보 중 옥대(玉
帶)와 만파식적을 만들 대나무를 이곳에서 얻었다고 하는 것에서 더욱 그러
하다고 하겠다. 또한 부왕 문무왕이 초석을 놓았으나 완공하지 못한 진국
사(鎭國寺) 건립을 완성하여, 감은사(感恩寺)라 바꿔 칭하면서 유훈통치를 이
어나갔다고 여겨진다. 그리고 금당(金堂) 아래에 용혈(龍穴)을 파서 해룡으로
변한 문무왕이 해류를 타고 출입할 수 있도록 하는 등 흐트러진 민심을 통
일군주 부왕 문무왕을 이용하여 수습하고자 하였던 것 같다.

삼국통일기에 오면 신라는 화랑제도를 더욱 정비하여, 대업의 방패

이견대에서 바라본 문무왕 해중릉인 '대왕암'

로 삼았다는 것은 누구나 알고 있는 사실이다. 여기서 할아버지 용춘공(龍春公 : 13세 풍월주)과 아버지 춘추공(春秋公 : 18세 풍월주, 태종무열왕)이 모두 화랑 우두머리 풍월주를 엮임하였는데, 그 직계인 문무왕만 화랑 무리와 무관하였다고 하는 것은 아무래도 석연치 않은 것 같다.

울주군 언양읍 천전리 각석에는 20여 명의 화랑 이름이 예각되어 있다. 그 중 법민랑(法民郎)이란 이름도 새겨져 있다. 비록 한자는 다르지만 《삼국사기》, 《삼국유사》, 《화랑세기》 모두 법민(法敏)으로 표기되어 있다, 혹시 문무왕이 왕위에 오르기 전 화랑 무리에서 활약한 근거가 아닐까. 아직은 문헌증거 부

감은사지 탑돌이 야경

족으로 가부를 판단하는 것은 성급하다고 할 수 있으나, 문무왕과 화랑의 연관성을 밝혀줄, 중요한 사실을 간직하고 있을지도 모를 일이다.

눈송이가 제법 탐스럽게 보슬보슬 내린다. 반월성 남쪽 떨어진 나뭇잎 자리에 소복소복 희망이 꿈처럼 열리고 있는 것을 보노라면, 역사문화 도시로서의 서라벌 소망도 함께 뭉게뭉게 피어오르는 것 같아 발걸음이 가볍다. 오늘 하루, 온 세상을 포근히 감싸 안을 흰 눈이 우리네 허전한 가슴 언저리까지도 따뜻한 화롯불마냥 아낌없이 온기를 사방으로 보내주었으면 좋겠다.

문무왕을 화장한 자리라고 알려져 있는 능지탑(陵只塔)을 찾았다. 박물관을 나와 불국사 쪽으로 100여 미터를 가면 경부고속도로 진입 사거리가 있다. 이곳을 지나 첫 번째 신호등에서 좌회전하여 철길 건널목을 건너면 왼쪽에 능지탑이 있다. 여러 번에 걸친 발굴 조사에도 불구하고 아직도 원형을 정확히 알지 못하고 있는 불가사의한 탑이다. 탑 아래쪽 기단부에 새겨진 십이지신상도 몇 개는 사라져 그냥 새로운 대리석 민무늬로 마무리하여 조금은 엉성한 모습으로 복원되어 있다. 복원된 탑 주변에 한 무더기의 석재가 모아져 있다. 탑을 복원하고 남은 석재라고 한다. 조선건조실적(造船建造實積) 세계 1위라고 매양 듣고 살아온 사람들에겐, 이런 탑 하나 제대로 복원하지 못하는 실력으로 어떻게 그 같은 업적이 가능한지 놀라울 따름이다.

문무왕의 해중릉 봉안이 끝나자, 신라왕실에서는 왕의 치적을 비에 새겨 영원한 귀감으로 삼으려고 하였다. 그러나 왕릉을 바다 속에 조성한 탓으로 비를 세울만한 마땅한 장소가 문제였다. 그래서 서라벌 진산인 낭산 기슭에 의릉(擬陵)을 만들어 비를 세운 것이 아닌가 한다.

오랫동안 자취를 감추었던 문무왕의 비가 발견된 것은 조선 후기 1796년(정조 20)이었다. 밭을 갈던 농부에 의해 발견된 문무왕의 비는 당시 경주부윤을 지냈던 홍양호(洪良浩 : 1724~1802)에게 알려졌고, 홍양호는 이를 탁본해 당대 지식인들에게 공개함으로써 세상과 다시 조우하게 되었던 것이다. 그러나 안타깝게도 비편 실물은 전하지 않고 비문의 탁본만 현재 남아 있다. 그것도 청나라 금석학자 유희해(劉喜海)의 《해동금석원(海東金石苑)》에 실려 있을 따름이다.

이후 다시 1961년, 경주시 동부동 주택가에서 발견된 문무왕릉비는 발견당시 심하게 마모가 되어 반수 이상을 읽을 수가 없었다. 그러나 전체적인 윤곽은 대체로 짐작할 수 있다고 한다. 비문의 내용은 앞면에 신라에 대한 찬미, 신라김씨의 내력, 태종무열왕과 문무왕의 치적, 백제 평정 사실 등이고, 문무왕의 유언, 장례, 비명 등이 적혀 있었다.

이 비에 세상을 깜짝 놀라게 하는 문구가 들어 있다. 아직까지도 역사학, 고고학, 언어학, 고미술학 등의 학자들의 설만 무성할 뿐 제대로 밝혀진 것이 없다. 문제가 되는 비문의 글귀는,

'그 신령스러운 근원은 멀리서부터 내려와 화관지후(火官之后)에 창성한 터전을 이었고, 높이 세워져 바야흐로 융성하니, 이로부터 ○(판독불가)지(枝)가 영이(英異)함을 담아 낼 수 있었다. 후(侯 : 투후(秺侯)) 제천지윤(祭天之胤)이 7

문무왕을 화장한 터라고 알려진 낭산 기슭의 능지탑

능지탑 기단부에 새겨
져 있는 십이지신상

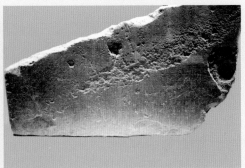

경주시 동부동 주택 내에서 발견된 신라 문무왕 비편(文武王碑片)

대를 전하여……하였다. 15대조 성한왕(成漢王)은 그 바탕이 하늘에서 내리고, 그 영(靈)이 선악(仙岳)에서 나와 (하략)'이다.

여기서 '화관지후(火官之后)', '투후(秺侯)', '성한왕(成漢王)'이니 하는 생소한 글귀가 눈에 띈다. 문무왕의 출자(出自)를 명확히 밝혀 적은 것 같기는 한데, 일반인들에겐 무슨 난수표처럼 어려운 것이 사실이다. 문자학회 김재섭 씨는 문무왕의 출자를 다음의 일곱 단계로 주장하였는데 그대로 옮겨보면 다음과 같다.

① 화관지후(火官之后) : 기원전 2300년대
② 진백(秦伯) : 기원전 650년대
③ 파경진씨(派鯨津氏) : 기원전 200년대
④ 투후(秺侯) : 기원전 100년대
⑤ 가주몽(駕朱蒙) : 기원전 50년대
⑥ 성한왕(成漢王) : 기원후 20년대
⑦ 문무왕(文武王) : 기원후 660년대

위에 적은 것들은 지금은 무엇을 지칭하는 말인지 모르지만, 당대 서라벌인들은 무엇을 뜻하는 것인지 정확히 알았기 때문에 비문에 새겨놓은 것일 것이다. 특히 통일을 완성한 문무왕의 비문에 조상을 밝혀 적는 것이기에 허투루 적지는 않았을 것이라는 판단이 선다. 이것을 해석해보면, 진백(秦伯)은 진시황제의 20대 선조인 진목공(秦穆公), 파경진씨(派鯨津氏)는 진(秦)나라가 망하면서 안전지대를 찾아 경진씨(鯨津氏)를 파견한 휴도왕[休屠王 : 흉노왕 , 김일제(金日磾)의 아버지], 투후는 김일제, 성한왕(成漢王)은 김일제의 4세손인 김성(金星)으로 이 사람이 김알지라고 하는 설이 있다.

여기에서 투후 김일제는 중국 《한서(漢書)》〈김일제전(金日磾傳)〉에 기록되어 있는 역사상 인물이다. 한무제가 흉노와 싸울 때, 청년장군 곽거병(藿去病)에게 포로가 되었던 흉노왕 휴도의 아들이 김일제라고 한다.

그렇다면 삼국을 통일하고, 당나라까지 한반도에서 완전히 축출한 문무왕이 스스로 '우리 조상은 흉노인 김일제이다.' 라고 밝히고 있는 것이 된다. 그동안 연구자들은 우리나라 사서 편찬자들이 모화사상에 젖어, 자신의 뿌리를 중국과 억지로 연관시키려고 하였다는 것으로 별다른 관심을 보이지 않았던 것이 사실이다. 그러나 당이라는 외세를 물리친 자주의 화신 문무왕이 자신의 뿌리를 흉노라고 하였던 것은 또 다른 역사의 비밀을 간직한 것은 아닐까?

혹자는 잃어버린 중원고토 회복을 염원하며, 아직도 굳건히 민족적 자주성을 확보하고 있는 민족은 5호 16국으로 유명한 5호가 유일하다고 한다. 또한 역사 이래로 중원에서 일어난 몇 안 되는 한족(漢族) 국가들에게 항상 위협의 대상이 되었던, 5호 중 흉노·선비·갈족을 우리 동이족과 같은 민족으로 보고, 저족·강족(羌族)은 오늘날까지도 달라이 라마의 영도하에 망명정부를 세워 중국과 대립하고 있는 티베트민족을 지칭한다고 한다.

역사란 주장만으로 인정되지는 않는다. 그러나 문헌에 나와 있는 것까지도 외면한다면 과연 올바른 역사관이라고 말할 수 있을까? 이젠 모화사상이니 사대주의니 하는 망령에서 벗어날 때가 도래하지 않았을까 한다. 우리가 단일민족 환상에서 벗어나 저 중원을 말 달릴, 그 날을 생각하면서, 다시금 옷매무새를 고쳐야 할 때가 바로 지금이라고 하겠다. 학계의 준열한 연구를 기대해 본다.

08
....

화랑국선들의 주유천하 관동팔경

가을은 찔끔거리며 내리는 비에 벌써 저만치 자취를 감추어 버리니, 오상고절(傲霜孤節)을 느끼기에는 너무나 턱없이 시간이 부족하다.

면앙정(俛仰亭) 송순(宋純 : 1493~1583)은 시절가조(時節歌調)로 황국화를 읊었고, 미당(未堂) 서정주(徐廷柱 : 1915~2000)는 내 누님 같다고 표현한 가을의 진객 국화의 탐스러운 봉오리를 보고 있노라면, 풍성한 마음이 한가득 가슴에 차올라 석 달 열흘을 굶어도 부자로 살 것 같다.

포항으로 말머리를 잡아 경포산업도로를 따라가다 안강을 지나자, 홍해로 가는 도로가 왕복 4차선으로 맞이한다. 예전 같으면 포항을 거쳐서 동해안으로 진입하였는데, 지름길이 이렇게 깨끗하게 나 있어 별 힘들이지 않고 바로 시원한 동해바다에 다가설 수 있다.

추수 끝난 들판엔 흰색 원통형 무더기가 이곳저곳에 나뒹굴고 있다. 무척 이색적인 풍경이 아닐 수 없다. 지금 농촌엔 낟알을 훑어 버린 볏단을 흰 비닐 같은 것으로 포장하여 판매를 한다고 한다. 역시 한국 사람의 아이디어는 세상 어디에다 내어놓아도 깜짝 놀랄 말하다.

오른쪽은 푸른 망망대해가 시원스럽게 뒤따라오고, 왼쪽은 기암괴석이 연이어 있는 이곳 동해안 해안선은 그 옛날 서라벌 화랑들

동해안 바닷가에 오징어가 속살을 태우고 있다.

이 유오산수(遊娛山水)하던 곳으로 유명하다. 멀리 금강산으로 향하던 수많은 서라벌 국선들은 이곳을 가로질러 절경 곳곳에 그들의 흔적을 남겨 놓고 있다. 지금 달리는 차창 밖에도 백마의 날렵한 발굽소리의 하모니가 앞서거니 뒤서거니 한다. 바닷가에는 높은 하늘에 반사되어 물빛을 투영하고 있는 넓은 백사장이 한 무리 흰 거품파도를 삼키고 있다.

해안도로 옆, 갓길에는 예외 없이 오징어가 부끄러운 나신을 활짝 열고, 속살 태우기에 여념이 없다. 코를 자극하는 반건조오징어(피대기) 굽는 냄새에 뱃속이 꼬르륵거린다.

경북 울진 영덕 해안가에 설치된 풍력발전소 전경

매년 10월 1일이면 잡던 영덕대게를 올해부턴 11월 1일부터 잡기 시작한다고, 빨간 립스틱에 꽃무늬 쫄바지를 입은 아지매가 침을 튀기면서 말한다. 입맛을 다시면서 먼저 월송정(越松亭 : 月松亭이라고도 한다)으로 발걸음을 재촉한다. 예서 조금 가니 거대한 프로펠러가 온 산머리를 휘감아 돌고 있다. 가던 차를 멈추고 쳐다보니 한두 개가 아니다. 수십 개는 족히 넘어 보이는 이것의 정체는 화석에너지 고갈을 막는다는 취지로 개발된 풍력발전소라고 한다. 할리우드 영화에서 보던 캘리포니아 풍경을 동해안 절경 영덕에서 만나니, 서라벌 화랑국선들이 마음껏 두 팔을 벌려 하늘을 향해 노래하는 것 같다는 생각이 든다. 그날 화랑들이 말을 달리며 하늘을 향해 포효하던 이 산하에 다시 육중한 풍력발전소가 생기다니, 묵묵히 받아들이는 동해 절경 산하의 고마움이 애달프기 그지없다.

머얼리 명사십리(明沙十里)가 나타나고 그 뒤로 끝없이 펼쳐진 적송들의 너울춤에 갈매기도 신이 나 있다. 월송정이다. 입구 조그만 주차장과 기념품 가게가 있고, 바로 붙어 적송이 온 하늘을 막아서고 있다.

월송정은 옛날 월국(越國)에서 소나무 묘목을 가져다 심었다고 하여 이름 지어진 곳이라고 한다. 또한 서라벌 화랑국선들이 그들의 호연지기를 펼칠 요량으로 주유천하(周遊天下)를 할 당시, 달밤에 송림 속에서 유희를 즐기던 곳이라고 하여 월송정(月松亭)이라는 다른 이름으로도 불린다. 그러나 이곳의 자연풍광을 보면, 화랑국선들이 주유천하 중에 여기 넓은 백사장에서 활쏘기 등의 무예를 펼치고, 둥근달이 뜨는 밤이면, 그들의 전통인 향가를 지어 불렀던 화랑들의 명승이라고 하는 것이 훨씬 타당하다는 생각이 든다.

이곳 전설에 의하면 신라 화랑 사선(四仙)으로 유명한 영랑·술랑·남석랑·안상랑이 고성 삼일포와 더불어 월송정에서도 놀았다고 한다.

후일 고려가 들어서고 나서 아름다운 관동팔경의 하나인 이곳에 월송정이라는 정자를 세우니 때는 충숙왕(忠肅王 : 재위 1313~1330, 1332~1339) 13년(1326)이었다고 한다.

월송정 가는 길은 적송 잎이 길가에 주단을 깔아 놓은 듯 온통 빛바랜 황토색 일색이다. 입구에는 평해황씨 시조를 모신 제각(帝閣)이 있고, 오

월송정으로 가는 오솔길엔 아름드리 적송들이 건강하게 웃고 있다.

솔길을 따라 적송 참살이를 하다 보면 약간 언덕 배기에 날렵한 정자 하나가 자리하고 있다. 화강 암 대리석으로 된 계단을 오르면 팔작지붕을 한 월송정이 황금빛 모래사장을 앞에 두고서 동해를 호령하듯 용기 충천한 모습으로 앉아 있다. 아마 도 그날 서라벌 화랑국선들도 이와 다름없이 힘차 고 용기백배하였다고 여겨진다.

신라 화랑 사선 영랑은 울주군 천전리 서석 곡에도 그 자취를 남기고 있다. '영랑술년성업(永 郎戌年成業)'이라고 뚜렷하게 예각(銳角)되어 있는 서석곡엔 수많은 화랑들이 자신이 목표로 한 대업 을 달성하고는 다시 주유천하를 위해 동해안으로 말을 달렸을 것이다.

월송정 적송에서 품어져 나오는 신선한 향 기에 취해 시간 가는 줄 모르고 있다가, 어둡사리 가 치자 이내 마음이 바빠진다. 서둘러 숙소를 찾 아 아쉬움을 뒤로하고 월송정을 벗어난다. 오늘밤 은 이곳 평해에서 화랑들의 넋과 장진주사(將進酒 詞)라도 부르면서 유숙하기로 하였다. 혹 그들의 흥취를 돋우면 잊혔던 향가 한 자락이라도 듣는

경북 울진 평해에 있는 '월송정'

행운이 나를 찾을지도 모를 일이다.

월송정은 일찍이 서라벌 화랑국선들이 그들의 웅혼한 기상을 심어 놓은 곳이기도 하고, 고려 말 순흥인(順興人) 안축(安軸 : 1287~1348)이 경기체가 〈관동별곡(關東別曲)〉을 지으면서 세상을 품었고, 조선조 가인(歌人) 송강(宋 江) 정철(鄭澈 : 1536~1593) 또한 가사 〈관동별곡(關東別曲)〉을 읊으면서 세상과 통교한 곳이다. 넓은 백사장은 가없는 포용심을 가르쳐 주고, 울창한 송림 은 더불어 사는 참살이 삶의 참모습을 말없이 오늘도 실천하고 있다는 사 실에서, 조그만 교실에서 주입식 교육에 찌든 어린 미래의 서라벌 화랑국선들에게 한 번쯤 이곳을 둘러보게 하는 것을 권하고 싶다.

　가을은 그냥 겨울을 향한 하루 이틀의 여유밖에 남기지 못하고 이내 사라지는 운명인가 보다. 붉고 노란 향연을 시작도 하기 전에 수은주가 영하를 가리키니, 자연을 역행해 온 인간들의 좁은 소견이 얼마나 참담한 결과를 맞이하는가를 폐부 깊숙이 느끼게 해 준다.

　월송정을 나와서 실직국(悉直國) 옛터인 삼척에 다다랐다. 동해안 일주도로 곳곳엔 갈매기들의 하늘 가림이 해를 가리고, 푸른 바닷물만이 화랑국선들의 넋을 위해 오늘도 쉼 없이 넘실거린다.

화랑국선들의 유오산수처인 월송정에서 바라본 동해 백사장

삼척시 원덕읍 신남마을에 도착하니 관광버스 행렬이 작은 항구 주차장을 메우고 있다. 주차장 옆으로 이어진 생선구이 행상에는 크고 작은 구운 생선들이 관광객을 모으고, 삼삼오오 짝지은 화려한 꽃무늬 옷 아지매들이 까르륵 까르륵 호탕하게 웃으면서 이리저리 활개를 치고 있다. 이른 시간인데도 불구하고 벌써 딸기코 아저씨가 하나둘씩 팔자(八字) 구자(九字) 걸음에 익숙해져 있다.

신남항 뒤편 구릉에는 동해안 유일의 남근석 공원인 해신당 공원이 있다. 입구에서부터 '천하대남근(天下大男根)'이라는 거대한 목남근(木男根)이 하늘을 향해 성낸 모습으로 시위를 하고, 부끄러움에서 졸업한 듯한 아지매들도 이곳에서는 투박한 손으로 입을 가리고, 조심스럽게 손가락 사이로 빼꼼히 남근을 바라보고 있다.

약 400년 전의 일이었다.

'신남마을에는 결혼을 약속한 처녀와 총각이 살고 있었다. 하루는 그녀의 정혼자인 총각과 함께 배를 타고 해초를 채취하기 위해 해변에서 조금 떨어진 자그마한 바위에 내렸다. 다시 데리러 오겠다는 총각을 뒤로하고 처녀는 해초 캐기에 몰두하고 있었다. 그런데 갑자기 광풍이 불고 파도가 거세게 일어나서 그만 처녀는 물에 빠져 죽게 되었다. 이런 일이 있은 후부터 신남 포구에는 고기가 잡히지 않아, 마을 주민들은 시름에 젖어 하루하루를 보내고 있었다. 어느 날 젊고 건장한 한 어부가 바다를 향해 자신의 양물을 높이 쳐들고 소피를 보았다. 그러자 놀라운 일이 일어났다. 그동안 온갖 치성을 올려도 잡히지 않던 고기가 예전처럼 잡히기 시작한 것이었다. 이에 마을 주민들은 정혼자와 결혼하지 못하고 불귀의 객이 된 처녀의 원혼 때문이란 것을 알고, 매년 정월 대보름이 되면 실물 모양의 남근을 여러 개 만들어 제사를 지내게 되었다'고 한다.

지금 해신당(海神堂)에는 처녀의 화상이 모셔져 있고, 그 앞 제단에는 남근이 놓여져 있다. 구천을 헤매던 처녀의 원혼이 이제야 한을 풀고 편안히 앉아 있는 모습이다. 이곳 해신당으로 오르는 길 옆 안전 구조물에도 남근이 줄지어 하늘을 향해 곧추서 있다. 지나가는 처녀 길손들이 남근(?) 하나하나를 잡으면서 걸어가는 모습을 바라보면, 웃음을 넘어서 해학으로 승화된 옛 실직국 백성들의 지혜를 발견하는 것 같아 덩달아 신이 난다.

아마도 서라벌 화랑국선들은 주유천하의 일환으로 이곳 해신당 자리에 올라 하얗게 달려와 부서지는 파도를 바라보면서 그들의 기상을 더 한층 높였을 것이다.

해신당에 모셔져 있는 처녀상

해신당 성민속공원의 '천하대남근상'

경포대 전경

해안으로 나 있는 길을 따라 풍악(楓嶽 : 금강산)으로 향한다. 기암괴석이 시간이 경과하면서 더욱 절경을 이루고 있다. 왜 화랑들이 이곳을 그토록 애타게 달려왔는지 충분히 짐작이 가고도 남는다. 차창을 열고 바닷바람을 들이마셔 본다. 상큼한 내음이 갈매기의 활기찬 기운과 함께 속내를 시원하게 비워준다. 어디선가 향가 한 자락이 들려온다. 반갑다.

강릉이 눈에 닿는다. 38대 원성왕이 된 괘릉의 주인공 김경신(金敬信)에게 왕위를 놓친 김주원(金周元)이 강릉군왕에 봉해져 한 많은 생을 살았을 이곳 강릉은 신라 이후 계속 방외인(方外人)을 배출한 곳이다. 조선 세종조의 신동이며, 경주 남산 용장사지에서 한문소설의 효시《금오신화》를 지었고, 우리들에겐 생육신의 한 명으로 기억되는 매월당 김시습이 김주원의 후손으로 강릉 김씨이고, 사회소설의 선두인 《홍길동전(洪吉童傳)》의 저자이며, 유재론(有才論 : 신분귀천을 떠나서 재주가 있는 사람을 등용하여야 한다는 허균의 논설)으로 서자들의 한을 대변하다, 결국 '칠서(七庶)의 난'으로 능지처참을 당한 교산(蛟山) 허균(許筠 : 1568~1618) 역시 강릉 외가에서 출생하였다고 하니, 이곳 강릉은 유사 이래로 강직한 선비를 배출한 고장으로 자리매김 하기에 충분하다고 할 수 있다. 아마도 그 옛날 서라벌 화랑국선들의 자유로운 기개가 이 땅에서 아직도 숨 쉬고 있는 증거가 아닐까 한다.

　　강릉시 저동 94번지에 있는 경포대는 고려 충숙왕 13년(1326) 강원도 안렴사 박숙정(朴淑貞)에 의해 현 방해정(放海亭) 뒷산 인월사(印月寺) 터에 처음 지어졌다고 한다. 그 후 조선 중종(中宗 : 재위 1506~1544) 3년(1508) 강릉부사 한급(韓汲)이 현 위치로 옮긴 후 여러 차례 보수공사를 하였다고 한다.

　　경포대는 주유천하의 화랑국선부터 시작하여 고려, 조선조를 거치며, 그동안 수많은 시인묵객(詩人墨客)들의 유람의 대상이었다. 그들이 여기 경포대의 아름다운 풍광을 '경포8경'이라고 명명하여, 화랑국선의 전통의 맥을 이으려고 했는지도 모를 일이다.

　　'경포8경'은 녹두일출(綠荳日出), 죽도명월(竹島明月), 강문어화(江門漁火), 초당취연(草堂炊煙), 홍장야우(紅粧夜雨), 증봉낙조(甑峰落照), 환선취적(喚仙吹笛), 한송모종(寒松暮鍾)이다. 그 중 환선취적(喚仙吹笛)과 한송모종(寒松暮鍾)은 화랑국선들과 연관된 명명(命名)으로 보인다.

환선취적에서 '선(仙)'은 화랑들의 별칭이고,《삼국유사》〈월명사(月明師)〉〈도솔가조(兜率歌條)〉에 나오듯 화랑들은 향가와 젓대에 능하였다는 기록을 보면, 아마도 경포대는 화랑국선들의 중요한 유오산수처가 되어 이렇게 명명되었지 않았을까 한다.

또한 한송모종의 한송정(寒松亭)은 녹두정(菉荳亭)이라고도 불렀던 곳으로 옛 신라 화랑국선들이 명산대천으로 유오산수하면서 이곳에서 심신을 쉬고자 할 때, 차를 달여서 마음을 정화하였던 곳이기도 하다. 지금 이곳에는 당시 찻물로 이용된 돌우물(돌샘)과 차를 달이던 돌절구(石臼)를 뜻하는 '연단석구(鍊丹石臼)'라고 새겨진 돌이, 천 수백 년의 풍상을 안고 화랑국선

월송정 누각 안은 시인묵객들이 노래한 관동팔경이 걸려 있다.

들의 역사를 말해주고 있다.

경포대는 이름 그대로 우리들에게 먼 전설을 명경처럼 보여주고 있다. 조금씩 일렁이는 호수의 잔잔한 물결에 달 밝은 밤이 찾아오면, 조선의 으뜸 가객 고산 윤선도(尹善道 : 1587~1671)의 〈오우가(五友歌)〉의 수(水), 석(石), 송(松), 죽(竹), 월(月)처럼 다섯 달이 친근하게 우리를 포근히 감싸 안는다.

첫째가 하늘에 떠 있는 달이며, 둘째가 출렁이는 호수 물결에 춤추는 달이며, 셋째는 파도에 반사되어 어른거리는 달이고, 넷째는 정자 위에서 벗과 나누어 마시는 술잔 속의 달이며, 마지막 다섯째 달은 벗(님)의 눈동자에 깃든 달이라고 한다.

경포대의 밤은 쉬이 나그네를 놓아 줄 것 같지 않다. 서둘러 차를 몰고 속초로 간다. 그 옛날 화랑국선들이 삼국을 통일할 기상을 품은 곳을 하나씩 걸어보는 기쁨은 어찌 보면 탐방자에게는 대단한 행운인지도 모른다.

가을 햇살이 자꾸만 냉기를 품고 있다. 머얼리 보이는 설악산엔 단풍의 낯빛이 나날이 희미해져 가고, 차창을 열자 벌써 동장군의 입김이 제법 매섭다.

화랑들의 주유천하를 밟으며 뒤따라오는 동안 동해안 절경 곳곳에 그들의 흔적을 발견할 수 있었다. 기암괴석이 있는 곳이면 어김없이 화랑 관련 전설 한 자락쯤 간직하고 있었고, 풍광이 수려한 해안가 송림 속에도 역시 화랑국선들의 영혼을 만날 수 있었다. 어쩌면 그들은 그들의 먼 조상들이 태초 이래로 따뜻한 남쪽나라로 향했던 길을 거슬러 말을 달려간 것은 아닐까. 수구초심(首丘初心)이라고 했던가. 아마도 화랑들의 뇌리에 무의식으로 자리 잡은 고향으로의 회귀의식이 그들을 이곳 동해안으로 말을 달리게 하였던 것인지도 모를 일이다.

속초에 도착하자 해가 뉘엿뉘엿 산봉우리를 가까스로 넘어가고 있는 초저녁 나절이었다. 뒤로는 설악산이 아름다움을 자랑하고 있고, 시내 한복판을 차지하고 있는 청초호, 영랑호 등의 석호(潟湖)가 또 다른 흥취를 자아내기에 충분하고, 앞은 동해바다가 푸르게 속삭이는 이곳 속초는 천혜의 자연경관을 자랑하는 관광도시로서는 조금의 손색도 없어 보인다. 올 때마다 느끼는 것이지만, 정부와 지방자치단체의 전폭적 지지를 받아 나날이 발전하는 속초의 모습을 보면 가히 상전벽해라 할 만하다.

여기서 천 년 고도 경주는 어떠한가? 도처에 널린 천 년 신라의 보고(寶庫)만을 안고 있을 뿐 새로운 볼거리를 제공하지 못하고, 그냥 과거에 매달려 하루하루를 연명하는 늙은 노인의 슬픈 눈망울을 연상한다면 지나친 억지일까. 역사문화도시 조성도 어느 지방자치단체의 어설픈 딴죽걸기에 주춤하는 나랏님을 보면, 조성 의지를 기대하기란 '없는 손자 환갑지내는 것'이 훨씬 나을 것 같다.

영랑호를 찾아가다 먼저 속내를 보여주고 있는 청초호에 들렀다. 속초시 중앙동, 금호동, 교동, 청학동, 조양동, 청호동으로 둘러싸인 청초호는 말 그대로 청초하고 고졸한 멋을 풍기고 있는 곳이었다. 《신증동국여지승람(新增東國輿地勝覽)》에 따르면 청초호는 어귀 쪽이 바다에 연해 있어 조선시

동해안 어촌 풍경(평화가 조용히 내려앉은 듯하다)

대에는 수군만호영을 두고 병선(兵船)을 정박시켰다고 한다. 또한 이중환(李
重煥)의 《택리지(擇里志)》에도 양양의 낙산사 대신 이곳을 관동팔경의 하나
로 들고 있다. 영랑호와 더불어 쌍성호(雙成湖)라 불리기도 하였다는 데서
나타나듯이 속초는 영랑호, 청초호의 빼어난 맵시로 인해 세상에 알려졌던
곳이란 짐작이 간다.

　　청초호 주변에 실향민의 슬픔을 아직도 버리지 못하고, 매일 망향의
한을 달래는 마을이 있다. 행정구역상으로는 속초시 청호동이지만 '아바
이 마을'로 더 잘 알려진 곳이기도 하다. 6·25 동족상잔의 아픔을 가슴 한

곳에 평생 안고 살아가는 아바이 마을 사람들의 고향은 함경도라고 한다. 지금 2, 3세들에게 고향 알리기에 분주한 노년을 보내고 있는 몇 안 되는 1세대 피난민들은 오늘도 북녘 하늘을 바라보며 눈시울을 적시고 있었다.

또한 이곳에는 일본에 한류열풍을 일으킨 '가을동화' 촬영지가 있다. 드라마 한 편 촬영으로 일약 전국 및 세계의 관광객들이 줄이어 찾아오고 있다고, 앞니 하나밖에 남아 있지 아니한 할머니가 활짝 웃음으로 동네 자랑에 여념이 없다. 길 안쪽 '은서네 슈퍼'는 깨끗한 천연색 간판으로 새 단장을 하고 손님을 향해 손짓을 한다. 정겨운 풍경이다.

청호동을 나와 대포항을 지나면 '외옹치항'이 전형적인 우리네 어촌마을로 포근히 길손을 맞이한다. 설악산에서 흘러내려온 산줄기가 마지막 동해를 향해 큰 절을 하는 듯한 이곳 외옹치항은 그 이름처럼 옹골차게 차분히 자리하고 있다. 조그만 고깃배에 걸려 있는 만선 깃발이 빛바랜 채로 뱃전 대나무에 이리저리 나부끼는 것을 보면 요즘의 조황을 읽을 수 있다. 하루가 다르게 고기가 잡히지 않으니 골목길 어귀의 가로등마저 희멀겋게 졸고 있다.

벌써 어둠이 발목을 휘감는다. 바람도 세차게 귓불을 때리고, 속은 비어서 허기를 채울 요량으로 깜박이는 조그만 불빛을 따라 바닷가 포장마차에 갔다. 가리비 조개의 본향으로 알려져 있었던 외옹치항구는 예년과 다른 조과(釣果)에 이젠 맛보기가 쉽지 않다고 한다. 생선 몇 마리와 싸한 소주 한 잔에 시장기를 채우고 영랑호를 찾아 밤길을 재촉하였다.

영랑호는 벌써 네온사인이 온통 불바다를 이루고 있었다. 이곳 영랑
호는 속초시 장사동, 영랑동, 동명동, 금호동에 둘러싸여 도심 속 한적한 전
설을 오목조목 이야기한다.

그 옛날 화랑 사선으로 유명한 영랑, 술랑, 남석행, 안상(安祥) 등이
풍악(금강산)에서 심신수련을 마치고, 명승지 삼일포에서 사흘간 머물다가
서라벌로 돌아가는 길에 이곳 호수를 만나게 되었다. 잔잔한 호수면에 비
치는 풍광은 마음을 빼앗기기에 충분한 것이었다. 설악산 울산바위와 범바
위가 호수에 잠들어 있었고, 마침 지는 해의 노을은 일렁이는 물결 따라 아

름다움의 극치를 나타내고 있었다. 이에 온 마음이 호수에 매료된 영랑은 일행의 재촉에도 아랑곳하지 않다가 결국 그들만 서라벌로 떠나보내고, 자신은 오랫동안 이곳에서 풍류를 즐겼다고 한다. 그래서 후세 사람들은 이 호수를 영랑호라 칭하게 되었다고 전하고 있다.

후일 화랑들의 주요한 유오산수처의 하나로 수많은 화랑들을 불러 모으게 되었고, 여기서 풀무질한 건강한 신체와 올곧은 정신은 삼한을 통합하기에 이른 것이다. 작은 불빛 여럿이 깔깔대는 소리와 함께 영랑호반을 달리고 있다. 자전거를 탄 영랑의 후예들이었다. 호수 주변으로 말끔히 단장된 자전거 도로는 가로등 불빛을 따라 4킬로미터나 연이어 있었다. 맑은 공기와 불야성을 이루는 호수의 화려함은 넋을 잃기에 족한 것이었다.

그동안 우리 역사상 이름을 남긴 시인묵객들 중 이곳 영랑호를 예찬한 이는 한둘이 아니다. 고려시대 안축이 한시로 영랑호를 읊었고, 또한 자신이 지은 경기체가 〈관동별곡〉 제5장에도 영랑호를 그리고 있다.

같은 시대 이곡(李穀 : 1298~1351)의 〈동유기(東遊記)〉에도 보이며, 더불어 한시도 한 수 남기고 있다. 조선시대에는 구사맹(具思孟 : 1531~1604), 이상질(李尙質 : 1597~1635), 이세구(李世球 : 1646~1700), 김창흡(金昌翕 : 1653~1722), 이몽규(李夢奎) 등 많은 문인들이 이곳을 노래하였고, 조선시대 가사의 백미인 송강 정철의 〈관동별곡〉에도 영랑호가 소개되어 있다.

찬바람 한 줄기가 호수면을 가로질러 나그네를 재촉한다. 차가운 바람인데도 낯설지가 않다. 입고 있던 외투를 벗고 두 팔을 벌려본다. 아마

그날 영랑도 탐방자와 다름없이 한없이 벌린 가슴으로 삼한을 품고, 중원도모(中原圖謀)를 향한 기개를 드날렸으리라.

혹자는 신라의 삼국통일로 국토의 3분의 2를 잃어버렸다고 한다. 물론 사실일 수도 있다. 그러나 여러 소국에서 태동하여 각각 독자적으로 발전한 한민족의 정체성을 하나로 모으게 한 업적마저도 폄하되어서는 안 될 것이다.

이번 화랑국선의 발자취를 따라 동해안을 주유하였다. 골골에 묻어있는 화랑들의 혼을 느끼기에는 더 없이 좋은 기회였다. 비록 철조망을 넘어 금강산으로 가보지는 못했어도 그들의 원대한 이상을 실현하기에는 이곳 동해안 절경이 안성맞춤이었다는 판단이 선다. 차제에 금강산으로 화랑 흔적 찾기는 계속될 것이다. 그날이 언제일지는 아무도 모른다. 그러나 그리 멀지 아니하다는 것은 모두가 동감하고 있는 일일 것이다. 기다려진다.

09

....

화랑의 숨결을 머금은 천전리 서석곡

고도(古都) 서라벌을 출발하여 35번 국도를 따라 언양이 가까워졌을 즈음(경주기점 27킬로미터) 천전리 서석곡을 알리는 반가운 진한 고동색 이정표가 시야에 들어온다. 예서 좌회전하여 시멘트 길로 조금 울퉁불퉁 가다 보면, 갑자기 푸르른 한 무리의 녹음이 그늘진 옥빛 물보라를 일으키며, 탐방자를 태운 신마(新馬)보다 먼저 서석곡에 다다른다.

차갑기보다는 서늘한 바람이 맑은 물속에서 솟구치며, 활기에 찬 화랑노래 향가를 부르는 것을 만나게 된다. 까르르 웃는 봄 소풍 초동들의 까만 눈동자가 희망을 노래하고, 들어선 서석곡엔 꿩! 꿩~ 짝을 찾는 까투리 한 마리가 산정을 울리고, 이내 푸드덕 하늘 높이 사라진다.

천전리 서석곡이 자리한 울산광역시 울주군 두동면은 사로육촌의 하나였던 돌산고허촌(突山高墟村)이었다. 유리이사금 9년(32) 봄 고허부를 사량부라 개명하였고, 이후 고려 때 동경대도호부 남산부, 조선 태종 때 경상

240 |

말끔히 단장되어 있는 천전리 서석곡 주변

천전리 서석곡 전체 전경

좌도 경주부 남면이었으나, 정조 원년(1777)에 남면이 외남면과 내남면으로
분리되어, 외남면에 속하게 되었다. 대한제국 광무 10년(1906)에 외남면이
경주로부터 갈라져서 경상남도 울산군에 편입되면서, 경주와의 행정구역
상의 이별은 지금에 이르고 있다. 서석곡은 울산의 젖줄 태화강으로 맑은
물뿐만 아니라, 화랑의 숨결까지도 흘려보내어 세계제일의 조선(造船)왕국

서석곡 동심원 무늬와 마름모 무늬

서석곡 명문의 '원명'

을 건설하는 원동력을 제공하고 있다. 이마에 흐르는 땀방울도 어느새 시원한 바람에 날려가고, 앙증맞은 징검다리를 건너 계곡 사이로 난 오솔길은 화랑의 말발굽 소리로 황토 안개를 날리고 있다. 뚜벅뚜벅 걸어가는 낭도의 기품을 따라가니 이삼십 명이 넉넉히 앉을 수 있는 넓은 대청마루 같은 편편한 바위에 닿았다. 앞은 병풍처럼 둘러쳐진 짙은 녹음이 너울거리며, 천길 벼랑 아래의 투명한 옥빛으로 시선을 모은다.

그날 이곳 돌산고허촌에서는 백성들이 다리가 허공에 매달린 멧돼지 한 마리에 빙 둘러서서 천신과 수신 그리고 지신께 제(祭)를 올리면서, 수

서석곡 명문의 '추명'

렵을 기뻐하는 한바탕 춤판을 벌였다. 골짜기를 쩌렁쩌렁 호령하는 노랫소리가 마을 전체를 휘감아, 촌민들의 마음이 하나가 되는 순간이었다. 하얀 수염이 허리에까지 다다른 촌주는 오늘의 기상을 바로 옆 바위벽에다 새기게 하였다. 천신의 고마움은 둥근 나이테 모양으로, 푸근한 지신님의 모습은 마름모꼴로, 그 밖의 기마인물상, 사슴 등 동물들의 모습과 함께 사냥과 농사에 필요한 도구들을 새겼다. 오늘 같은 풍족함을 영원히 희구하며, 그들은 이내 어깨 동무로 원을 그리면서 혹은 뛰어 오르기도 하며 카타르시스를 느꼈을 것이다.

맑은 생명수가 흐르고 안온한 녹음이 우거진 이곳 천전리 서석곡은 돌산고허촌민들에겐 수확제의의 제단이었던 것이다.

가만히 서석곡의 기하학 문양을 따라 청동기시대, 아니 어쩌면 그보다 훨씬 오랜 신석기시대를 여행하며 아래쪽으로 눈길을 돌리면 예리한 도구로 새긴 듯한, 명문을 만나게 된다. 1970년 발견된 이래 여러 연구자들에 의해 나름대로의 추론으로 해석되곤 하였다. 오른쪽에 있는 명문을 원명[原銘 : 을사명기(乙巳銘記)]이라 하고, 왼쪽의 것을 추명[追銘 : 기미명기(己未銘記)]이라 이름 한다.

명문 중 중요부분만 옮겨보면,

원명

- 을사년 사훼부의 갈문왕께서 찾아서 놀러오시었다가 처음으로 골짜기를 보시게 되었다.(乙巳 沙喙部葛(…)文王 覔遊來始得見谷)
- 오래된 골짜기인데 이름이 없는 골짜기여서, 좋은 돌을 얻어 만들게 하시고는 '서석곡(書石谷)' 이라 이름 하시고 글자를 쓰게 하셨다.(之古谷无名谷善石得造ㅁㅁ以下爲名書石谷字作之)
- 함께 놀러온 벗으로 사귀는 누이는(友妹) 곱고 크며 빛처럼 오묘하신 어사추여랑님이시다.(幷遊友妹聖ㅁ光妙於史鄒女郎王之)

추명

- 지난 을사년 6월 18일 새벽에 사훼부의 사부지 갈문왕과 누이 어사추여랑

님께서 함께 놀러오신 이후 (몇)년이 지나갔다.(過去乙巳年六月十八日昧 沙喙部徙夫知葛文王 妹於史鄒女郎王 共遊來以後□□八□年過去)

- 누이님을 생각하니 누이님은 돌아간 사람이라, 정사년에도 (갈문)왕도 돌 아가시니, 그 왕비인 지몰시혜비께서 애달프게 그리워하시다가 기미년 7 월 3일에 그(갈문)왕과 누이가 함께 보고 글 써놓았다는 돌을 보러 골짜기 에 오셨다.(妹王考 妹王過人 丁巳年 王過去 其王妃只沒尸兮妃愛自思 己 未年七月三日 其王與妹共見書石叱見來谷)

- 이때 함께 님 오시니, 무즉지태왕의 비인 부걸지비와 사부지(갈문)왕의 아 드님이신 심□부지께서 함께 오셨다.(此時 共王來 无卽知太王妃 夫乞支 妃 徙夫知王子郎 深□夫知共來)

놀라운 일이 아닐 수 없다. 고대 신라인의 로맨스의 현장이 빛바랜 영사기가 아닌 총천연색 파노라마로 펼쳐지고 있는 듯하다. 함께 놀러온 벗으로 사귀는 누이라니? 물론 신라시대의 근친혼은 익히 알려져 있다. 김 유신도 환갑에 조카인 무열왕의 딸(김유신의 누이 문회와 무열왕과의 사이에 태어 남)과 결혼을 하여 자식을 아홉이나 두었다고《삼국사기》〈열전〉에 전하고 있으니 당시 근친혼은 아무런 사랑의 제약이 아닌 듯하다.

을사년이라면 신라 23대 법흥왕 12년(525)으로 판단된다. 법흥왕대 에 갈문왕은 왕의 친동생인 사부지(徙夫知)였다. 사부지가 바로《삼국사기》 의 입종갈문왕으로 '사부지'란 우리식 이름을 한자의 뜻을 빌려 적은 것인

천전리 각석에 새겨진 '선랑' 명문과 '술년 유월 이일 영랑성업'

데, '사'와 유사한 '서'의 한자 '립(立)'을 따고 '남자'를 뜻하는 '부'를 마루 '종(宗)'으로 한자화하여 적은 것이다. 독도를 확고하게 우리 땅으로 만천 하에 알린 이사부(異斯夫)도 이끼 '태(苔)'를 사용하여 태종(苔宗)으로 적었고, 진흥왕대에《국사(國史)》를 편찬한 거칠부(居柒夫)도 거칠 '황(荒)'자를 써서 황종(荒宗)으로 표현하였던 것과 같은 방식이다.

　여기에 적혀 있는 인명을 역사기록과 대비해 보면 사훼부의 사부지 갈문왕은 지증왕의 둘째아들이면서 법흥왕의 동생인 입종이며, 부걸지비 (夫乞支妃)는 지몰시혜비[只沒尸兮妃 : 지소부인(只召夫人)]의 어머니이자 법흥왕의

왕비 보도부인(保刀夫人)이며, 지몰시혜
비는 법흥왕의 딸이며 삼촌인 입종갈
문왕과 결혼하여 심맥부(신라 24대 진흥
왕)를 낳은 지소부인이다. 또한 부걸지
비(夫乞支妃 : 보도부인)의 남편으로 기록
된 무즉지태왕(无卽知太王)은 524년에
세워진 〈울진봉평신라비(蔚珍鳳坪新羅
碑)〉에 기록된 모즉지매금왕(牟卽智寐錦
王)인 법흥왕이란 것을 알 수 있다. 같
은 서석곡 각석 을묘명(乙卯銘 : 535)에
'성법흥대왕(聖法興大王)'이란 명문도
너무나 선명하게 선각되어 있어서 아
마도 이때 이미 중앙집권적 통치체제
가 확립된 것이란 역사기록(율령 반포, 불
교 공인)과 일치함을 보인다고 할 수 있
다.

울진 봉평 신라비(모즉지매금왕인 법흥왕대의 판결문으로 알려져 있다)

그동안 감추어져 있었던 역사의 공백을 이렇듯 확실히 기록해 둔 높
은 기상의 신라인들의 지혜는 어디에서 만들어진 것인가? 이 역시 천전리
각석에 해답이 마련되어 있다.

서석곡 각석 곳곳에 화랑들의 이름이 그들의 위상처럼 올곧게 예각

되어 있다. 영랑(永郎), 법민랑(法民郎), 선랑(仙郎) 등 이십여 명의 화랑들이 이 곳 천전리에서 천 수백 년을 함께 숨 쉬고 있었던 것이다. 술랑(述朗), 남랑(南郎), 안상(安詳)과 더불어 신라 화랑 사선으로 유명한 영랑의 명문기록에는 '술년 유월 이일 영랑성업(戌年六月二日 永郎成業)'이라고 하여 화랑 영랑이 자신이 정한 목표를 이루었다고 당당하게 기록하고, 동해안 삼일포로 유람을 떠난 것인지도 모를 일이다. 오늘날까지도 신라 화랑 영랑은 이곳 천전리에서 또한 강원도 동해안의 영랑호에서 우리를 지켜보고 있었을 것이다. 어쩌면 현재의 혼탁한 세파를 바로 잡으려고 두 눈을 부릅뜨고 다시 살아날, 아니 살아나야만 할 화랑도 정신을 외치면서 아직도 편안한 쉼터로 돌아가지 못하고 있는 것은 아닐까.

이제 서라벌의 정신적 구심점이며, 삼한통일의 주역이면서 명산대천에서 나라의 안위를 걱정하며 쉬이 잠들지 못하고 있는 화랑들의 넋을 위로해 줄 몫이 우리 앞에 있다. 지금이라도 그들의 웅혼한 기상을 되살려 다시 서라벌에서 국가 정체성 찾기가 시작되어야 함을 가슴 깊숙이 느끼면서, 돌아오는 길목에 피어 있는 조그만 노랑 풀꽃이 하늘을 향해 힘찬 기지개를 펴면서, 화랑들과 나란히 천 년 신라의 노래 향가를 부르고 있다.

10
....
국선 구참공을 일깨운 화랑 혜숙

아침에 만난 조간신문에 자신이 상류층이라고 느끼는 사람이 2퍼센트에도 못 미치고, 약 50퍼센트 가까운 사람들이 하류층이라고 생각한다는 어두운 기사가 실려 있어 눈길을 끈다. 사실 유무를 떠나 매서운 칼바람 마냥 우리네 살림살이가 갈수록 퍽퍽해지는 것 같아 발걸음이 무겁다. 상황이 이런데도 모 다단계 사건에 연루된 사회지도층 인사들의 부끄러움을 모르는 작태를 보면, 이 땅에 왜 화랑국선 정신이 다시 되살아나야만 하는지를 절실히 표현하고 있다고 하겠다.

신라 26대 진평왕 시절 수나라로 구법여행을 다녀온 원광법사는 가슬갑[嘉瑟岬 : 운문사 동쪽 9,000보쯤 되는 곳에 가서현 혹은 가슬현이 있고 이 고개 북쪽 끝에 있는 절터가 바로 여기다. 《삼국유사》 〈의해(義解)〉 〈원광(圓光) 서학조(西學條)〉]에 머물고 있었다. 이때 사량부 선비 귀산은 같은 동네 추항을 벗으로 삼아 서로 말하였다. "우리들이 점잖은 선비들을 상대로 사귀기로 가약하지만 먼저 마음을 바로잡고 몸을 잘 가지지 않으면 옥을 가져올 염려가 있는지라 어찌 어진 분 곁에 가서 도를 배우지 않을 것인가." 하면서 원광법사의 처소로 찾아가서 말하기를, "속세의 선비로서 어리석고 유치하여 아는 지식이 없사오니 바라옵건대 한 말씀 해주시면 죽을 때까지 계명으로 삼겠습니다." 하였다. 이에 원광법사는 자세를 바로하고 말하기를, "불교에는 보살 계명이 있어 그것은 열 가지로 되어 있으나 너희들은 남의 신하가 되었으니 아마도 지켜낼 수 없을 것이다. 여기에 속세의 다섯 가지 계명이 있다." 하면서 그 다섯 가지 계명을 말하여 주었다.

世俗五戒	첫째, 사군이충(事君以忠) : 충성으로 임금을 섬기는 일이다.
	둘째, 사친이효(事親以孝) : 효도로써 부모를 섬기는 것이다.
	셋째, 교우이신(交友以信) : 친구와 사귀어 신의가 있음이다.
	넷째, 임전무퇴(臨戰無退) : 싸움에 임해서는 물러섬이 없는 것이다.
	다섯째, 살생유택(殺生有擇) : 생물을 죽이는 데는 가려서 하라는 것이다.

계명을 받은 귀산과 추항은 다시 원광법사에게 질문을 하였다. '다른 것은 다 이미 잘 알겠사오나 생물을 죽이는 데는 가려서 하라는 말씀은 특히 깨닫지 못하겠습니다." 하니, 원광이 말하기를, "여섯 가지 재(齋) 올리는 날과 봄, 여름철에 살생을 않음은 때를 가리는 것을 말함이요, 부리는 짐승을 죽이지 않음은 말, 소, 닭, 개를 말함이요, 사소한 것들을 죽이지 않음

원광법사 부도탑(금곡사지)

남산 기슭의 화랑교육원 전경

은 한 점 고기 축에도 들지 못하는 것을 의미함이니 이는 물건을 가리는 것이다. 이 역시 그 소용되는 것만 하고 많은 살생을 필요로 하지 않음이니 이것이 바로 세속의 좋은 계명이다."라고 상세하게 가르침을 주었다. 이에 귀산과 추항은 평생토록 좌우명을 삼기를 맹세하였다고 《삼국유사》는 전한다.

여기에서 귀산과 추항을 선비라고 칭하였지, 화랑이라고는 하지 않았다. 그러나 전후사정을 보면 화랑국선이라고 보는 데 무리가 없다고 생각된다. 신라는 국초부터 내려오는 청소년 수련단체가 있었고, 이것을 23

대 법흥왕대 1세 풍월주 위화랑(魏花郞)으로부터 그의 이름을 따서 화랑이라 하였다고 《화랑세기》는 이야기하고 있다. 물론 《삼국사기》나 《삼국유사》는 24대 진흥왕대에 와서 원화를 폐지하고 화랑을 두었다는 기록이 보인다. 진흥왕이 법흥왕의 아우 입종갈문왕의 아들이니, 거의 같은 시대에 화랑이라는 이름이 명명되었다고 보는 데는 무리가 없다.

26대 진평왕대가 되면 화랑을 국가가 직접 육성하여 그 규모가 빠르게 증가하였다. 귀산과 추항이 이 시대에 원광법사를 찾아가 세속오계를 받았다는 것만 보아도 화랑출신이었다는 추측이 가능하다고 하겠다.

지금 세상에는 화랑들의 세속오계와 같은 사회적으로 약속된 규범이 사라진 지가 오래이다. 또한 원광법사 같은 나라의 큰 스승 역시 그 존재가 없어진 지 무척 오래인 것 같다. 이제라도 화랑들의 사상을 찾고 집대성하여, 자라나는 후세들에게나마 올바른 정신함양을 할 수 있는 규범을 만들어 줄 몫이 우리에게 있는 것은 아닐까.

《삼국유사》에 그 본보기가 되는 사연이 있어 소개한다. 다 함께 음미하여 현금(現今)과 같은 지도층의 후안무치(厚顔無恥)를 질타하는 계기로 삼았으면 하고 바랄 뿐이다.

중 혜숙은 원래 화랑 호세랑(好世郞 : 울산 언양 천전리 각석에 이름이 보인다)의 무리에 있었다. 어느 순간 자취를 감추어 황권(黃卷 : 화랑들의 명부)에서도 사라지게 되었다. 그로부터 안강현 적선촌에 숨어 산 지가 20여 년이 되었을 때, 국선(화랑의 우두머리) 구참공(瞿旵公)이 사냥을 하러 적선촌으로 왔다.

이에 혜숙은 구참공과 함께 사냥을 하여 고기를 굽고 삶아서 서로 먹기를 권하면서 즐겁게 배부르도록 먹었다. 고기를 다 먹은 후 혜숙은 구참공을 바라보며 말하기를, "지금 맛있고 싱싱한 고기가 여기 있으니 좀 더 드시는 것이 어떻겠습니까?" 하니, 구참공은 반가워하며 좋다고 말하였다. 그러자 혜숙은 자기 다리 살을 베어서 소반에 올려놓아 바치니 옷에 붉은 피가 줄줄 흘렀다. 이것을 본 구참공이 깜짝 놀라 하는 말이, "어째서 이런 짓을 하느냐." 하면서 화를 내었다. 혜숙은 꾸짖듯이 구참공을 바라보며, "처음에 제가 생각하기에 공은 어진 사람이어서 능히 자기 몸을 미루어 물건에까지 미치리라 하여 따라왔던 것입니다. 그러나 이제 공이 좋아하는 것을 살펴보니, 오직 죽이는 것만을 몹시 즐겨 해서 짐승을 죽여 자기 몸만 봉양할 뿐이니 어찌 어진 사람이나 군자가 할 일이겠습니까. 이는 우리의 무리가 아닙니다." 말하고 옷을 뿌리치며 가버렸다. 구참공은 몹시 부끄러워하면서 이 사실을 궁중에 알렸다.

이 소식을 전해들은 진평왕은 사자를 보내어 그를 맞아오게 하였다. 혜숙을 찾던 사자는 여자의 침상에 누워 자고 있는 혜숙을 발견하고는 더럽게 여겨 그냥 돌아오고 말았다. 돌아오는 길에 사자는 다시 혜숙을 만났는데, 혜숙은 태연하게 시주집에서 칠일재(七日齋)를 마치고 오는 길이라고 하였다. 사자가 확인해 보니 사실이었다고 한다.

우리는 구참공과의 일화를 통해서 화랑 혜숙이 지키고자 하였던 것이 무엇이고, 그가 말하고자 했던 것이 무슨 말이었는지 확연하게 느낄 수 있다. 그는 비록 화랑 무리에서는 사라져버렸지만 화랑들이 지켜야만 하는 규범은 한 치의 게으름도 없이 몸소 실천하고 있었던 것이다.

이렇듯 서라벌 천 년 수도에는 가야 할 길과 가지 말아야 할 길이 분명하게 각인된 올곧은 정신세계가 존재하였고, 그들을 조금의 흐트러짐도 없이 한 곳으로 매진케 하여 삼국을 통일하기에 이른 것이다. 어느 승리의 역사서에나 항상 정신적 승리만이 진정한 승리라고 우리는 배우고 익혀 왔다. 아직은 늦은 것은 아니라고 할 수 있다. 지금이라도 더 이상의 추태를 버리고, 모두 제자리로 돌아와 다 함께 두 손을 마주 잡고, 다시 한 번 새로운 서라벌 패러다임의 일원으로 거듭나기를 간절히 바래본다. 춥다. 이 추운 바람이 지나가고 훈풍이 봄바람과 날개 되어 서라벌을 감싸 안았으면 좋겠다.

11

....

최치원과 화랑정신

설날을 일주일 남기고, 함양 산청으로 발걸음을 재촉하였다. 멀리 나뭇가지에는 벌써 연둣빛 물이 오르는 소리가 차창을 흔들고 있다. 아지 랑이라도 뭉게뭉게 피어오를 듯한 맑은 하늘이 나그네를 품어 준다. 첩첩 산골의 대명사 함양 산청이 이젠 대전–충무 간 고속도로의 개통으로 사통 팔달 교통의 요충으로 변해 있었다.

함양은 통일신라시대 때는 천령군(天嶺郡)이었다. 이곳 태수를 지낸 고운[孤雲 : 해운(海雲)] 최치원이 조성한 상림(上林)이 오늘날 함양하면 가장 먼 저 떠오르는 명물이 되어 있다.

문창후(文昌侯) 최치원이 누구인가. 경주 최씨의 실질적인 시조로 존 경과 흠모를 한 몸에 받고 있는 통일신라 말 대문장가이며, 쇠약한 신라 하 대를 개혁하려다가 결국 진골귀족들의 옹졸함에 지쳐 지리산에 은거하여, 후일 그곳의 산신이 되었다고 하는 분이다.

최치원의 세계(世系)를 살펴보면, 그의 아버지는 견일(肩逸)이며 사량부 사람이다. 그가 6두품을 '得難'이라 한 것으로 보아 6두품 출신이 아니었을까 한다. 12세에 당으로 유학을 떠나기 전 치원의 아버지는 "10년 안에 급제하지 못하면 내 아들이 아니다. 가서 힘써 하라" 하였다고 한다. 이에 치원은 스승을 따라 배움을 게을리 하지 않았고, 드디어 874년 빈공과(賓貢科 : 외국인들을 모아 놓고 치르는 별시)에 급제하기에 이른다. 아무리 외국인을 위한 별시라고는 하나 당나라 주변 여러 나라에서 모인 수재들이 겨루는 별시에서 당당히 급제한 것은 신라인의 우수성을 세계만방에 알리는 쾌거가 아닐 수 없다. 이후 당나라 관계(官階)에 승승장구하여, 제도행영병마도통(諸道行營兵馬都統) 고변의 종사관이 되어 '황소(黃巢)의 난'을 진압하러 간다. 치원은 여기서 난의 수괴 황소에게 '토황소격문(討黃巢檄文)'을 일필휘지(一筆揮之)로 써 보낸다. 말 위에서 이 글을 읽던 황소는 그만 말에서 떨어질 정도로 위엄이 있는 명문장이었다고 한다.

이곳 상림은 원래 상(上)·하림(下林)으로 조성되었는데 현재는 상림만 남아 있다. 약 2.1킬로미터나 연이어 있는 상림은 황홀한 가을을 보내고, 앙상한 가지만 남아 고운이 느꼈을 외로운 심사를 조금이나마 느끼게 해주고 있다. 당나라에서 선진 국제 질서를 익히고 돌아온 치원은 말기적 혼란의 중심에 있는 신라 왕실을 위해 시무책을 올리기도 하지만, 이미 해지는 석양인 신라 조정은 받아들이기 어려웠을 것이다.

지리산으로 둘러싸인 함양은 서라벌과 너무나 흡사하게 고을이 조

함화루

상림 함화루의 가을

사운정

함화루 현판

사운정 현판

용히 앉아 있다. 지조 있고 고집스러운 인심 또한 서라벌과 판박이같이 닮아 있다. 신라 당대에는 수도 서라벌과는 상당한 거리였을 것인데도 이렇게 쌍둥이처럼 닮은 것은 무슨 연유에서 일까? 혹시 화랑들의 주요 주유천하처인 지리산 때문이 아닐까? 청소년 수련단체에서 출발하여 삼국통일의 구심점이 되는 화랑들이 그들의 호연지기를 지리산에서 기를 때 이곳 함양의 청소년들도 함께 하였을 개연성을 배제할 수 없는 것이리라. 또한 이런 과정에서 자연스럽게 서라벌 화랑과 이곳 함양의 청소년들은 서로 벗으로 사귀며 뜻을 함께 모았을 것이다.

온갖 상념이 상림 사이로 난 오솔길을 걷는 탐방자에게 어깨동무로 다가온다. 함화루, 사운정, 이은리 마애석불, 문창후 최선생 신도비 등이 산책의 길동무가 되기에 충분하게 조금씩 떨어져 자리하고 있다. 동행을 흔쾌히 자처한 이곳 출신 벗의 상림 자랑에 추운 겨울바람이 오늘은 따뜻한 봄바람 같다. 서라벌에 계림이 있다면 함양엔 상림이 있어 정말로 여기가 서라벌인 양 착각을 불러일으키고 있다. 차제에 서라벌과 함양은 이런 전통을 함께 나누는 의미 있는 축제라도 열어야 하지 않을까 한다.

입춘이 지났지만 아직은 바람이 매섭다. 고운의 체취를 맡으러 길을 나선 탐방자에겐 이곳 함양은 많은 것을 조목조목 이야기 해 준다. 궁금증이 길머리를 잡기에 충분하다. 서둘러 조선 여성으로 자신만의 방법으로 왜적을 물리친 신안 주씨 의녀 논개의 묘소로 향한다.

상림을 감싸고 흐르는 위천이 이젠 겨울을 녹이고, 버들강아지 노래

상림 궁도장

를 따라 따뜻한 아지랑이와 함께 천천히 걸어가고 있다. 강따라 조성된 산
책길을 따라 걸어본다. 그날 천령군 태수 최치원도 지금 탐방자가 걷고 있
는 이 길을 걸으며, 혼돈 속에서 몸부림치는 천 년 왕국 신라의 해짐을 미리
알고 눈시울을 붉혔으리라. 조선 반상사회보다도 더한 골품제가 엄존하는
조국에 대한 회한이 온몸을 뒤덮었을 것이다. 그가 남긴 '난랑비서(鸞郎碑
序)'를 보면,

　　"우리나라에 현묘(玄妙)한 도(道)가 있으니 (이를) 풍류(風流)라 이른다. 그 교

문창후 최선생 신도비

이은리 마애석불. 양손 부분에 구멍이 나 있다.

(教)의 기원은 선사(仙史 : 화랑들의 역사, 김대문의 《화랑세기》를 두고 한 말로 보

인다)에 자세히 실려 있거니와, 실로 이는 삼교(三教 : 佛 · 仙 · 孔)를 포함하고

중생을 교화한다. (중략)"

라고 치원은 적고 있다. 이는 치원 역시 '난랑(鸞郎)'이라는 화랑 출신의 비

문을 지을 때, 화랑의 역사를 정확히 알고 있었다는 말이 된다. 혹 그도 화

랑을 이용하여 서라벌 영화를 꿈꾸었는지도 모를 일이다.

화랑의 충정을 닮은 논개의 절개를 기리다

상림을 나와 함양 나들목에서 대전 통영 고속도로를 타고 가다, 서

상 나들목으로 빠져 나왔다. 이어 서상면사무소에서 곧장 서상면 금당리

논개 묘역으로 향했다. 위천은 봄빛이었는데 이곳은 잔설(殘雪)이 나그네를

붙잡는다. 좁은 도로를 잠깐 달리면 언덕 위에 높다랗게 누런 잔디의 봉분

이 두 개 나타난다. 위쪽이 임진왜란 당시 진주성 전투에서 장렬히 산화한

충의공 경상우도 병마절도사 최경회(崔慶會 : 1532~1593)의 묘이고, 바로 아래

쪽이 진주 촉석루 의암에서 왜장 게야무라 로쿠스케를 껴안고, 남강에 투

신한 신안 주씨 논개의 묘다.

넓은 주차장에 적막만이 나뒹굴며, 죽어서도 남편 곁에 묻힌 다시

태어난 서라벌 원화, 절개의 상징 논개의 넋을 위로하고 있다. 그동안 논개

는 기생으로 폄하되어, 친정인 신안 주씨 집안과 남편의 집안인 해주 최씨

문중에서도 외면하여, 약 400년 동안 철저히 무시를 당하여 왔다. 그러다가 1975년 해주 최씨 족보에 '의암부인 신안 주씨'로 오르면서 한을 조금이나마 풀었고, 1987년 양 문중에서 최경회 장군과 논개의 묘를 찾아 대대적으로 성역화하여, 구천을 헤매던 의암 논개의 한은 이제 극락에서 영면을 하고 있다고 생각된다. 다행이 아닐 수 없다. 절개의 고장 함양사람들의 역사 되찾기를 바라보면서, 우리들은 과연 어떻게 역사를 대하고 있을까를 생각하면, 아직은 한숨이 먼저라고 말하고 싶다.

논개는 매우 특이하게 4갑술(甲戌年, 甲戌月, 甲戌日, 甲戌時 : 1574년 9월 3일 밤)의 사주를 타고 태어났다고 한다. 그래서 아버지 주달문(朱達文)은 술시(戌時)에 딸을 낳았으니까, 개(犬)를 낳은 것과 같다고 하여 '놓은 개', 즉 '논개'라 이름 하였다고 한다.

논개는 다섯 살 때 아버지를 여의고, 숙부에게 의탁되는데, 숙부 주달무는 김풍헌(金風憲)에게 논개를 민며느리로 팔아버리고 달아나버렸다. 하는 수 없이 논개 모녀는 외가로 피신하게 되나, 곧 김풍헌의 제소로 장수 관아에 붙잡히는 신세가 되고 말았다. 여기서 만난 사람이 재판관인 현감 최경회였다. 경회는 논개 모녀를 무죄방면하나 갈 곳이 없던 두 사람은 관아에서 잔심부름을 하며 연명하게 되었다. 이후 논개의 나이 17세(1590년)되는 해 그동안 자신과 어머니를 보살펴 준 담양부사 최경회에게 부실(副室)로 들어앉게 되었다고 한다.

신라에는 원화가 있었다. 비록 준정이 남모를 죽이는 사건이 발생하

논개묘역 입구. 붉은 주단을 깔아 놓은 듯하다.

의암 논개 추모비

논개묘역

자, 원화를 폐지하고 화랑으로 대신하게 하였지만, 서라벌 여인네의 마음 가짐만은 언제나 한결 같았다고 할 수 있다. 아마도 논개는 천 년 신라 여인 네들의 전통인 곧고 아름다운 심성을 가지고, 시대를 달리하여 태어난 것 이 아닌가 한다. 추호의 망설임도 없이 지아비 및 나라의 원수를 자신만의 방법으로 갚으려고 한 것을 보면 더욱 그러하다는 판단이 선다.

만해(卍海) 한용운(韓龍雲 : 1879~1944)은 그의 시 〈논개의 애인이 되어 그의 묘에〉에서 다음과 같이 노래하고 있다.

논개 묘소. 뒤편에 있는 묘소가 그의 남편 최경회의 묘

낮과 밤으로 흐르고 흐르는 남강은 가지 않습니다.

바람과 비에 우두커니 섰는 촉석루는 살 같은 광음을 따라서 달음질칩니다.

논개(論介)여, 나에게 울음과 웃음을 동시에 주는 사랑하는 논개여.

그대는 조선의 무덤 가운데 피었던 좋은 꽃의 하나이다.

그래서 그 향기는 썩지 않는다.

나는 시인으로 그대의 애인이 되었노라. (중략)

분명 논개는 서라벌 순수를 담고 있는 또 하나의 의미일 것이다. 이곳 함양은 최치원뿐만 아니라, 아직도 수많은 화랑, 원화가 다시 태어나는 곳이라는 반가운 느낌이 한 줄기 시원한 바람으로 발길을 이끌고 있다.

정여창 고택에서 만난 충의와 지조의 정신

봄비에 그만 화들짝 놀란 산수유가 샛노란색 옷으로 온 산천을 분탕질해 놓았다. 언덕 위 밭둑에는 홍매화가 꽃망울을 터뜨리고, 마알간 아기 눈망울같이 이슬을 잔뜩 머금고 있다. 아름답다. 가슴이 시릴 정도로 아름다운 봄 꽃 향연이 본격적으로 팡파르를 울리기 시작했다. 곧 이어 만개할 개나리와 진달래가 출정 준비를 마치고, 몸단장에 열을 올리고 있다. 동일 위도에서 개나리와 진달래는 고도가 100미터 높아짐에 따라 평균 이틀 정도 늦게 개화하며, 하루에 약 30킬로미터 북상한다고 한다.

함양을 걸어 다닌 지가 벌써 여러 날이다. 서상면 논개 묘역을 나와서 다시 대전–충무 간 고속도로에 몸을 실었다. 차창으로 비치는 이곳 함양은 정말 좌안동 우함양이랄 만하다. 곳곳에 세워져 있는 정자는 길손들에게 휴식을 제공하기에 충분하다. 이런 지세에 나고 자란 함양의 인물들은 대개 지조가 곧고, 그 뜻이 높아 현재에도 추앙을 받고 있는 이가 많다. 아마도 고운 최치원의 학맥이 아직도 이곳 함양에서는 면면히 흐르고 있다고 하는 것이 옳은 것 같다.

함양 나들목을 나와서 조선 성리학 5현(五賢)*으로 유명한 일두(一斗) 정여창(鄭汝昌 : 1450~1504) 선생의 고택이 있는 지곡면 개평리에 들렀다. 하동

● 5현
한훤당(寒暄堂) 김굉필(金宏弼 : 1454~1504), 정암(靜庵) 조광조(趙光祖 : 1482~1519), 회재(晦齋) 이언적(李彦迪 : 1491~1553), 퇴계(退溪) 이황(李滉 : 1501~1570), 일두(一斗) 정여창(鄭汝昌)

정씨 집성촌으로 아직도 백여 가구가 모여 살고 있는 개평리는 경주의 양동마을을 옮겨 놓은 듯 고고한 선비의 향내가 온 마을을 감싸 안고 있다.

일두 정여창 고택의 대문 위에 걸린 충신 효자 정려문

일두 선생은 흔히 김굉필과 더불어 우리나라 유학의 핵심인 이기론(理氣論)의 비조(鼻祖)로 꼽히고 있다. 또한 일두 선생은 책상 머리에만 머물지 않고, 실천 철학자로 도학사상을 왕도정치로 실천하려고도 하였다. 그 결과 이곳 안의(安義 : 안음) 현감 시절 자신의 사상을 실천하여, 주민들의 복지 향상에 주력하였고, 아울러 새로운 통치 철학을 완성하려 하였다고 판단된다. 비록 1498년(연산군 4년) 무오사화(戊午士禍)에 연루되어 함경도 종성으로 유배되어 그곳에서 생을 마감하였고, 뒤이어 갑자사화(甲子士禍)에 다시 연루되어 부관참시를 당하였지만, 우리나라 성리학의 거두(巨頭)임에는 틀림이 없다고 하겠다.

후일 중종 12년(1517년)에 대광보국숭록대부(大匡輔國崇祿大夫) 겸 우의정에 증직되었고, 선조 8년(1575년)에 문헌공으로 시호를 받기에 이른다. 한

정여창 고택의 사랑채와 사랑채에 걸린 忠孝節義

가지 더욱 안타까운 것은 일두의 저서는 무오사화 때 모두 소각되어, 현재는 후손들이 편찬한 《문헌공실기(文獻公實記)》에 몇 편의 글과 시문이 전해져 온다는 것이다. 한 나라 군주의 잘못된 통치가 이처럼 엄청난 지식을 잃어버리는 결과를 가져온다는 것은 작금의 나라 사정과 너무나 닮아 있어 두고두고 새겨 둘 일이다.

현대 지조의 대명사로 일컬어지고 있는 지훈(芝薰) 조동탁(趙東卓 : 1920~1968) 역시 한양 조씨 정암(靜庵) 조광조(趙光祖)의 후손이다. 일제 강점기 대부분의 문인들이 친일의 길을 걸을 때, 그가 조금의 흔들림 없이 지조를 지킨 것은 경북 영양군 일월면 호은종택의 정기가 아직도 살아 있음을 말해 주고 있다. 또한 회재(晦齋) 이언적(李彦迪) 선생은 어떠한가. 안강 세심마을의 독락당(獨樂堂)과 양동마을은 안온하면서도 지조 있는 사람들을 배출할 충분한 입지조건을 갖추었다고 하는 데 딴죽을 걸 사람은 없을 것이다.

사랑채에 붙은 간이 소변통

지금 북한 사학계의 '신라 삼국통일 부정설'을 남한의 사학계도 일부 동조하고 있다는 얘기를 들을 때마다 반문하고 싶다. 그러면 누가 삼국을 통일하였단 말인가. 물론 고구려사와 발해사의 복원도 중요한 우리의 몫인 것은 사실이다. 그렇다고 해서 기존의 모든 역사를 부정하면서 새판을 짤 필요가 어디에 당위성이 있단 말인가. 애통할 따름이다.

함양은 지금 오랜 세월동안 닫혀져 있던 빗장을 풀기 시작하였다. 교통의 사통팔달로 인하여 수많은 관광객이 찾아오리란 기대가 함양의 하늘을 수놓고 있다. 지조와 기개가 닮았고, 함께 향유할 역사적 인물들을 공유하고 있는 함양과 경주가 앞으로 지자체 간 활발한 교류를 맺기를 기대하는 것이 나그네의 욕심일까.

삼국을 통일한 화랑들의 정신이 고려, 조선조까지 이어져, 조선 후기 실학의 거두 연암(燕巖) 박지원(朴趾源 : 1737~1805) 역시 이곳 안의(안음) 현감으로 있을 때 물레방아를 처음 만들었다고 한다. 농사에 관심이 많았던 연암은《과농소초(課農小抄)》를 지어 '농자천하지대본(農者天下之大本)' 을 실천했고, 많은 한문단편을 지어서 양반사회의 무능함을 통쾌하게 질타하고 있다. 안의 현감시절 지은 단편 중《열녀함양박씨전(烈女咸陽朴氏傳)》은 열녀 만들기에 열중하는 조선조 양반사회의 부도덕함을 만천하에 고발하고 있다.

함양을 기행하면서 부정을 하든 말든, 화랑정신은 아직도 살아 있다고 자신 있게 말하고 싶다. 그날 울려 퍼졌을 화랑들의 함성이 탐방자의 귓전을 아직도 맴돌고 있기 때문이다.

화랑도 정신은 오랜 핍박을 받았지만, 이곳 함양에서 고운의 체취가 정여창과 논개의 충절을 낳았고, 연암의 실학정신으로 승화되어, 오늘도 우리네 가슴 저 밑바닥을 채워주는 생명수가 되고 있다.

안채 전경

안채에 있는 굴뚝과 절구통

12

화랑과 원화의 원류 박제상 부자

연일 찔끔찔끔 내리는 비가 봄을 부르고 있다. 시냇가 버들가지에는 버들강아지가 뽀얀 입술을 살포시 내밀고 어리둥절 계절을 엿보고, 이젠 얼음이 녹아 비단 같은 맑은 물은 제법 봄꽃을 흥분시키고 있는 듯하다.

산수유 핀 골짜기는 백매화가 만발하고, 홍매화마저 참았던 기지개를 켜면 '나리 나리 개나리♬' 놀라서 숨 멈추고, 목련꽃 향연은 벚꽃과 함께 다가서면서 기다리고 있다. 아무리 봄을 시샘하는 한기를 보내어도 계절은 꿈쩍없이 그 길을 간다. 오늘은 계절이 화랑답다.

신라뿐만 아니라 우리 역사에서 만고의 충신으로 추앙을 받는 박제상(朴堤上: 363~419)은 신라 시조 박혁거세의 후손으로 파사이사금의 5대손이며, 조부는 아도(阿道) 갈문왕이요, 아버지는 물품(勿品) 파진찬이라고 《삼국사기》는 전(傳)을 세워 전한다. 또한 영해 박씨의 실질적 시조라고 하며, 이 문중에서 간직해온 《부도지(符都誌)》는 박제상이 지은 그의 사상서라고 해도 무방할 듯싶다. 물론 우리나라의 식자들은 새로운 책이 나타나면 일단 위서라고 지목하고 쳐다보지도 않지만 말이다.

실성왕 원년[402년 : 《삼국유사》에는 내물왕 36년(390)으로 기록되어 있다]에 왜와의 강화정책으로 내물왕의 셋째 아들 미사흔[未斯欣 : 《삼국유사》에는 미해(美海)]을 볼모로 보내고, 뒤이어 고구려와의 강화로 동왕 11년[412 : 《삼국유사》에는 눌지왕 3년(419)의 일로 기록되어 있다]에 내물왕의 둘째 아들 복호[卜好 : 《삼국유사》에는 보해(寶海)]를 볼모로 보내게 된다. 삽량주(지금의 경남 양산) 간(干)으로 있던 박제상은 왕위에 오른 눌지왕(내물왕의 첫째 아들)의 왕명을 받고 먼저 고구려로 가서 복호를 구하고 돌아왔으나, 눌지왕은 바로 밑의 동생 미사흔을 그리워하며 눈물을 흘린다. 이에 제상은 집에 들어가지도 않고, 바로 율포(栗浦 : 지금의 경북 양남 해안)에서 배를 타고 왜국으로 떠나버린다. 이 소식을 들은 제상의 부인은 통곡을 하며, 망덕사 앞 장사(長沙)에 양 다리를 펴뜨리고 일어서지 않았다고 한다. 그래서 후일 사람들이 이곳을 벌지지(伐知旨)라 불렀다고 한다.

이에 눌지왕은 제상의 부인을 국대부인(國大夫人)으로 삼고, 그 딸을 미사흔(미해)의 부인으로 삼았다고 한다. 제상이 왜국에서 미사흔을 탈출시키고 붙잡히자, 왜왕은 자신의 신하로 삼고자 하나, 제상은 "차라리 계림의 개, 돼지가 될망정 왜국의 신하는 될 수 없으며, 차라리 계림의 매를 맞을지언정 왜국의 벼슬과 녹은 받을 수 없다."라며 일언지하에 거절을 한다. 왜왕은 노하여 제상의 발바닥 가죽을 벗기게 하고 갈대를 예리하게 베고는 그 위를 달리게 하는 형벌을 가한다. 이 일을 《삼국유사》의 저자 일연 스님은 "지금도 갈대 위에 피 흔적이 있는 것을 세상에서는 '제상의 피'라고 한다."라고 적고 있다. 아마도 원나라의 간섭기를 살다간 일연은 우회적으로 이민족에 대한 적개심을 나타내면서, 아울러 백성들에게 충성심을 고취시키는 이중적인 의미로 박제상의 충절을 얘기하며, 그 아내와 세 딸들 모두 망부석이 되었다는 것으로 절개를 지키는 하나의 표상으로 삼으려 한 것이 아닌가 한다.

경남 양산시 상북면 소토리 효충마을에 있는 효충사(孝忠祀)를 찾아

양산시 상북면 소토리에 있는 효충사 전경

길을 나섰다. 예상은 하였지만 찾아가기가 여간 어렵지 않다. 제대로 된 이정표도 없을 뿐더러 주민들에게 길을 물어도 고개만 가로 저을 뿐 말이 없다. 자신의 뿌리에 대한 무관심은 곧 애향심도 심각하게 무너진다는 평범한 진리를 또 한 번 느끼게 된다. 그러나 이곳을 양산시에서는 대대적으로 성역화한다는 것을 언론에 발표한 바 있다. 참 안타까운 일이 아닐 수 없다. 대대적으로 성역화를 하지 않으면, 찾아가는 이정표도 만들지 않아야 하는지 참으로 알 수 없는 노릇이다. 지방자치체의 '내 고장 알리기'의 수준을 보는 것같아 입맛이 씁쓸하다.

효충사 내부의 무너진 바닥

　　여러 차례 길머리를 다시 잡아 겨우 효충사에 들렀다. 조그만 건물 하나에 비석 하나가 자리를 지키고 있었다. 건물 안을 쳐다보니 더욱 기가 막혀 말문이 닫힌다. 얼마나 방치를 했는지 영정을 모신 탁자는

먼지투성이의 효충사 영정 탁자

먼지투성이고, 바닥은 무너져 잘못하다간 안전사고라도 일어날만 하였다. 영정 두 개가 모셔져 있지만 어느 것이 박제상의 것이고, 어느 것이 방아타령으로 유명한 그 아들 백결선생 것인지 표지가 없다. 꼭 금싸라기 예산을 축내어야만 간단한 청소라도 할 수 있는지 관계자에게 진정으로 묻고 싶다. 제발 이제라도 대대적 성역화는 그때 가서 하고, 지금 있는 유적이라도

효충사 내에 있는 박제상과 백결선생 영정

깨끗하게 유지하여 찾아오는 탐방객을 맞이해야 되지 않을까.

제각(祭閣) 마당엔 단출한 비가 하나 덩그렇게 서 있다. 한문학에 조예가 없는 사람도 능히 발견할 수 있는 반가운 글귀가 눈에 들어온다. 화랑도의 세속오계였다. 왜 박제상과 그 아들 백결선생을 모신 제각의 비에 화랑의 세속오계가 들어 있을까. 백결선생의 자취를 찾아보면 해답이 보일 성도 싶다.

비가 봄비가 아닌 꽃밭의 향연을 시샘이라도 할 듯이 목련 봉오리를 사정없이 할퀸다. 가만히 벌어진 목련꽃잎에 가득 찬 빗방울이 바람에 흔들려, 그만 꽃잎을 땅으로 직행하게 한다. 빗물이 질펀한 흙탕길에 놓인 하얀 목련꽃잎이 하나씩 하나씩 그래도 고고한 기품을 마지막까지 내려놓지를 않는다. 한 걸음 한 걸음 피해서 내디뎌 보지만, 안타까움이 눈가를 물들게 한다. 잠깐의 화려함을 위해 동지섣달 인고의 세월을 참고, 잎도 피기 전 꽃잎부터 피어나니 이 얼마나 아름다운 일인가. 그 옛날 화랑 원화의 아름다움이 이와 같았으리라.

만고의 충신 박제상에 대해 조선조 현군의 대명사, 세종대왕은 "신라 천 년에 으뜸가는 충신이다."라고 하였고, 조선 후기 문예 부흥을 주도한 명군 정조대왕은 "그 도덕은 천추(千秋)에 높고 정충(貞忠)은 만세(萬世)에 걸친다."라며 극찬을 아끼지 않았었다. 물론 배신과 사기가 온 세상을 뒤덮은 것 같은 혼란을 살아가는 현금의 사람들도 역시 만고의 충신으로 숭앙을 하지만 말이다.

충신 박제상과 백결선생이 부자지간이란 것은 《삼국사기》, 《삼국유사》, 《화랑세기》

효충사 비에 화랑의 세속오계가 올곧게 새겨져 있다.

그 어디에도 없다. 《삼국사기》〈열전〉〈박제상전(朴堤上傳)〉에는 제상의 가계가 자세히 기록되어 있다. 그리고 그의 둘째 딸을 미사흔에게 시집보낸 내용이 말미에 적혀 있다. 《삼국유사》에는 박제상이 김제상으로 기록되어 있고, 그의 가계에 대한 내용이 없다. 다만 보해(복호)와 미해(미사흔)를 구출한 공으로 제상의 부인을 국대부인으로 삼고, 그의 딸을 미해공의 부인으로 삼게 하였다는 기록과 '얼마 뒤에 부인이 못 견딜 만큼 그 남편을 사모하여 딸 셋을 데리고 치술령에 올라가 왜국을 바라다보고 통곡을 하다가 죽었다. 이래서 치술신모가 되었으니 지금도(일연 스님 당시) 이곳에는 당집이 있다' 라고 전한다.

《화랑세기》에는 황아(皇我)는 눌지왕의 딸이고, 그 어머니는 치술공주인데, 실성왕의 딸이다. 제상공에게 시집을 가서 삼아(三我)를 낳았다고 기록되어 있다.

위 세 가지 서책에는 박제상에게 아들이 있었다는 기록은 없다. 모두 공통적으로 딸이 있었다는 말을 전하고 있을 뿐이다.

그렇다면 박제상과 백결선생이 부자지간이란 것은 어떻게 된 것일까? 그것은 《부도지(符都誌)》란 책이 발견되고 난 뒤부터였다고 한다. 《부도지》는 영해 박씨 문중에 그동안 비전되어 오던 것을 6.25 전란 때, 당시 동아일보 기자였던 박금(朴錦) 씨가 연구하던 기억을 더듬어 편찬한 책이라고 한다. 아직까지 학계에서는 사료적 가치에 대해서 의문을 표시하고 있는 책이기도 하다. 이 책을 보면 내물왕이 죽었을 때 세 아들(눌지, 복호, 미사흔)

이 어렸기 때문에 화백회의에서 실성이 보위에 오르게 된다. 그러자 첫째인 눌지는 거짓으로 미친 척 행동하여 살아남았지만, 둘째 복호와 셋째 미사흔은 실성왕에게는 눈에 가시거리였다. 그래서 실성은 복호와 미사흔을 강화정책의 일환으로 고구려와 왜에 인질로 보내버린다.

이런 실성의 왕권강화정책에 제상은 분연히 일어나 "이는 화백회의 정신에 어긋난다."는 여론을 일으켜, 신자천(申自天), 배중량(裵仲良) 등 육신을 총사퇴하게 만들고, 뒤이어 실성이 눌지에게 왕권을 평화 이양하게 만들었다고 한다.

기존 사서의 기록은 내물왕에 의해 고구려에 인질로 가게 되었던 실성이 왕위에 오르자, 내물의 아들인 복호와 미사흔을 인질로 보내어 자신이 당한 원한을 갚으려고 한 것으로 보인다. 그 후 고구려가 국제질서 논리에 의해 실성을 죽이고, 눌지를 왕위에 올려놓았다고 하는 것이 타당하다고 할 수 있다.

《부도지》의 발견으로 박제상과 백결선생은 부자지간임이 알려지게 되었다. 그리고 박제상이 영해 박씨 시조이며, 호는 관설당(觀雪堂)이라고 한다. 또 그 아들 백결선생은 자비왕대(慈悲王代)에 이벌찬 벼슬을 지낸 문량(文良)이라고 한다. 한 집안에 내려오는 비서(秘書)가 어느 정도 역사적 사실을 기록하였는지는 알 길이 없지만, 그래도 그냥 아니라고 하기에는 아쉬움이 남는 것이 사실이다.

백결선생은 방아타령으로 유명한 현금(玄琴)의 명장이었다. 《삼국사

치산서원 정문(홍살문)과 서원 내의 관설당

기》〈열전〉에는 가난한 백결선생이 명절이 다가와도 음식을 준비하지 못하고 상심하는 아내를 위해 〈방아타령(대악)〉을 지어 위로하였다고 한다. 또한 백결은 화랑과 원화들의 '현실(玄室) 교육'의 틀을 확립한 대종사(大宗師)였다고 한다. 현실이란 피라미드 속을 한자로 나타낸 것이라고 하는데, 이 현실 안에서 화랑과 원화들에게 밀실 환경을 만들어 놓고, 방아타령을 현금으로 연주하여, 그들에게 높은 정신적 수양을 하게 하였다고 한다.

　　지금 울주군 두동면 만화리에 가면 박제상과 그의 부인 치술신모를 위해 사당을 세웠던 터에 조선시대에 와서 서원을 세웠는데 이곳이 치산서원이다. 양산시 상북면 소토리 효충마을에 효충사가 있고, 외동면에 치술령과 망부석, 은을암 등 충신 박제상과 관련된 유적이 곳곳에 있다. 박제상

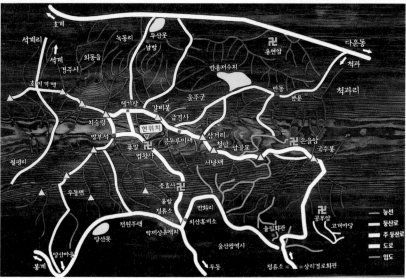

은을암 가는 길 입구

망부석 오르는 길 입구

과 백결선생이 부자지간이든 아니든, 두 분의 높은 충절과 청소년 교육을
위해 몸바쳤던 올바른 의식에 경의를 표하고 싶다.

13

....

죽어서도 나라 지킨 장춘랑과 파랑

함박눈이 온 세상을 분탕질해놓았다. 이리저리 맨발로 입가에 하얀 입김을 뿜으며 뛰어다니는 바둑이 녀석, 온전히 제 세상이다. 경복궁 넓은 대지에 나란히 걸어간 한 쌍의 발자국이 너무나 다정스러워 보인다. 2천 년 전 서라벌이 한반도 중간 허리를 흐르는 한강가로 이동해 와서 이젠 그 이름까지도 서울로 하여, 떡하니 차지하고 있다. 올림픽으로 전 지구상에 소개되더니, 월드컵으로 또 한 번 세계인들에게 각인되어 오늘도 유유히 한강물을 따라 아리랑을 부르고 있다.

이처럼 한강은 새로운 기적을 매일 반복하면서 발전에 발전을 거듭해 가고 있다. 한강이 처음 역사에 나타난 것은 기원전 18년이다.

《삼국사기》〈백제본기(百濟本紀)〉〈온조왕조(溫祚王條)〉에 백제가 현재의 서울을 도읍으로 삼게 된 내력을 다음과 같이 기록하고 있다.

주몽이 북부여에서 낳았던 아들이 와서 태자가 되자, 비류(沸流)와 온조(溫祚)는 자신이 태자에게 용납되지 못할까 두려워하여 마침내 오간(烏干)·마려(馬黎) 등 열 명의 신하와 함께 남행하였는데, 따라오는 백성이 많았다. 드디어 (北) 한산(漢山)에 이르러 부아악(負兒嶽 : 三角山)에 올라 가히 살 만한 곳을 바라보았다.

(중략) (이에) 온조는 하남위례성에 도읍을 정하고 열 신하로 보익(輔翼)을 삼아 국호를 십제(十濟)라 하니, 이때가 전한 성제(成帝)의 홍가(鴻嘉) 3년(기원전 18년)이었다. (중략)후에 국호를 백제(百濟)라고 고쳤다.

이후 서울은 493년간 백제의 수도로서 존립했던 것이다. 백제가 678년의 긴 역사를 이루어 왔으니, 서울은 백제의 전체 역사에서 웅진과 부여에 도읍했던 185년을 제외하고는 줄곧 서울에 도성을 두었던 것이 된다. 이렇게 긴 역사 동안 서울이 수도였는데도 불구하고, 몇 해 전 서울에선 '정도 600년' 기념행사를 하였으니, 가까운 조선의 역사만 역사로 보는 근시안적 위정자의 모습이 안타까움을 넘어 애처로워 견딜 수가 없다. 그동안 서울은 하남위례성, 한산성, 한산주, 북한산성 등으로 빈번히 역사에 등장했음에도 정도 행사 때 간과해버렸으니, 7백 년을 잃어버린 엉터리 축제였음이 만천하에 드러났다고 할 수 있다.

《삼국유사》는 일연 스님이 잊혀져가던 천 년 신라의 흔적을 골골 발로 다니면서 하나하나 기록한 우리 민족 최고의 발자취 기록이다. 그러나

경상남북도를 제외하면 강원도, 충청도 일부만으로 한정되어 있어서 항상 아쉬움을 남겼다고 하겠다. 그러나 다행스럽게도 현금(現今)의 수도 서울특별시 종로구 세검정초등학교에 미흡하지만, 임전무퇴 신라 화랑의 화신 장춘랑(長春郞)과 파랑(罷郞)을 기린 장의사(莊義寺) 터가 있다. 이곳에는 장의사의 당간지주가 화랑상(花郞像)인 듯 늠름하게 서 있고, 기타 절집 초석이 몇 점 남아 있다.

때는 삼국통일의 군주 신라 29대 태종무열왕 시절이었다. 《삼국유사》와《삼국사기》에는 장의사의 창건 과정을 사뭇 다르게 전하고 있다. 먼저《삼국유사》〈기이〉〈장춘랑(長春郞)·파랑조(罷郞條)〉의 기록을 보면,

처음에 백제 군사와 황산에서 싸울 때 장춘랑(長春郞)과 파랑(罷郞)이 진중에서 죽었다. 그 후 백제를 칠 때 그들이 태종(太宗)의 꿈에 나타나서 말했다. "우리는 예전에 나라를 위해서 목숨을 바쳤는데, 백골이 되어서도 나라를 끝까지 지키고자 부지런히 종군하였습니다. 원컨대 왕께서는 우리에게 얼마간 군사를 주십시오." 태종은 놀랍고 괴이하게 여겨 두 혼을 위하여 하루 동안 모산정(牟山亭)에서 불경을 설(設)하고 또 한산주에 장의사를 세워 그들의 명복을 빌었다.

다음은《삼국사기》〈신라본기〉〈태종무열왕 6년 조(條)〉에 기록된 장의사 창건 내력을 보면,

10월에 왕이 조정에 좌어(坐御)하였을 때 당에 청병(請兵)한 회보가 없으므로 근심하는 빛이 외양에 나타나자, 홀연히 왕 앞에 선신 장춘과 파랑 같은 이가 나타나 말하기를, "신이 비록 백골이나 오히려 보국할 생각이 있어 어제 당에 갔더니 황제가 대장군 소정방 등에게 명하여 군사를 거느리고 내년 5월에 백제를 치기로 한 것을 알았습니다. 대왕께서 하도 골똘히 바라보고 생각하시므로 여기서 알려드리는 것입니다."하고 말이 그치자 없어져 버렸다. 왕이

크게 놀라고 이상히 여겨 장춘·파랑 양가의 자손을 후히 상주고 관리에게

명하여 한산주의 장의사를 개창하여 그들의 명복을 빌게 하였다.

같은 이야기를 김부식과 일연 스님은 이와 같이 다르게 적고 있다.

아마도 사대주의 사관으로 비판받고 있는 김부식은 중국의 신라 원군 사실

을 도드라지게 기록하여 중국에 대한 보은의 냄새를 풍겼다고 할 수 있으

며, 몽골의 침략으로 구겨진 자존심을 회복하려는 일연 스님은 백제와의

마지막 전쟁을 신라 스스로 수행하였음을 강조하였다고 하겠다.

경우야 어떻든 장춘랑과 파랑이라는 두 화랑의 나라 사랑은 태종무

열왕을 감동시켜 659년 장의사를 창건하여 그들을 추모하려 했다고 할 수

있다. 그러니까 장의사는 추복사찰(追福寺刹)인 셈이다.

이후 장의사는 고려시대에는 16대 예종·17대 인종·18대 의종 등

이 남경(南京:지금의 서울)에 행차할 때 머물던 절이기도 하였고, 원종대사(元

宗大師) 찬유(璨幽 : 869~958), 법인국사(法印國師) 탄문(坦文 : 900~975), 자정국존(慈

淨國尊) 미수(彌授 : 1240~1327) 등의 고승(高僧)들도 장의사에 유숙하였음이 고

려시대 금석문에 전하고 있다. 아마도 일연 스님 역시 이 절에 들러 전해 오

던 사찰 연기설화를 기록하지 않았을까 한다.

조선시대에 들어 와서도 장의사는 사찰의 영광을 그대로 이어나간

것으로 보인다. 태조 이성계(李成桂 : 재위 1392~1398)의 정비인 한씨의 기신제

(忌晨祭)를 이곳에서 지낼 정도로 번성하던 사찰이었다. 4대 임금 세종(世宗 :

서울 세검정초등학교 전경

재위 1418~1450)은 이 절에 여러 신하를 기거하게 하여 글을 읽도록 하였고, 9대 성종(成宗 : 재위 1469~1494) 역시 젊은 문관에게 여가를 주어 수학케 하기도 하였다. 그러나 10대 연산군(燕山君 : 재위 1494~1506) 시대에 오면 사찰은 종말을 고하게 된다. 처음 왕위에 올라서는 장의사를 보수하기도 하였던 폭군 연산군은 1506년(연산군 12년) 2월에 절을 헐고 그 자리에 화계(花階)를 설치하여 꽃밭으로 만들고 말았다.

기생의 주색장으로 만든 원각사(圓覺寺)나, 마구간으로 변한 흥천사(興天寺)에 비하면 그나마 다행이라는 생각이 든다. 한 나라의 제왕이 올바르지 못하면 그 결과가 여기까지 이르게 된다는 것에서 보듯, 역사에서 교훈을 얻어야 함을 다시 한 번 일깨워 준다고 하겠다.

장춘랑과 파랑이 백골인 상황에서도 변함없는 우국충정을 보인 화랑들을 추모하는 사찰이란 것을 아는지, 그 후로도 장의사 터에 1712년(조선 19대 숙종 38년) 군사훈련소인 연무대(鍊武臺)가 설치되었고, 1747년(조선 21대 영조 23년)에는 총융청(摠戎廳)이 들어섰다. 1866년 이후에는 신식 군대인 별기군의 훈련장으로 사용되기도 하였다. 해방 후 1948년 지금의 세검정초등학교가 세워졌다고 한다.

장의사 당간지주(현 서울 종로구 신영동 세검정초등학교에 있다)

삼국통일의 원동력인 화랑들을 추모하여 세운 사찰이 지금은 21세기 화랑들을 담금질하는 초등학교가 되어 있으니, 세월이 흘렀어도 그 땅의 지기(地氣)는 그대로 두 눈 시퍼렇게 살아 있다고 하겠다.

사실을 아무리 부정해도 나라의 정기는 도도히 흐르는 두만강, 압록강처럼 오늘도 1만 년의 우리 역사를 온전히 품고 유유히 흐르고 있다. 지금이라도 민족정기를 바로 세워 자라나는 후세들에게 올바른 정체성을 갖게 해 주어야 한다. 민족 정체성 세우기에 항상 맨 윗자리를 차지하는 것은 화랑이라는 데 이젠 더 이상 이의가 있을 수 없다고 하겠다.

14

황산벌에 수놓은 화랑 관창의 용맹

향가와 화랑들의 발자취를 찾아다닌 지도 벌써 일 년이 가까워져 온다. 새싹이 움트는 이른 봄 처음 향가의 향내 맡기를 시작하였을 땐 호드기 소리에 종달새가 지지배배 하던 때였다.

까까중 떠꺼머리 아이들의 물장구 소리가 신작로를 가로질러 양반집 규방에까지 다다르면 별당아씨 속내만 핑크빛으로 묻어나던 여름에도 굵은 땀방울을 동무 삼아 이 고을 저 고을을 다녔었다.

들판이 황금빛으로 익어가던 어느 가을날, 노란 단풍 이파리 하나가 연서(戀書)를 재촉하였을 때도 묵묵히 발걸음을 내디뎠었다.

지금 하이얀 솜털 같은 눈꽃송이 한 아름 품어다가, 그날 황산벌에서 서라벌 청년의 표상을 남긴 화랑 관창에게 따뜻하게 바치고 싶다.

때는 신라 29대 태종무열왕 7년(660)이었다. 나당연합군이 백제의 심장부를 향하여 거침없는 행보를 계속하여 백제로서는 풍전등화(風前燈火) 같은 신세였다. 백제 31대 의자왕(義慈王 : 재위 641~660)은 서동요의 주인공 30대 무왕(武王)의 원자로 태어나 무왕 33년에야 비로소 태자에 봉해졌다. 모후인 선화공주와의 불화가 원인이라고 보는 시각도 존재하지만 이것 때문이었는지는 몰라도 의자왕은 등극한 후 초기에는 사적으로 큰 이모인 신라 27대 선덕여왕과 여러 차례 전쟁을 하였다. 미후성 등 40여 개 성을 빼앗기도 하였고, 특히 후에 태종무열왕이 되는 김춘추의 사위 품석(品石)과 딸 고타소(古阤炤)를 대야성 전투에서 죽이게 된다. 그러나 이후 의자왕은 성충(成忠) 등 충신들의 충언을 귓등으로 듣고, 또한 자신의 자녀 41명을 좌평에 임명하는 등 국정을 어지럽게 하였다. 물론 연씨(燕氏), 국씨(國氏) 등 백제 8대 대성(大姓)들 집안의 왕권 견제에 이골이 나서 왕권강화 차원에서 왕자들을 무더기로 좌평에 임명하였다고 보는 연구가 있긴 하지만 지나친 것만은 사실이라고 하겠다. 결국 사비성을 향해 노도(怒濤)와 같이 쳐들어오는 나당연합군을 의자왕은 온갖 방법으로 회유를 해보지만 역부족이었다.

난세에 영웅이 난다고 했던가. 백제에는 달솔 계백(階伯)이 있었다. 《삼국사기》〈열전〉을 보면 백제 의자왕 20년(660)에 소정방(蘇定方)이 이끄는 당나라 군대는 바다를 건너 신라와 더불어 백제를 치려고 하였다. 이때 계백은 5천 결사병을 뽑아 대항하면서 말하였다.

"한 나라 사람이 당나라와 신라의 대군을 당해내야 하니 국가의 존망을 알 수 없다. 내 처와 자식들이 포로로 잡혀 노비가 될지 모르는데, 살아서 욕을 보는 것보다는 차라리 쾌히 죽는 것이 낫다." 하고는 가족을 모두 죽였다. 이윽고 황산벌에 이르러 새 진영을 설치하고 신라의 군사를 맞아 싸울 때 뭇 사람에게 맹세하였다.

"옛날 구천(句踐)은 5천 명으로 오나라 70만 군사를 격파하였다. 오늘은 마땅히 각자 용기를 다하여 싸워 이겨 국은에 보답하자." 하면서 힘을 다하여 싸우니 한 사람이 천 사람을 당해내었다. 그래서 계백의 5천 결사대는 김유신이 이끄는 5만의 군사를 맞아 네 차례나 그들을 격파하였다.

사력을 다해 막는 백제 결사대의 용맹함에 서서히 신라군도 사기를 잃어가고 있었다. 이에 신라진영에서는 온갖 묘안을 다 내어보지만 마땅한 방법이 없어 골머리를 앓고 있었다. 그때였다. 신라장군 품일(品日)의 16세 어린 아들 관창(官昌 : 645~660)이 홀로 적진으로 돌진하였다. 일찍이 화랑이 되어 무예와 정신무장까지도 갖춘 화랑 중의 화랑 관창이었다. 진흥왕대의 화랑 사다함이 15세의 어린나이에 대가야를 일거에 평정한 적이 있었지만, 단신으로 적진으로 돌격하여 적의 간담을 서늘하게 한 것은 화랑 관창이 유일하다 할 수 있다. 이때의 일을 기록한 《삼국사기》〈열전〉〈관창전〉의 내용은 다음과 같다.

660년(태종무열왕 7년) 백제 땅 황산벌(현 충남 논산)에서 나당연합군과 계백이 이끄는 백제의 5천 결사대의 대치상태는 계속되고 있었다. 관창의 아버지 품일은 아들에게 "너는 비록 어린 나이지만 뜻과 기개가 있으니 오늘이 바로 공명을 세워 부귀를 취할 수 있는 때이니 어찌 용기가 없을 손가?" 하였다. 관창은 곧바로 "예." 하고는 말에 올라 창을 빗겨들고 적진에

충남 논산의 황산벌(현 계백장군묘역 뒤편 전망대에서 바라본 모습)

진격하여 용감히 싸웠으나 수적 열세로 포로가 되고 말았다. 이윽고 백제의 원수(元帥) 계백 앞으로 끌려갔다. 계백은 관창의 투구를 벗겨 보고는 깜짝 놀랐다. 왜냐하면 관창이 나이가 어린데도 용기가 있음을 알았기 때문이었다. 놀란 계백은 차마 관창을 죽이지 못하고 탄식하기를 "신라에는 뛰어난 병사가 많다. 소년이 오히려 이러하거늘 하물며 장년 병사들이야!" 하고는 살려 보냈다.

　　관창이 돌아와서 말하기를 "아까 내가 적지 가운데에 들어가서 장수의 목을 베지 못하고, 그 깃발을 꺾지 못한 것이 깊이 한스러운 바이다. 다시 들어가면 반드시 성공할 수 있다." 하고는 손으로 우물물을 움켜 마시고

충남 논산에 있는 계백장군 묘소[논산시청 제공]

는 다시 적진에 돌진하여 민첩하게 싸우니 하는 수 없이 계백은 관창을 잡아서 머리를 베어 말안장에 매어 보냈다.

이에 관창의 아버지 품일은 그 머리를 손으로 붙들고 소매로 피를 닦으며 말하기를 "우리 아이의 얼굴과 눈이 살아 있는 것 같다. 능히 왕실의 일에 죽었으니 후회가 없다." 하였다. 전군이 이를 보고 용기를 내어 뜻을 세워 북을 요란하게 쳐 진격하니 백제가 크게 패했다고 김부식은 화랑관창의 열전에 상세히 전하고 있다. 사실 관창의 용기는 화랑세속오계 중임전무퇴에 해당한다고 할 수 있다. 이와 같이 서라벌 젊은 화랑들은 통일전쟁을 수행하는 동안 전군의 사표(師表)로 존재하였다는 것을 알 수 있다고

관창과 관련된 설화가 남아있는 충북 영동에 있는 중갱이골

하겠다. 어린 나이에 단신으로 적진에 돌격할 수 있는 용기가 어디에서 나왔을까? 현금을 사는 우리들이 한 번쯤 곱씹어 보아야 할 부분인 것 같다.

충북 영동군 영동읍 부용리에 가면 관창과 관련된 설화가 아직도 생생히 그날을 말해주고 있다. 관창은 아버지 품일을 따라 백제 정벌을 위해 진군할 때 이곳 부용리를 지나갔다고 한다. 당시 신라군이 출정하면서 부용산 골짜기 '중갱이골'에서 야영을 하였고, 아들 관창을 잃은 품일 장군이 개선하며 돌아올 때 역시 이곳을 지나면서 아들 관창의 명복을 비는 심정에서 '중갱이골'에 절을 짓고 아버지 품일과 아들 관창의 이름을 따서 품관

현 금성사(옛 품관사 자리) 전경

사라 하였다고 한다.

지금 품관사가 있던 자리에는 금성사란 낯선 이름의 사찰이 있다. 금성사는 해방 후에 새롭게 개축되었다고 한다.

서라벌을 떠나 황산벌까지의 진군은 당시로서는 쉽지 않았을 것이다. 오랜 행군으로 지친 병사들의 사기를 돋우고, 전쟁에서 승리를 이룩하는 데는 화랑들의 올곧은 정신이 아니었다면 어려웠을 것이다. 현재를 살아가는 우리들에게도 화랑정신이야말로 가장 본받아야 할 무형의 훌륭한 유산이라는 것을 깊이 새겨야 할 때가 아닌가 한다.

昔燕夫人村仙徒多高美人語曰團花其風東漸我國

于焉源花尺各太后展之買花郎所使國人奉之先是法興

愛魏花郎名曰花郎之名始此古者仙徒只以奉神爲主

列行之後仙徒以道義相勉於是花郎之史不可不知

卒由是而生花郎之史不可不知

花郎者列臣公子也母曰碧我配夙王寮腹

公世所謂摩腹七足此阿時公父曰權改

伊欣角曰俊明伊鷩公父曰叔成

壽若床公父曰阿

부록-향가에 대한 담론

향가는 누구의 노래인가?

매화향이 남풍에 실리어 오솔길을 따라 잰걸음으로 북진하더니만 그만 시샘 한파에 주춤거린다. 철보다 일찍 꽃망울을 터트린 목련 꽃잎이 제대로 피지도 못해보고 찬바람에 얼어버렸다. 인간뿐만 아니라 자연까지도 계절을 모르고 허둥대는 것을 보면 무언가 대책이 필요할 성 싶다.

그 어느 날 '능감동천지귀신(能感動天地鬼神)'으로 유명한 향가가 서라벌에 퍼졌던 적이 있었다. 그땐 어려운 일이 닥치면 앞다투어 향가를 지어 불렀다. 그러면 언제 그랬냐는 듯 인간과 자연 모두 원래의 제 모습으로 돌아왔다고 한다. 지금 바로 향가가 필요한 때가 아닌가 한다. 사실 우리 모두는 향가가 무엇인지, 누가 불렀는지, 왜 서라벌 선인들이 그토록 애타게 향가를 찾았는지 모른다. 아니 알려고 하지도 않는다. 이 부분이 늘 가슴을 아프게 한다.

몇 해 전 부산의 모 신문에 '한국 하이쿠(俳句) 연구원'에 관한 기사가 실렸다. 자세히 보는 순간 묘한 기분이 들었다. 왜냐하면 그 연구원이 천 년 신라의 고도 경주의 심장부에 문을 열었다는 것 때문이다. 다른 나라 시가를 연구하는 연구원이 생기는 것은 문화적으로 매우 고무적인 일이다. 그러나 천 년 신라의 노래 향가의 역사를 오롯이 품고 있는 고도(古都) 서라벌에 향가와 관련된 연구원이나 연구소

철모르고 일찍 개화한 목련이 그만 추위에 얼어버렸다.

는 없고, 일본에서 17세기에 완성된 시가인 하이쿠 연구원이 생겼다고 하니, 솔직히 반가움보다는 아쉬움이 가슴을 저민다. 또한 우리의 무관심이 고도(高度)의 상징성을 가진 훌륭한 우리의 시가문학이자 정신문화인 '향가'를 너무 홀대하고 있는 것은 아닌지 한 번쯤 되돌아보아야 하지 않을까 한다.

경주를 기행하다 보면 커다란 의문 하나가 항상 길머리를 잡는다. 향가의 본향이라고 하면서 향가와 관련된 문학비라도 찾으려면 매우 어렵다. 하나가 있긴 하다. 김알지의 탄생지로 알려진 계림에 가면 향가비가 있다. 앞면엔 충담사의 〈찬기파랑가〉가 원문으로 새겨져 있고, 뒷면은 향가에 대한 설명이 제법 자세히 적혀 있다. 반갑긴 하지만 왜 이곳에 향가문학비가 세워져 있는지 어리둥절할 뿐이다. 충담사와 관련된 유적을 찾아 그

곳에 세워야 더 의미가 있는 것이 아닐까. 귀정문(歸正門)을 찾기가 어렵다면 삼화령으로 추정되는 금오산에라도 세우는 것이 올바른 것이 아닌가.

향가는 6~7세기에 전성기를 맞이하였다가, 통일신라 말기에는《삼대목》이라는 향가집이 발간되기에 이른다. 그 후 고려시대에 균여대사가 창작한 〈보현십원가〉 11수가 현재 남아 있고, 11세기 전반(1021년, 현종) 신하들이 지은 〈경찬사뇌가(經讚詞腦歌)〉 11수가 있었다는 기록이《현화사비음기(玄化寺碑陰記)》에 보인다. 이보다 100년 후인 12세기 전반(1121년) 예종이 지은 〈도이장가〉가《평산신씨고려태사장절공유사(平山申氏高麗太師壯節公遺事)》에 실려 지금 전하고 있다. 그 후 간간이 명맥은 유지하다가 시조 등 다른 장르의 발생으로 점차 소멸하였다고 할 수 있다. 혹자는 고려 의종 때 동래로 귀양간 정서(의종 5년, 1151년)가 지은 〈정과정곡〉을 쇠잔기향가(衰殘期鄉歌)라고 하기도 한다.

이처럼 향가는 오랜 기간 동안 우리 민족과 생사고락을 같이한 문학 갈래라고 하는데 이견이 있을 수 없다고 하겠다. 지금이라도 제대로 대접을 해주어야 한다. 그러기 위해서는 향가와 관련된 유적지를 발굴하여, 작은 팻말이라도 세워야 한다. 더 늦기 전에 말이다.

경주 황성공원에 가면 문학비가 여러 개 세워져 있다. 고려조 해좌칠현(海左七賢 : 임춘, 오세재, 이인로, 조통, 황보황, 이담지, 함순)의 한 명인 고창 오씨 오세재(吳世才 : 1133~?)의 문학비가 반갑게 나그네를 반긴다.

옮겨보면 다음과 같다.

경주 황성공원에 있는
목양 오세재 선생 문학비

창 바위	戟巖(극암)
북쪽 산마루 우뚝 솟은 저 바위를	北嶺巉巉石(북령참참석)
사람들은 모두 창 바위라 부른다네.	邦人號戟巖(방인호극암)
까마득 멀어 선학타고 오르려하나	迥椿乘鶴晋(형장승학진)
가파르게 높아 하늘 찌를 듯하구나.	高刺上天咸(고자상천함)
자루 꽂아 휘두르며 번갯불 번뜩이고	揉柄電爲火(유병전위화)
창끝 씻으면 서릿발같이 예리하다오.	洗鋒霜是鹽(세봉상시염)
어느 때 이를 병기로 만들어서	何當作兵器(하당작병기)
교활한 오랑캐를 남김없이 섬멸할까.	敗楚亦亡凡(패초역망범)

이밖에 《무녀도(巫女圖)》, 《등신불(等身佛)》로 우리에게 친숙한 동리(東

경주 황성공원에 있는 동리 김시종 선생 문학비와 목월 박영종 선생의 '얼룩송아지' 노래비

里) 김시종(金始鐘 : 1913~1995)의 문학비, 그리고 〈나그네〉의 시인 목월(木月) 박영종(朴泳鐘 : 1916~1978)의 〈얼룩송아지〉 문학비가 나란히 서 있다. 산책하다가 느끼는 문향에 발길을 모으고 있다. 이왕이면 이곳에 향가문학비가 있었으면 하고 바라는 것이 비단 탐방자뿐일까? 아쉬울 따름이다.

02

....

향가의 주담당층인 화랑에 대하여

'花郎之史不可不知也' (화랑지사불가부지야 : 화랑의 역사를 알지 않으면 안 된다.)

이젠 하늘을 쳐다보는 것이 매일의 습관이 된 지 오래다. 입추(立秋), 말복(末伏)이 지나고 낼모레가 처서(處暑)인데도 땀 절인 더위는 좀체 폭염을 거두지 않는다. 동장군이 나폴레옹의 소련침공을 막았다고 하지만, 하장군(夏將軍)은 정신까지도 혼미하게 하여, 과거의 만행을 잊고 야스쿠니로 향하는 이웃나라 수상의 포퓰리즘(populism)의 극치(極致)를 보면서, 왜 화랑이 이 시대에 다시 살아나야만 하는지를 다시 한 번 생각하게 한다.

화랑은 삼국통일의 영웅도, 또한 호색한도 아니었으며, 다만 현재를 살아가고 있는 우리들의 정신적 구심점임에는 틀림이 없다고 하겠다. 그러나 화랑에 대한 물음에는 그냥 신라시대의 사다함, 김유신, 관창 등 아주 한정된 지식밖에 동원할 수 없다는 현실을 뼈저리게 느낄 것이다. 이제는 정확한 화랑의 생성의미를 밝혀 더 이상 국가 정체성이 위협받는 일은 없어야 하며, 더불어 현재도 우리들의 뇌리에 존재하면서, 항상 올바른 길로 인도하는 화랑정신이야말로 새로운 희망의 출발점이라는 것을 잊지 말아야 하겠다.

신라 24대 진흥왕 37년 봄 처음 원화를 받들었다고 한다. 그러나 두 명의 원화, 남모와 준정이 질투와 시기로 인해 준정이 남모를 죽이게 되는 사태가 일어나고 만다. 이에 왕은 원화를 없애고, 아름답고 잘생긴 남자를 뽑아 곱게 단장해서 화랑이라 이름하고 받들게 하였다. 그러자 무리가 구름같이 모여들었다고 화랑의 출현배경을 김부식은 《삼국사기》에 밝혀놓았다.

또한 《삼국유사》에는 진흥왕이 원화를 폐지하고 난 뒤 생각하매, 나라를 흥하게 하려면 반드시 풍월도(風月道 : 화랑도)를 먼저 일으켜야 한다고 하여, 왕이 명령을 내려, 양가(良家) 남자 중 덕행이 있는 자를 뽑아 화랑이라 개칭하였다고 기록하고 있다.

화랑이란 즉 원화를 먼저 세웠으나, 시기와 질투로 실패하게 되자, 왕이 고민 끝에 좋은 집 자제들 중에 덕이 있는 자를 골라서 화랑으로 다시 받들었다고 여겨진다. 《화랑세기》를 보면 화랑이란 이름이 1세 풍월주 위화랑(魏花郎)에서 시작되었다고 한다.

그 후 화랑조직은 서라벌 사회에서 가장 존경받는 청소년조직으로 거듭나게 되었다. 끝없이 몰려드는 젊은이로 인해 화랑의 무리는 그 수가

삼천 명을 헤아렸다고 한다. 이렇게 많은 낭도
를 한곳에서는 교육이 불가능하여 재배치하게
되는데, 무예에 능통한 자를 '호국선(護國仙)'이
라 하여 '문노(文弩)'를 그 우두머리로 삼았고,
향가와 젓대(피리)에 재주가 있는 사람은 '운상
인(雲上人)'이라고 불렀으며 '설원랑(薛原郎)'의
무리에 두었다고 《화랑세기》는 전한다. 《삼국
사기》에 '문노'의 이름이 보이며, 《삼국유사》에
설원랑을 처음 국선으로 삼았다는 기록이 나오
는 것을 보면 《화랑세기》를 그냥 위작으로만 몰
아붙일 일은 아니라고 하겠다.

이태길 씨가 다시 펴낸 《화랑세기》 표지[국제신문 제공]

　　《화랑세기》는 1989년 2월 부산의 《국제
신문(國際新聞)》에 의해 그 존재가 처음 알려졌
다. 필자는 이때 《국제신문》 복간을 위해 구슬땀을 흘리고 있었는데, 김대
문의 《화랑세기》를 필사한 책이 발견되었다는 소식에 그 진위 여부는 차치
하고서라도, 기뻐서 어찌할 바를 모르며 지켜보았던 기억이 지금도 생생하
다.

　　《화랑세기》는 일본 궁내성(宮內省) 도서료(圖書寮)에서 촉탁으로 근무
하던 한학자 남당 박창화에 의해 필사되어 지금 세상에 공개가 된 것이다.
공개 후 수많은 사학계의 연구자들이 진위 여부에 매달려 지금까지도 명확한 학계의 공통된 견해 없이 갑론을박하고 있는 중이다. 사학계의 지루한 공방을 이젠 국문학계에서 바통을 이어받아 논의가 한창 진행 중이다.

《화랑세기》의 발견으로 그동안 추측으로만 판단하였던 화랑들의 일상생활 및 그들의 의식세계까지도 하나씩 우리 앞에 나타나고 있는 것이다. 참으로 다행한 일이 아닐 수 없다.

화랑이라고 하면 호국무사의 전형으로 여겨졌던 것이 사실이었다. '싸움에 나가서는 물러서지 않으며'로 시작되는 원광법사의 세속오계(世俗五戒)만을 화랑들의 주요 임무였다고 철석같이 믿은 것이다. 상식적으로 생각해서 젊은 청소년 집단인 화랑들이 과연 호국무사적인 일에만 매달렸을까? 그들은 사랑도 몰랐으며, 오직 병장기(兵仗器)를 들고 싸움터로 나가는 꿈만 꾼 것일까?

또 하나 일연 스님에 의해 채록되어 현존하는 향가를 그동안은 주술적, 불교적 노래라고 판단하여 기정사실화하였다. 충담사나 월명사의 기록에서 분명히 '낭승(郎僧 : 화랑도에 소속된 스님. 요즈음도 군대에는 목사나 스님이 존재하는 것과 같은 것이다)'이라고 본인의 신분을 밝혔는데도 불구하고, 향가의 노랫말 중에 주술적, 불교적 색채가 가미되었다고 하여 그냥 불승(佛僧)이라고 의심 없이 받아들였다.

51대 진성여왕 시절 향가집《삼대목(三代目)》을 편찬한 사람 중 한 사람인 여왕의 숙부 각간위홍(角干魏弘)만 하더라도, 화랑들이 산천유람을 하다가 느낀 바가 있어, 그에게 그 사실을 적어 보내어 〈현금포곡(玄琴抱曲)〉·

〈대도곡(大道曲)〉·〈문군곡(問群曲)〉을 지었다고 분명하게 적어놓고 있다.

　　이로써 보면 화랑들은 향가의 주요 담당층의 하나였음은 더 말할 나위가 없다고 하겠다. 화랑들은 심신수련을 위해 삼천리금수강산으로 유람을 다녔을 것이다. 그들은 이곳에서 호연지기를 키우기도 하였을 것이고, 또한 그들의 전통인 향가를 지어서 그들만의 사상을 나타냈다고 보는 것이 훨씬 타당하지 않을까?

　　아직도 학계 및 일반인들에게 화랑은 순국무사로서의 모습만이 각인되어 있는 것 같다. 그러나 그들을 나무라고만 있을 수는 없는 것이다. 앞으로 나타날 《화랑세기》의 진본이 우리를 기다리고 있을지도 모를 일이기 때문이다. 왜냐하면 얼마 전 61년 만에 그 존재가 알려진 UC 버클리 동아시아 도서관의 아사미 문고°에서 《고려사(高麗史)》·《동국통감(東國通鑑)》·《국조보감(國朝寶鑑)》·《불씨잡변(佛氏雜辨)》 등 1,000여 종, 4,000여 책(冊)의 우리 희귀고서(稀貴古書)를 찾아내었기 때문이다.

　　찜통더위도 화랑들의 사상이 오롯이 녹아들어가 있는 향가의 발자취 찾기를 붙잡지는 못할 것이다. 그러나 필자 혼자만의 힘으로는 역부족이다. 한국인이라면 누구나 관심을 가지고, 지속적으로 향가 및 화랑들의 숨결 찾기에 나서야 할 때이다.

● 아사미 문고
조선총독부 고문 변호사를 지낸 아사미 린타로가 소장한 것을 1950년 미쓰이 사가 재정난을 겪게 되자, UC 버클리 대학은 록펠러 재단으로부터 지원을 받아 7천 5백 달러에 매입하였다고 한다.

03
....

국사를 편찬한 거칠부의 화랑 흔적 찾기

한 며칠 한파가 북풍을 타고 내려오더니만 입춘 앞에서는 힘 한 번 제대로 쓰지 못하고 그만 남풍을 허락하고 만다.

우리에겐 24절기가 있다. 오랜 농경문화가 만들어낸 훌륭한 유산이 아닐 수 없다. 그리고 기가 막히고도 정확하게 계절이 들어맞는 것을 보면 절로 무릎이 쳐진다.

우리 민족은 시베리아에서 남으로 따뜻한 농토를 찾아 하강하여, 오늘날 베이징 동쪽 갈석산에서 홍산문화(紅山文化)를 꽃피우고 조선(고조선)이라는 거대제국을 형성하여 중국 한족의 나라 한나라와 자웅을 겨루었다. 중국이 만리장성을 쌓은 것도 따지고 보면 동쪽의 동이족 연합, 서북쪽의 흉노족을 막기 위한 고육지책이었다는 것은 이젠 모두가 아는 상식이다. 혹자는 중원에서 5호 16국을 건설한 흉노, 선비, 갈, 저, 강족을 흉노와 선비 및 갈족은 동이족계통으로, 저족과 강족은 오늘날 티벳 민족으로 보기도 한다.

이렇듯 거대 제국을 건설한 단군을 신화로 보는 현행 역사교육을 보면 답답함을 넘어 걱정이 앞선다. 산동반도 곡부(曲阜)에서 태어난 공자도 동이족을 예를 가진 민족으로 보았고, 맹자 역시 조세제도를 말하면서 동이의 풍습이라고 했던 것은 결코 우연이 아니다. 자기 민족의 역사를 축소 지향적으로 가르치는 민족은 이 지구상에 우리뿐이 아닌가 한다.

지금 중국 요동지방에서부터 한반도 전역까지 발굴되는 비파형 동검과 수많은 고인돌은 과연 누구의 역사란 말인가. 특히 전 세계 고인돌 중 반 수 이상이 한반도와 중국 동북쪽에 집중적으로 나타나는 이유를 어떻게 설명할 것인가. 답답할 따름이다.

또 하나 우리는 우리가 알지 못하는 것이 담겨진 책이 발견되면 일단 위서(僞書)라고 단정해 버리는 나쁜 습관이 있다. 《환단고기》나 《규원사화》 같은 단군에 관련된 사서는 모조리 위서라고 한다. 심지어 《삼국사기》를 정사로 보면서도 자신의 지식으로는 해석이 되지 않은 부분이 나타나면 오자나 탈자라고 견강부회하고 있다. 그것도 한국 사학계의 대부로 알려진 사람들이 말이다. 한 번쯤은 자신을 되돌아보고 자신의 연구 성과에 혹시 잘못은 없었는지 성찰이 필요한 때가 아닌가 한다.

일찍이 역사의 중요성을 인식하여 서책으로 편찬한 이가 있다. 그가 거칠부(居柒夫 : 황종(荒宗)]이다. 비록 진흥왕의 명으로 그때까지의 신라 정통사인 《국사》를 편찬하였다고는 하나, 거칠부 역시 올바른 사관을 가졌기에 가능하지 않았을까 한다.

《삼국사기》〈열전〉〈거칠부전(居柒夫傳)〉을 보면 '거칠부의 성은 김씨요, 내물마립간(奈勿麻立干 : 재위 356~402)의 5대손인데, 조부는 잉숙(仍宿 :《화랑세기》엔 내숙(乃宿)으로 기록됨) 각간이요, 아버지는 물력(勿力) 이찬이다. 거칠부는 소시에 사소한 일에 거리끼지 않고 원대한 뜻을 품어 머리를 깎고 중이 되어 사방으로 다니며 구경하였다'고 기록되어 있다.

신라 황실의 자손으로 중이 되는 것은 하등 이상할 것이 없다. 그러나 사방으로 다니며 구경하는 것은 화랑들의 풍습인 유오산수에 해당하는 것이다. 비록 거칠부가 화랑이었다는 기록은 어떤 곳에도 나타나지 않지만 화랑이었을 개연성은 곳곳에서 발견할 수 있다.

다시《삼국사기》〈열전〉으로 가보자.

거칠부는 진흥대제 6년 을축(乙丑 : 554년)에 왕명을 받아 여러 문사들을 모아《국사(國史)》를 찬수하고 파진찬 벼슬을 더하였다. 동왕 12년 신미(辛未 : 560년)에 왕이 거칠부와 구진(仇辰) 대각찬, 비태(比台) 각찬, 탐지 잡찬, 비서(非西) 잡찬, 노부(奴夫) 파진찬, 서방부(西方夫) 파진찬, 비차부(比次夫) 대아찬, 미진부(未珍夫) 아찬 등 8 장군을 명하여 백제와 더불어 고구려를 침공하였는데, 백제인은 먼저 남평양을 격파하고 거칠부 등은 승승(乘勝)하여 죽령 이북, 고현 이내의 10군을 취하였다.

여기에 나타나는 인명 중 화랑들의 전기로 알려진《화랑세기》에 기록된 사람을 보면, 거칠부 파진찬은 2세 풍월주 미진부공(未珍夫公 : 아찬)의 누이와 결혼하여 딸 윤궁(允宮)을 낳았다. 신라 섹스스캔들의 주인공 미실이가 미진부공의 딸이니 윤궁과 미실은 종형제간이 된다. 또한 미진부공의 아내가 원화사건으로 준정에게 죽은 남모이다. 윤궁은 8세 풍월주 문노의 아내이다. 윤궁은 문노와 결혼하기 전 진흥왕의 아들 동륜태자를 섬겨 윤실공주를 낳았다.

비대(比臺) 각찬은 법흥왕과 옥진궁주(1세 풍월주 위화랑의 딸) 사이에 태어났다. 법흥왕이 비대공을 태자로 세우려 하였으나 지소태후(只召太后:23대 법흥왕의 딸이자 24대 진흥왕의 어머니, 지소는 법

보문리 석조. 물이 빠질 수 있게 석조에 구멍이 나 있다.

흥왕의 동생 즉 삼촌인 입종갈문왕과 결혼하여 진흥왕을 낳았다)의 반대로 뜻을 이루지 못하였다.

노부(弩夫) 파진찬은 25대 진지왕 원년 8월에 거칠부를 대신해 상대등이 되었다. 진지왕이 색을 밝혀 방탕하자, 어머니 사도태후(思道太后 : 진흥왕비)가 미실과 진지왕의 폐위를 의논하여 친오빠 노리부(弩里夫)로 하여금 그 일을 행하도록 하였다.

구진(仇辰) 대각찬은 22세 풍월주 양도공(良圖公)의 아버지이다. 구진은 진흥왕의 어머니 지소태후의 침신(枕臣 : 베갯머리 신하)으로 있다가 태후와 정을 통하여 양도공을 낳은 것이 된다.

비차부(比次夫) 대아찬은 23세 풍월주 군관공(軍官公)의 증조부 오종 (五宗)에게 딸 비란을 시집보내어 오란을 낳고, 거칠부의 아들 동종(冬宗)을 데려다 오란을 배필로 삼게 하여 군관공의 아버지 동란공(冬蘭公)을 낳았다. 동란공은 음성서(音聲署)의 장(長)으로 향가를 잘하였다고 한다.

《삼국사기》〈열전〉거칠부전에 나오는 인명과《화랑세기》에 기록된 사람을 비교해 보면 대다수가 화랑들과 직접적인 관계가 있는 것으로 파악 된다. 이것은《삼국사기》의 저자 김부식이 무슨 연유인지는 몰라도 이들이 화랑이었다는 것을 교묘히 피해서 적고 있는 것이 된다. 왜 무슨 이유에서 김부식은 화랑 중의 화랑 풍월주를 지낸 사람에게조차도 단 한 줄의 행간 도 할애하지 않았을까? 의문이 아닐 수 없다.

《국사》를 편찬할 정도의 학식과 덕망을 갖춘 사람인 거칠부가 당대 신라사회의 청소년 수련기관이면서 꼭 거쳐야 할 등용문인 화랑이 되지 않 았다면 이것이 오히려 이상한 일일 것이다. 특히 화랑들이 본격적으로 역 사의 전면에 등장하는 24대 진흥왕 시절에 파진찬의 지위에 오르고, 진흥 왕의 뒤를 이어 왕위에 오르는 진지왕대에 신하로서는 최고위직인 상대등 자리에까지 올랐던 거칠부가 화랑무리에 가담하지 않았다면 과연 중신이 될 수 있었을까?

지금 중국은 서남공정을 거의 마무리하고 동북공정에 모든 국력을 동원하고 있다. 만약 거칠부의《국사》가 남아 있다면 상황은 많이 달라졌 을 것이 자명하다. 그러나 혹《국사》가 발견된다고 해도 현재까지 우리가 배운 지식과 다르다면 위서라고 할 것이 분명하니 더욱더 작금의 세태가 야속할 따름이다.

또한 우리는 단일민족의 환상에 사로잡혀 중국 25사(중국정부가 정사로 인정하는 역사서)의 하나인 〈금사(金史)〉에 분명 자신들의 시조는 신라왕족 김씨라고 적혀져 있는 사실까지도 부정하고 있는 현실이다. 몽골족과 돌궐족(터키)에 대해서는 우리 민족과의 연관성을 말하면서 그 외 말갈, 흉노, 선비, 갈, 거란, 여진, 만주족과는 아무런 연관성이 없다는 주장을 어떻게 받아들여야 할까? 1만 년 전에는 비행기도 없었을 것이고, 무슨 수로 요동 및 한반도로 들어왔을까?

혹시 정말로 하늘에서 내려왔다고 하는 건국신화를 액면 그대로 믿고 있는 것은 아닐지 실소를 금할 수 없다. 그러나 희망은 있다. 지금 열심히 공부하고 있는 미래의 화랑들에게는 기성세대와는 또 다른 역사의식이 피어나기 때문이다. 그날을 고대해 본다.

04
....

《화랑세기》가 던지는 말없는 의문들

　　설악산 꼭대기에서는 고이 접어 아름다운 단풍나라 선녀님들이 오늘도 살금살금, 사뿐히 나들이에 들떠 신이 나 있다. 아래 너머 보이는 영랑호반(永郎湖畔)에는 화랑 사선(四仙)이 빈 배를 매만지며, 다가올 가을 달밤의 세레나데 준비에 여념이 없다. 천여 년이 지나도록 그들의 유풍만이 쓸쓸히 호숫가 나뭇잎에 걸리어, 오락가락 흔들리며 이제나 저제나 언제쯤 진정한 화랑들의 숨결을 찾아 이곳까지 님들이 올 것인가 하는 기다림의 연속이다.

　　온갖 미디어들은 인문학의 위기라는 주제로 자기네들만의 어조로 시끌벅적 야단이 법석이다. 과연 인문학의 위기인가? 그렇다면 인문학의 위기를 넘어설 수 있는 특단의 방안은 없을까. 조금이라도 그들만의 학풍에서 벗어나면 그들이 속한 조직에서는 사망이라는 어느 중앙일간지 기사를 보면서, 과연 인문학이란 무엇일까라는 커다란 의문이 가시지 않는다.

오래된 고전 책 속의 진리에 함몰되어, 책 밖의 어느 지식도 파고들어 가기가 무척 힘이 들어 보이는 것 같아 안타까운 마음뿐이다.

　1989년 2월 난데없이 천 삼백여 년 동안이나 자취를 감추었던 《화랑세기(花郎世紀)》가 발견되었다. 부산의 《국제신문》에서 시작된 발견기사는 중앙의 《서울신문》에서 발 빠르게 원문을 성글게 번역하여 열기를 이어갔다. 이어서 지방학계에서는 1989년 중반, 진본일 것이란 성급한 결론을 내어놓기에 이르렀다. 그리고 아직까지도 진위논쟁은 꺼질 줄 모르고 학계의 감초가 되어, 정확한 고증이 필요한 중요한 사안임에도 불구하고, 자신만의 짜놓은 각본에 후학들의 연구 성과를 가져다가 얽어매기에 정신이 없어 보인다. 그렇다면 진정 《화랑세기》는 진위를 가릴 수 없는 것일까.

　1989년 발견된 《화랑세기》는 서문에 이어 1세 풍월주 위화랑(魏花郎)부터 15세 풍월주 유신랑(庾信郎) 첫째 쪽까지가 전부였다. 그 후 1995년 서울대 노태돈 교수에 의해서 발견된 《화랑세기》는 4세 풍월주 이화랑(二花郎) 전기의 3쪽부터 32세 풍월주 신공(信功)에 대한 것까지 있고, 162쪽에는 간단한 발문(跋文)이 있다.

　《화랑세기》 발문에는 그 전기를 편찬한 이유와 편찬자에 대한 정보가 간단히 소개되어 있어, 이 책의 성격을 파악할 수 있는 최소한의 코드를 제공하고 있다.

　발문을 보면,

先考嘗以鄕音述花郞世譜 未成而卒 不肖以公暇 撮其郞政之大者 明其派脉之
正邪 以紹先考 稽古之意 其或於仙史有一補者歟.

돌아가신 아버지가 일찍이 향음(鄕音)*으로 화랑 세보를 저술하였으나, 완성
하지 못하고 돌아가셨다. 불초자식(김대문 자신을 가리킴)이 공무의 여가에
낭정의 큰일과 파맥의 정사를 모아 아버지(김대문의 아버지 오기공)의 계고
의 뜻을 이었다. 혹 선사에 하나라도 보탬이 있을까?

김대문은 아버지 오기공(吳起公 : 28세 풍월주를 지냄)이 향음(鄕音)으로
기록한 화랑집안의 가승(家乘) 내지 가책(家冊)을 다 완성하지 못하고 돌아가
시자, 한산주 도독을 지내면서 공무의 여가시간을 이용하여 화랑들의 올바
른 길과 그렇지 못한 그릇된 길을 가려 밝혀서, 화랑들의 역사인 선사(仙史)
에 도움을 주려고 이 책을 편찬한 것으로 보인다.

사실《화랑세기》를 보면, 그동안 우리들이 알고 있었던 화랑의 모습
과는 너무나 판이하게 달라 도저히 받아들일 수 없는, 아니 어쩌면 머릿속
의 온갖 화랑 관련 지식을 총동원하여도 조금도 부합되지 아니한 내용으로
가득 차 있음을 알 수 있다. 정말 화랑들은 사통(私通), 혼통(混通) 등으로 점
철된, 오늘날 우리들의 정체성에 심각한 혼란을 줄 정도의 삶이 그들을 지
배했을까. 누구라도 시원하게 이야기하기가 무척 어려운 것이 현금(現今)의
사실이다.

그러면《화랑세기》를 조선시대 말기 한 지식인의 독특한 글쓰기라

고 치부하여 그냥 지나쳐 버리는 것이 현명한 처사일까. 이제 우리들은 여기에서 더 이상의 혼란을 부채질하는 진위논쟁을 제쳐두고, 《화랑세기》를 필사한 것으로 알려진 남당 박창화에 대하여 약간의 정보를 수집해 보는 것이 올바른 방법이라는 생각이 든다.

남당 박창화는 충북 청원군 오창면 '까치내'(충북 청원군 비석현)에서 근대화 물줄기의 물꼬가 트이기 시작한 강화도조약 몇 해 후인, 1889년 태어났다고 한다. 그의 아버지는 유가(儒家) 집안 출신으로 많은 서책을 가지고 있었다고 한다. 그는 7살에 어머니를 잃었고, 어린 시절부터 한학을 익혔다고 한다. 그 후 그는 1900년대 초반 한성사범을 졸업한 것으로 알려져 있다. 소설가 김팔봉(金八峰 : 1903~1985)이 1976년 5월 8일자 《일간스포츠》에 기고한 〈마음속에 남는 사람―그 시대 그 상(像)―: 영동초등학교 박창화 선생〉을 보면, 박창화는 1913부터 1916년까지 영동소학교에서 교사로 있으면서 조선어와 일어, 체조를 가르쳤다고 한다. 이후 정확히 밝혀지지는 않았지만, 일본으로 건너가 1934년 12월 11일부터 1945년 10월 31일까지 일본 궁내청 서릉부(書陵部) 도서료(圖書僚)에서 촉탁으로 근무하게 된다.

해방 후 그는 청주사범에서 두 학기 동안 한국사 강의를 하였는데, 이때 강의를 들었던 중앙대 교수는 "남당 선생이 단군론과 강역론(疆域論) 및 화랑도 등에 관해 강의했는데, 선생으로부터 화랑도는 사서(史書)에서 전하는 제정 시기 이전부터 존재했던 것 같다는 강의를 들었다."고 하였다.

그리고 2003년 숭실대 사학과 강사 박환무 씨에 의해 남당이 1927~

1928년 사이에 일본에서 발간되는 《중앙사단(中央史團)》이라는 역사학회지에 〈신라사에 대하여〉란 논문을 두세 차례 발표하였다는 것이 밝혀졌다. 그렇다면 어린 시절 한학을 공부하였고, 이후 한성사범을 거쳐 소학교 교사로 근무하다가 일본으로 건너간, 유학자이면서 교육자인 남당이 궁내청 도서료에 근무할 당시 필사한 것으로 보이는 《화랑세기》는 정말 김대문이 지은 것을 보고 필사한 것일까.

조선 후기 단재(丹齋) 신채호(申采浩 : 1880~1936) 선생이 나라의 올바른 정체성 세우기 차원에서 강조한 것이 '낭가사상(郎家思想)'이라는 것을 우리는 안다. 물론 박창화도 분명 이와 관련된 신채호 선생의 책을 보았을 개연성이 충분히 있다. 만약 《화랑세기》가 남당의 창작물이라는 연구자들의 말을 그대로 수긍한다면, 과연 한학자, 역사학자이면서 특히 일제강점기 소학교 조선인 선생으로서 난삽한 화랑들의 기록인 《화랑세기》를 창작할 이유가 있었을까?

충청북도 청주를 찾아가는 길이 예사길이 아니다. 서너 시간은 족히 온 것 같은데, 아직이란다. 청주에서 하룻밤 유숙계획을 변경하여, 옥화 휴양림을 찾아 나섰다. 벌써 칠흑 같은 어둠이 차창을 휘감으면서 발목을 잡는다. 어렵게 도착하자마자 바로 아침이었다.

참 멀리서 몇 번의 계획 끝에 《화랑세기》 필사본이 보관되어 있는 남당 박창화 선생의 장손자인 박인규 선생 집을 방문하였다. 연락을 취하자 초로의 할아버지가 현관에서 반갑게 맞이한다.

《화랑세기》 본문(볼펜으로 가리키는 부분이 첫 머리이다) [국제신문 제공]

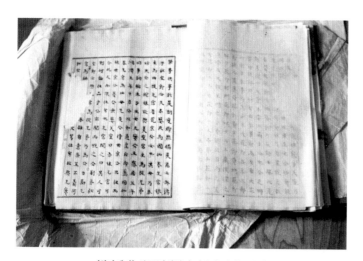

《화랑세기》 본문(박창화의 장손자 박인규 옹의 집에 보관되어 있다)

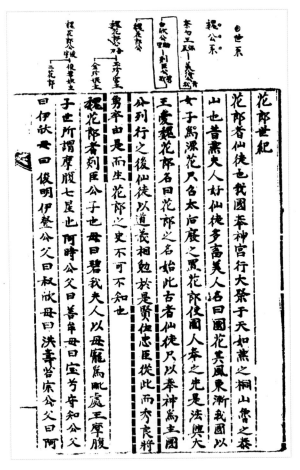

《화랑세기》 본문 첫머리[국제신문 제공]

온화하게 반짝이는 흰 머리칼이 꼿꼿한 자태를 은은히 풍기고 있다. 현대식 아파트가 아니면 영락없는 대가 집 종손의 모습이다. 손님을 맞이하는 예법에서 밀양박씨의 가풍이 묻어난다.

가만히 생각해 본다.

과연 이런 가풍을 이어받았던 남당 박창화 선생이 어떻게 《화랑세기》를 필사하여 후세에 전하였을까? 커다란 의문이 점점 자라는 것 같다.

드디어 자물통이 찰깍 열렸다. 차곡차곡 쌓아놓은 남당의 저서들이, 세월의 흔적이 묻어나는 냄새를 날린다.

이곳 남당의 손자 박인규 선생이 보관하고 있는 그의 저서는 모두 60여 권에 달하였다. 고구려사 관계 도서가 20책, 신라사 관계 도서가 12책, 화랑 관계 도서가 5책, 기타 도서가 17책, 강역 관계 도서가 5책, 그리고 남당의 시문 관계 도서 1책 등이 가지런히 장롱 속에 잠자고 있었다.

　먼저 필사본《화랑세기》부터 보기로 했다. 한지(韓紙)로 곱게 싸인 겉봉을 풀자 진청색 표지의 얇은 서적이 나왔다. 첫 장을 넘기는 순간 수많은 생각이 교차하기 시작하였다. 그동안《화랑세기》를 연구하면서 항상 머릿속에 가지고 있었던 의문의 실마리가 풀리는 소리가 이명처럼 귓전을 맴돌고 있었다.

　떨리는 손으로 첫 장을 넘겨보았다. 깜짝 놀라서 소리를 지를 뻔했다. 왜냐하면《화랑세기》를 필사한 종이의 지질이 너무나 얇아서 조그만 충격에도 여지없이 가루가 되어버릴 것 같았기 때문이다. 그리고 벌써 몇 장은 반쯤은 삭아서 너덜거리고 있었다. 찬찬히 한 장씩 보려던 생각은 나만의 오판이었음을 인정하면서, 중간 중간 한 장씩을 보았다. 얇은 빨간색 가는 줄로 인쇄된 종이에, 아주 가는 붓으로 정교하게 써내려간 달필이었다. 또박또박 한 자씩 해서체로 된《화랑세기》필사본은 아마도 당시에 매우 공을 들여서 오랜 시간 동안 필사한 것으로 짐작되었다. 앞서《화랑세기》를 접했던 선학들은 필사에 사용된 종이가 일본 궁내청의 사무용지였다고 말했다. 그러나 너무나 얇아서 옛날 습자지 정도밖에 되지 않은 것 같았다.

　다른 남당의 저서를 보았다. 여기에는《화랑세기》와는 다르게 남당이 자신의 저서임을 밝히는 그의 친필 이름이 적혀 있었다. 또한 가는 붓이 아니라 일반적인 필기구(요즈음으로 보면 볼펜 정도로 생각됨)로 거침없이 써내려간 흔적이 보였다. 특히 국한문혼용체로 적혀 있었다.

《화랑세기》를 필사한 남당 박창화 선생이 지은 《강역문답》 표지

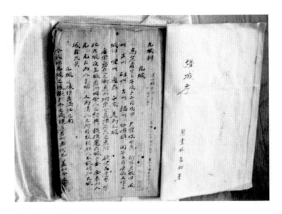

《강역고》 본문

그가 그토록 밝히고자 하였던 우리나라 역사지리에 관한 강역고(압록변, 평양변 1·2, 웅진변, 개성변, 조선변, 기자변, 요동변)를 살펴보았다. 미리 손자 박인규 선생이 2004년 편찬한 《잘못된 역사지리 바로잡는 〈우리나라 강역고〉》를 보고 갔지만, 저자의 친필을 대하여 보니 머리가 숙여졌다. 한학자이면서 교육자이기도 한 남당의 나라사랑이 오롯이 담겨 있는 그의 저서는, 진위여부에 놓여 있는 《화랑세기》와는 달리 아직 연구 성과가 미약하다고 한다.

남당은 손자 박인규 선생이 청주사범 재학시절에, 직접 손자를 위하여 두 학기 동안 청주사범에서 한국사를 강의할 정도로 손자에 대한 애정이 남달랐다고 한다. 그리고 집안에서도 '밥상머리' 교육시간만 되면 한국의 잘못된 역사지리에 대하여 열변을 토하였다고 한다. 특히 신라와 관련하여 중요한 얘기를 많이 하였다고 박인규 선생은 증언하여 주었다.

《화랑세기》를 필사한 남당 박창화 선생의 다른 저작의 표지

할아버지 모습이 떠오르는 듯 박인규 선생의 얼굴은 많이 상기되어 있었다. 식어버린 찻잔을 들면서, 식민지 일제 관변 사학자의 제자들이, 한국의 사학계를 주름잡고 있는 것에 대하여, 남당은 무척 안타까워하였다고 한다.

국수라도 말아야 한다는 며느님의 청을 뒤로하고 문을 나섰다. 멀리서 손을 흔드는 박인규 선생을 룸미러에 담고 다시 경부고속도로로 달려갔다.

사실 《화랑세기》를 살펴보면, 《삼국사기》와 《삼국유사》를 참고한 듯한 부분이 여러 곳에 나타나 있다. 그러나 필자는 이미 기존 사서라는 테두리에 갇혀 조금도 움직이지 못하는 신세이고 보면, 마냥 위작으로만 밀어붙여서는 안 된다는 생각이 든다. 왜냐하면 《화랑세기》가 기존 사서와 비슷하다고 해서 위작이라고 한다면, 반대로 기존 사서가 《화랑세기》를 참고하였다는 생각에도 충분한 이유가 존재하기 때문이다.

《삼국사기》여러 부분에 김대문의 말을 기록하고 있다. 눌지마립간 (訥祗麻立干)조에 왕을 지칭하는 마립간이 말뚝을 뜻하는 것이라고 한, 김대문의 말을 《삼국사기》편찬자 김부식이 그대로 인용하고 있는 것은 무엇을 의미하는 것일까?

천 년 서라벌인들과 함께 가만히 음미했으면 한다.

05

········

《삼국사기》에 묻노라

비가 온다. 비님이 온 누리를 큰 가슴으로 품는다. 푸름이 흠뻑 물을 들이켜 수액(樹液) 오르는 소리가 심장 고동 소리보다 더 크게 마음 속에 희망을 품게 한다. '이 비 그치면 내 마음 강나루 긴 언덕에 서러운 풀빛이 짙어 오것다.'고 어느 시인은 찬란하여서 서러운 시상을 마음껏 노래하였다. '서러운 풀빛'은 어떤 색감일까? 봄비에 놀란 연두 빛깔이 심상 저 밑바닥을 서럽게 요동치게 하는 것일까? 역시 시인의 육성은 세상을 한 번 더 굴절하여, 자신의 내공에서 오래도록 묵히고 묵혀 힘껏 내뱉는 고통의 소리인가 보다.

우리는《삼국사기(三國史記)》라는 우리 고대사를 기록한 귀중한 문화재를 보물로 알고 있다. 사실이다. 기전체로 편찬된 이 책은 김부식(金富軾 : 1075~1151)과 정습명(鄭襲明 : ?~1151) 등 9명이 관찬 정사를 표방하면서 고려 인종 23년(1145)에 50권으로 간행되었다. 그동안 사대주의 역사관을 가졌다고 해서 많은 사람들로부터 비판을 받았다. 일정 부분 옳다고 할 수도 있다. 그러나 일부분에 사대의 흔적이 나타난다고 해서 전체를 오도하는 우를 범해서는 안 될 것이다.

먼저 비판받는 부분을 대별해보면,

첫째, 가야를 제외시키고 삼국만 다루어서 우리 역사를 축소한 것이라고 문제 삼는다. 그러나 전체를 읽어보면 가야의 왕이 5명이나 기록되어 있다. 금관가야의 수로왕[뇌질청예(惱窒靑裔)]과 구형왕(仇衡王), 그리고 대가야의 도설지왕(道設智王), 가실왕(嘉實王), 이진아시왕[伊珍阿豉王 : 뇌질주일(惱窒朱日)] 등의 이름이 보인다. 그리고 혼인, 전쟁 등 곳곳에 가야의 흔적을 기록하고 있다. 또한 신라의 사국(四國) 통일 후 북국(北國)이라고 표현한 발해와도 선린외교 기사가 보인다. 책 이름에서 선입감을 가지고 보니까 그런 것 같다.

둘째, 북위로부터 수, 당나라에 일 년에도 여러 차례 조공 사절단을 파견했다는 것을 보면 사대주의 역사관으로 집필되었다고 할 수도 있다. 그러나 대국과 육지로 연결된 나라치고 살아남기 위한 방편으로 사절단을 파견하지 않은 나라가 이 지구상에 있는가. 그리고 사대라고 주장하는 사람들에게 묻고 싶다. 약한 나라가 강한 나라와의 선린에 중점을 두지 않고 1만 년의 역사를 영위할 수 있을까. 강하게 되받아쳐 나라가 없어지면 그때 역사니 민족이니 말할 수가 있을까. 사실 중국은 한족과 55개 소수민족이 함께 어우러져 살아가고 있는 다민족 국가이다. 역사상 수많은 민족들이 결국은 한족에 동화되어 그 흔적도 없이 사라지곤 하였다는 것을 우리는

경주시 안강읍 옥산서원에 보관하고 있는《삼국
사기》표지[국제신문 제공]

《삼국사기》〈고구려본기〉유리명왕조에 나오는 〈황조가〉

타산지석으로 보고 있다. 물론 중국에 사대하면서 살자는 이야기는 더욱

아니다. 그렇다면 현재 동맹이니 우방이니 하면서 대국의 틈바구니 속에

살아가고 있는 우리는 사대라는 놈에게 정말 자유로운 것인가.

셋째, 왕의 죽음을 천자의 죽음인 '붕(崩)'으로 표현하지 못하고 제후

격인 '훙(薨)'으로 적은 것을 문제 삼는다.

그러나 고구려본기를 보면, 시조 주몽(동명성왕)은 '승하(升遐)'라고

표현되어 있다. '승하'는 '붕'과 같은 격으로 알려져 있다.

이렇게 장황하게 《삼국사기》의 편찬 성격과 비판을 살펴보는 이유

는 사실은 다른 데 있다. 사국을 삼국이라고 한 부분과 사대주의 역사관 등

김부식 영정

은 비판하면서 정작 묻고 싶은 것은 그냥 지나친다는 것이다. 다른 것이 아니라 바로 화랑과 향가에 관한 부분이다. 김부식은 화랑이라는 제도를 분명히 알고 있었다. 《화랑세기》를 인용하면서 '현좌(賢佐)와 충신이 이로부터 솟아나고 양장(良將)과 용졸(勇卒)이 이로 말미암아 나왔다.'고 기록하고 있다. 그러나 정작 본기와 열전을 보면 겨우 그 출신을 알 정도의 지식밖에 제공하지 못하고 있다. 또한 향가는 그 곡명만 여러 개 기록하였지 단 한 곡도 노랫말이 기록된 것이 없다. 물론 유가들은 '괴력난신(怪力亂神) 사리부재(詞俚不載)'를 원칙으로 삼고 있다. 그렇다면 화랑과 향가에 인색한 이유가 이것이란 말인가. 왜 화랑과 향가가 괴력난신(괴이한 폭력이나 어지러운 잡귀신)이란 말인가. 이것을 어떻게 이해하여야 할까. 함께 하나씩 풀어 가보도록 하자.

　　김부식은 신라 황족 후예이다. 그의 가계를 보면, 그는 무열왕계의 후손으로 이해되고 있다. 신라 56대 경순왕이 나라를 고려에 바치자, 고려 태조는 경순왕 김부(金傅)를 경주 사심관으로 임명하였다. 이때 김부식의 증조부인 김위영(金魏英)이 경주 주장(州長)이라는 향리직의 우두머리에 임용되었다고 한다. 할아버지 역시 경주 향리직에 종사하다가, 아버지 김근

대릉원 입구. 경주시 황남동 일대에 있는 고분군으로 이곳에 수많은 신라의 왕들이 잠들어 있다.

(金覲)부터 중앙정계로 진출하였다. 그의 아버지 김근은 예부시랑, 좌간의

대부(左諫議大夫 : 5품)에 올랐고, 송나라에 사신으로 가서 문명을 떨치고 돌아

왔으나, 장년에 죽었기 때문에 고관에 오르지는 못했다고 한다.

특이한 것은 김부식 형제 4명이 모두 과거를 거쳐 고관이 되었다는

것이다. 맏형 부필(富弼)은 선종(宣宗) 5년(1088)에 장원으로 급제하였고, 둘째

부일(富佾 : 1071~1132), 동생 부철[富轍 : ?~1136, 후에 부의(富儀)로 개명] 역시 과거에

급제하였다. 고려에서는 국법으로 아들 3형제를 과거에 합격시킨 어머니

에게 매년 30석의 곡식을 내려주는 제도가 있었다. 김부식의 어머니는 4형

흥덕왕릉 무인석

제를 급제시켜 국왕이 매년 40석의 곡식을 내려 주었다고 한다. 더불어 예종은 세 아들을 한림으로 두었다고 하여 특별 포상을 하려고 했으나, 김부식의 어머니는 이미 받은 포상도 지나친 것이라고 간곡하게 사양하였다고 한다.

이런 가문에서 자란 김부식은 황족의 후손이라는 커다란 자부심을 가지고 있었을 것이다. 그리고 서라벌에 대한 특별한 애정을 또한 지니고 있었을 것이다. 그런데 김부식은 천 년 황도 서라벌을 훤하게 꿰뚫고 있었으면서, 왜 그 정신적 지주였던 화랑과 향가를 밝혀 적지 않았을까?

녹음방초성화시(綠陰芳草盛花時)란 말이 참으로 다가온다. 어디에 눈을 두어도 매양 녹음뿐이요, 어디서 눈을 감아도 푸름뿐이

다. 마음도 몸도 아니 꿈도 모두 푸르다. 이렇게 푸름이 활개를 치는 이즈음이 되면 벌써 탁족(濯足)이 머리에 자리하고 있는 것은 왜일까? 입하가 어저께였고, 곧 소만(小滿)과 망종(亡種)이 다가오고 있다. 예로부터 소만은 모내기가 시작되는 시점이다. 알토란같이 자란 모를 넓은 무논으로 던지던 모습은 이젠 오래된 흑백 영사기에서나 볼 수 있는 역사가 되어버렸다.

　세상은 이처럼 빠르게 변화하고 있다. 그러나 아무리 빨리 변한다 하더라도 영원히 변하지 않는 것이 있다. 그것이 역사이다. 어제의 삶은 이미 역사의 일부분이 되어버렸고, 오늘도 시시각각 역사화되어 가고 있다.

국립경주박물관 뜰에 있는 석물들

국립경주박물관 뜰에 있는 페르시아 문양의 석물

역사는 우리들의 삶의 거울이자, 표본인 것이다. 그래서 역사는 진실을 담고 있는 생명체에 비유되곤 한다.

김부식 역시 대단한 문필가이면서 역사학자이다. 그가《삼국사기》를 편찬할 당시에도 역사서는 있었다.《구삼국사(舊三國史)》등 여러 가지 역사서가 세상에 존재하고 있었다. 그러나 김부식은 당대에 전해져 오던 역사서가 '글이 거치고 졸렬하고 사적의 유루가 많아(文字蕪拙 事迹闕亡)' 다시 편찬한다고 〈진삼국사기표(進三國史記表)〉에 밝히고 있다. 이 〈진삼국사기표〉에 재미있는 내용이 들어 있어서 소개한다.

오늘날 논문이 완성되면 책으로 엮어 스승이나 지인들에게 드린다. 이때 드리면서 하는 말이 '컵라면 뚜껑으로는 쓸 수 있습니다' 라고 한다. 이 말이 사실은 김부식이《삼국사기》를 완성하여 왕에게 올리면서 고하는 말씀 속에 들어 있다. 적어보면, '바라오니 성상폐하께옵서 이 소루(疏漏)한 편찬을 양해하여 주시고, 망작(妄作)의 죄를 용서하여 주소서. 이것이 비록 명산에 비장할 거리는 되지 못하나 간장병 뚜껑과 같은 무용의 것으로는 돌려보내지 말기를 바랍니다.' 라고 하는 부분이다. 김부식은 최대한 몸을 낮추어 겸손의 말로 왕께 아뢰었지만, 오늘날은 무용의 것을 유용으로 아예 바꾸어 자신을 낮추는 것이다.

그럼 '글이 거치고 졸렬하고' 란 어떤 것을 말할까? 정말로 김부식 같은 문장가가 보기에, 전해오던 사책(史册)이 그가 말한 것처럼 글 자체가 거치고 졸렬하였을까? 그러나 오늘날에는 비교를 할 수가 없는 것이 안타깝다. 김부식의 《삼국사기》는 국보로 엄중보관되고 있지만, 김부식이 고기 (古記)라고 통칭한 사책(史冊)은 단 한권도 남아 있는 것이 없다. 다만 김부식 이 편찬한 《삼국사기》나 일연의 《삼국유사》에서 그 편린을 볼 수 있을 따름 이다.

김부식은 방언(方言)을 이야기하면서는 항상 김대문이 지은 《화랑세 기》를 인용하고 있다. 남해차차웅(南解次次雄)의 차차웅(次次雄)은 무(巫 : 무당) 를 뜻한다고 한 것과 유리이사금(儒理尼師今)의 이사금(尼師今) 역시 방언으로 잇금을 뜻한다고 한 것, 눌지마립간(訥祗麻立干)의 마립간(麻立干)이 말뚝을 뜻하는 것 역시 김대문의 말을 인용하고 있다. 이처럼 많이 인용한 김대문 이 지은 저서 이름은 《삼국사기》〈열전〉 설총전 말미에 '김대문은 본래 신 라 귀문(貴文)의 자제로, 성덕왕 3년(704)에 한산주도독이 되었고 전기 약간 권을 지었으며, 그의 《고승전(高僧傳)》, 《화랑세기(花郎世記)》, 《악본(樂本)》, 《한산기(漢山記)》가 아직도 남아 있다.' 라고 그 서책명만 간신히 기록하고 있다. 만약 이때 김부식이 이 서책 중 어느 것이라도 《삼국사기》에 기록하 였다면, 많은 부분의 역사가 오늘날 뒤바뀌었을지 모른다. 왜 기록하지 않 았을까? 대문장가인 김부식이 질투를 해서일까?

사실 야사이긴 하지만, 김부식은 자신보다 시를 잘 짓는 정지상(鄭知 尙 : ?~1135)을 매우 싫어하였다고 한다. 결국 정지상을 서경파로 몰아서 묘청 (妙淸 : ?~1135)의 난 때 죽였다는 이야기가 여러 야사집에 남아 있을 정도이 다. 야사는 어디까지나 흥미본위의 각색이 필수적으로 가해졌다는 것을 감안하면 믿을 바가 못 된다. 그러나 김부식이 정지상보다 시 부분만은 부족하였다고 하는 데에는 동의를 하는 사람이 많다. 어쨌든 김부식은 《삼국사기》를 편찬하면서 수집한 당대까지 남아 있던 사책(史册)을 모두 '고기(古記)'라고 지칭하면서 거의 무시를 한 것으로 판단된다. 그나마 김대문의 저서들은 이름이나마 남아 있으니 매우 다행이 아닐 수 없다.

　　오늘날 《화랑세기》를 일본에서 필사하였다는 서책이 발견되어 역사학계는 물론 온 학계가 소금 만난 미꾸라지 격이다. 진서든 위서든 일단 연구를 해보아야 할 가치는 충분히 가지고 있는 것이다. 완고한 유교 집안에서 태어나 한학자 및 강역연구자이며 또한 교육자로 살다 간 남당 박창화가 무엇 때문에 화랑들의 난삽한 전기인 《화랑세기》를 창작하였을까? 김부식 당대에까지 남아 있었고, 또한 인용까지 한 서책을 《삼국사기》를 편찬할 때 기록하였다면 오늘날 같은 진 · 위서 논쟁이 있을 수 있었겠는가. 아직도 나는 묻고 싶다. 왜 《삼국사기》를 편찬하면서 당대의 가치관과 상이하다는 이유로 그 많은 서책을 모두 인정하지 않았는지 정말로 묻고 싶다. 특히 주옥 같은 천 년의 노래 향가를 단 한 수라도 기록하였다면 김부식을 대하는 태도가 아주 많이 달라졌을 것이다. 또한 화랑도의 용맹과 그들의 정신세계를 높이 평가하면서, 왜 그렇게 《삼국사기》에서는 제대로 대접하지 않았을까를 생각하면 정말 김부식에게, 아니 남아 있는 《삼국사기》에게 묻고 싶다. 혹시 난삽한 화랑들의 이야기가 걸림돌이 되었지 않았을까? 그럼 《화랑세기》의 어떤 기록이 김부식을 손사래 치게 하였을까?

비가 잦다. 잦은 비에 안개 낀 강나루 먼발치에 정말 서러운 내 님이 두리번거리는 흔적을 본다. 비온 뒤의 장미는 화사한 5월의 신부가 되어, 도도한 요염을 마음껏 뽐내고 있다. 이렇게 잦은 비님과 함께 도라산 기차는 임진강을 가로질러 고려 황업의 중심 개성으로 내달린다고 한다. 또한 개성 만월대 발굴에 남북한 모두가 함께 참여 중이라고 한다. 혹시 이번 발굴로 《삼국사기》의 저자 김부식에 관한 서책이라도 한아름 발견되었음 하고 쓴웃음을 허공으로 날려 보낸다.

신라는 중앙황권이 제 모습을 갖춰가면서부터 족내혼이 일반화된 것으로 여겨진다. 이(姨)·고종(姑從) 간은 물론 친사촌, 심지어는 동복(同腹) 누이와도 결혼을 한 것이 사실인 것으로 점차 설득력을 얻고 있다. 현금의 가치기준으로 보면, 머리를 좌우로 흔들게 하는 것이랄 수 있다. 그러나 '신국(神國)에는 신국의 도(道)'가 있다는 22세 풍월주 양도공(良圖公)의 어머니 양명공주(良明公主)의 말을 들어보면 일견, 일리가 있다는 생각이 든다. 양명공주는 양도공에게 동복 누나인 보량을 아내로 맞이하라고 한다. 이에 양도공은 처음엔 뿌리치다가 "저는 누나를 사랑하지 않는 것은 아니나 사람들이 나무랄까 걱정이 됩니다. 제가 오랑캐의 풍속을 따르면 아버지와 어머니 그리고 사랑하는 누나 모두 좋아할 것이지만, 중국의 예를 따르면 아버지와 어머니 그리고 사랑하는 누나가 모두 원망할 것입니다. 저는 오랑캐가 되겠습니다." 하고 결혼을 받아들이게 된다. 아마 이때까지도 신라는 황실은 물론 중앙귀족들에겐 족내혼이 자연스런 현상이었을 개연성이 높다. 그러나 당나라에서 당대 선진 국제 질서를 맛본 양도공으로서는 받아들이기가 어려웠을 것이다.

이 부분을 김부식은 교묘하게 회피하는 듯, 《삼국사기》에 기술하고 있다. 《삼국사기》〈열전〉 김유신전에 유신의 나이 환갑에 여동생 문희와 김춘추의 딸인 지소를 아내로 맞이하였다고 슬그머니 기록하고 있다. 그러나 김유신이 처음 결혼한 서라벌 색녀의 대명사 미실의 손녀 영모(令毛)는 끝내 외면하고서 말이다.

그럼 여기서 미실에 대하여 좀 더 연구해 볼 필요가 있다. 과연 미실이란 여자가 어떤 사람이었기에 《화랑세기》에 온통 도배를 해 놓았을까? 미실이 색공(色供)을 바친 사람들을 적어보자. 첫째 24대 진흥왕을 모셨다. 두 번째 진흥의 아들 동륜태자와 금륜태자(25대 진지왕)에게 색공을 바쳤다. 다음으로 동륜태자의 아들 26대 진평왕까지도 자신의 치맛자락으로 감싸며 황실을 쥐락펴락하였던 것이다. 그러니까 진흥과 그의 두 아들 그리고 손자까지도 미실의 손아귀에서 벗어나지 못하였던 것이 된다. 지금의 가치 기준으로는 상상이 되지 않는 것이 사실이다. 혹자는 금수만도 못하다고 혀를 찰 것이다. 그러나 역사는 역사가 아닐까? 아무리 부정을 해도 진실은 항상 말없이 지켜보고 있다는 당연한 현실을 받아들여야 하는 것은 아닌지……

이뿐만이 아니다. 미실은 자신의 오촌인 사다함과의 핑크빛 사랑으로 그를 죽음으로 몰아가지를 않나, 《삼국유사》에 첫 국선이라고 칭송한

설원랑과의 사통도 아주 자신 있게 자신의 주도로 즐기고 있다. 더군다나 미실은 남편인 세종(世宗)을 지방으로 출정하게 하고는 태연하게 색도(色道)를 즐긴 것으로 기록되어 있는 것을 보면 입이 다물어 지지 않는다. 정말 사실일까 하는 의문이 꼬리를 무는 것도 이 때문이다.

혹시 김부식이 이런 저간의 사정을 알고서 곡필(曲筆)의 붓을 들 수밖에 없었던 것은 아닐까? 신라 황실의 후예이면서 고려 성리학의 백미였던 그로서는 참으로 받아들이기가 어려웠을 것이다. 결국 김부식은 자신의 조상을 금수만도 못한 것으로 만들 수는 없었을 것이다. 그러나 부식은 《삼국사기》를 편찬하면서 당대까지 전해오던 서책을 참고하다 보니, 곳곳에 난혼 및 족내혼의 흔적을 남겨놓고 말았다.

곡필의 붓은 들었지만, 아무리 회피를 해도 따라다니는 족내혼을 부식도 어쩔 수 없었다는 반증의 기록 하나가 《삼국사기》에 기록되어 있다.

《삼국사기》 〈신라본기〉 〈내물이사금조〉를 보면 다음과 같다.

사신이 논하여 말하기를, 처를 취함에 동성의 사람으로 하지 아니함은 (부부의) 다름을 두드러지게 하고자 함이다. 그러므로 노공(魯公)은 오나라에서 장가든 것이라든지, 진후(晉侯 : 평공)가 사희(四姬)를 둔 데 대하여 진(陳)의 사패(司敗 : 관명)와 정(鄭)의 자산(子産 : 공손교)이 크게 나무랐다. (그런데) 신라와 같은 나라는 동성을 취할 뿐만 아니라 형제의 자(子 : 조카)나 고·이종자매를 빙(聘)하여 처를 삼기도 하였다. 비록 외국이 각각 풍속을 달리할지라도 중국의 예속으로써 이를 나무란다면 대단히 잘못이다. 흉노의 풍속에 어미를 증(烝 : 아랫사람이 윗사람을 간음하는 것)하고 자식도 보(報 : 윗사람이 아랫사람을 간음하는 것)함과 같음은 이보다 더 심한 편이다.

김부식도 이런 것을 말하면서 나름대로 심사숙고한 결과였을 것이다. 특히 내물이사금 즉위년에 뜬금없이 신라의 혼도(婚道)를 말하는 이유는 무엇일까? 사실 내물이사금은 자신은 물론 아버지, 어머니 그리고 황후까지도 모조리 김씨이다. 이것을 설명할 필요가 김부식을 움직인 것이 아닌가 한다.

싫었지만 진실을 밝힐 수밖에 없었던 김부식의 고뇌가 800년을 뛰어넘어 하늘에 메아리친다. 신라의 역사를 밝히면서 화랑들의 전기, 그리고 당대의 유행노래인 향가 등을 기록하지 않았던 사유가 김부식에겐 분명히 존재하였을 것이다. 그러나 나는 아직도《삼국사기》에 묻고 싶은 것이 저기 진산 금오산보다도 더 많이 남아 있음을 떨치지 못하고 이 글을 마치고자 한다. 다 함께 생각하고, 판단할 일인 것은 아닐까?

06
....

향가문학관 개관을 기대하며

　　꽃 봄이 한바탕 홍역을 치르더니 이젠 인공 조림 정원의 영산홍만이 특유의 조그만 입술로 나그네를 유혹한다.

　　미당 서정주는 영산홍을 '소실댁 툇마루에 놓인 놋요강'이라고 노래했다. 요강이 소실댁 툇마루에 놓여 있으면 쥔네 양반 오신 지가 오래라는 것이다. 무릇 모든 물건은 제 자리에 놓여 있어야 제격인 것인데, 얼마나 양반이 오지 않았으면 방안에서 제 기능을 하여야 할 요강이 툇마루에 자리하고 있을까. 여기서 소박한 낱말 풀이를 해보아야 할 것 같다.

　　요강의 용도를 깊은 밤 뒷간에 가기가 무엇하니까 방안에서 해결하는 것으로 알고 있는 사람은 초등학생 수준이고, 보름달이 두둥실 뜬 날 참았던 오줌을 힘껏 방사하여, 놋요강 특유의 금속음을 방 안 가득 울려 퍼지게 하여, 운우의 정을 무르익게 하는 것으로 알고 있는 사람은 고등학생 수준을 넘어서는 사람이다. 이처럼 우리네 조상님들은 어떤 물건을 만들어도 한 가지의 효용성에만 중점을 두는 것이 아니라, 여러 가지 복합적인 기능을 함축하도록 지혜를 짜내었던 것이다. 오늘날 온갖 야동이 판치는 세태 속에서 한 번쯤 음미해야 할 것 같아서 주저리 해 본다.

부산 모 대학 교수들과 경주 무장사지를 답사할 기회가 있었다. 이 자리에서 자연스럽게 향가에 대한 격론이 벌어지게 되었다. 일본의《만엽집(萬葉集)》얘기를 하면서《삼대목》의 소실에 대하여 안타까움을 토로하였고, 17세기에 완성된 일본 〈하이쿠(俳句)〉의 생명력에 대하여 놀라운 일이라는 데 모두가 공감하였다. 뒤이어 우리 향가에 관하여 깊은 애정을 보이는 사람들이 의외로 많다는 데 적잖은 놀라움을 피력하였다. 일행 중 한 교수의 "경주에 향가와 관련된 단체나 연구원 같은 것이 있느냐"는 질문에 경주가 고향인 탐방자는 매우 당황하였다. 우물쭈물 하는 나그네를 보고 그 교수는 이해가 되지 않는다면서, 천 년의 시공을 살아 온 최고의 상징성을 지닌 주옥 같은 서정시인 향가와 관련된 곳에 향가 관련 기관이 어떻게 없을 수 있느냐며 항의성 반응을 보였다. 집으로 돌아오는 동안에도 필자는 얼굴이 벌겋게 상기되어 있었고, 무언가 부끄러운 속내를 들킨 어린애처럼 어쩔 줄을 몰라했다.

우리나라에 지방자치제가 시행된 이후 각 지방자치단체는 자기 지방을 알리기에 모든 역량을 쏟아 붇고 있다. 일례로 광주는 주암댐 옆에 있는 식영정(息影亭), 소쇄원(蕭灑園), 환벽당(環碧堂) 등 송강과 관련된 정자를 문화관광 벨트화하여 '가사문학관(歌辭文學館)'을 대궐처럼 지어놓고 관광객

동리·목월 문학관 전경

을 불러 모으고 있다. 가까이 있는 면앙정과 송강정 등도 함께 둘러보게 아이디어를 짜내고 있다. 또한 살아 있는 예술인들의 문학관도 전국 곳곳에 만들어지고 있다. 어떤 조그만 모티브만 있어도 바로 시행에 들어가는 지방들을 보면, 한마디로 부럽다는 말밖에 할 말이 없다.

천 년 고도 경주는 어떠한가. 물론 불국사 바로 인접한 곳에 동리(東里)·목월(木月) 문학관이 개관한 지가 바로 얼마 전이다. 그러나 참으로 이해가 되지 않는 것은 천 년 서라벌인들의 심성이 응결된 노래인 향가와 관련된 문학관에 대하여는 아주 인색한 수전노가 된다. 우리나라에서 고등교육을 받은 사람이라면 누구나 최소한 향가가 무엇인지는 안다. 그리고 수많은 대학교의 국문학 관련 학과에서 공부를 하는 사람이라면, 누구나 향가가 불렸던 현장에 대한 동경을 하게 마련이다. 아니 그곳을 직접 찾아가서, 그날 울려 퍼졌을 향가를 한 번쯤 음미하고 싶을 것이다.

지금 경주는 오랜 멈춤에서 이젠 기지개를 켜고 새 세상으로 줄달음칠 준비가 한창이다. 곳곳에 유물, 유적 발굴이 벌어지고 있고, 아름다웠던 천 년 신라의 거리 조성에 온 서라벌이 들썩인다. 이와 함께 전통과 현재가 아우러지는 축제도 매우 다양하게 펼쳐

동리 · 목월 문학관 정원의 아사달 아사녀 사랑탑 건립문

지고 있다. 가히 천 년 서라벌 영화를 되살릴 준비에 모두가 동참하여, 숯으로 밥을 짓고 기와로 지붕을 덮었던 헌강왕 시절로 되돌아갈 것 같은 기세다. 매우 고무적인 일로 모든 서라벌인들이 박수를 보낼 일인 것만은 틀림이 없다.

그러나 유물, 유적과 더불어 외형에만 치중하여 자칫 사상누각이 되

황룡사지에 유채꽃이 만발해 있다.

지 않을까 걱정이 앞서는 것은 기우일까. 세계 어떤 문명이라도 물질문명
과 함께 고도의 정신문명이 어우러져야 오랜 생명력을 지니는 것이다.
2068년(B.C.57~A.D.2011)의 역사 기록을 가진 서라벌이 과연 물질문명만이 존
재하여 살아남았을까?

　　이젠 우리 서라벌도 정신문명에 눈길을 돌려야 할 때이다. 민간단체
에만 의존하여 향가를 되살리는 것은 분명 많은 한계를 가지고 있다고 할
수 있다. 지금이라도 체계적인 향가와 관련된 현장을 찾아 그곳에 작은 팻
말이라도 세우고, 뒤이어 향가문학관 개관을 향한 주춧돌을 놓아야만 한

다. 더 늦기 전에 말이다.

온갖 상념이 황룡사지를 뒤덮은 유채꽃 속으로 들어간다. 하하 호호 싱그러운 화랑, 원화들의 얼굴에 묻어나는 자신감이 유물, 유적에만 머물게 하지 말고, 그 속을 꽉 채울 자랑스러운 천 년 신라의 노래 향가를 되살려 줄 의무가 우리에게 명확히 존재하고 있는 것이다. 업무에 바쁜 관의 분발을 촉구해 본다. 아울러 무한한 기대도 함께 학수고대 해 본다.

향가기행

| 신라 화랑의 노래
| 향가와 화랑의 발자취를 찾아서

2011년 6월 9일 초판 1쇄 인쇄
2011년 6월 15일 초판 1쇄 발행

지은이 | 박진환
펴낸이 | 권혁재

책임편집 | 선시현

펴낸곳 | 학연문화사
출판등록 | 1998년 2월 26일 제2-501호
주소 | 서울특별시 금천구 가산동 371-28 우림라이온스밸리 B동 712호
전화 | 02-2026-0541~4
팩스 | 02-2026-0547
이메일 | hak7891@chol.com
홈페이지 | www.hakyoun.co.kr

ISBN 978-89-5508-240-1 03810